月出天山：當代新疆漢語文學研究論集

The Moon Rising above Tian Shan :
Research Essays of Contemporary Xinjiang Chinese Literature

鍾怡雯、陳大為主編

元智大學中國語文學系・亞太人文研究叢書 [4]

亞太人文研究叢書 [4]

月出天山：當代新疆漢語文學研究論集

The Moon Rising above Tian Shan :
Research Essays of Contemporary Xinjiang Chinese Literature

主　　編：鍾怡雯、陳大為

編　　校：王碧華、李金發、盧宣伊、梁妙顏

出版單位：元智大學中國語文學系

　　　　　桃園市中壢區遠東路 135 號

　　　　　03-4638800 轉 2706, 2707

　　　　　http://yzcl.tw

出版日期：2020 年 7 月初版

訂　　價：新台幣 300 元

國家圖書館出版品預行編目（CIP）資料

月出天山：當代新疆漢語文學研究論集 = The Moon Rising above Tian Shan:
Research Essays of Contemporary Xinjiang Chinese Literature / 鍾怡雯,
陳大為主編. -- 初版. -- 桃園市 : 元智大學中文系, 2020.07
246 面 ;　公分. --（亞太人文研究叢書 ; 4）
ISBN 978-986-6594-51-9(平裝)

1.漢語 2.地方文學 3.文學評論 4.文集 5.新疆維吾爾自治區
850.61　　　　　　　　　　　　　　　　　　　　　　109010776

目　錄

當代文學中的新疆體驗書寫

汪樹東

（武漢大學文學院教授）

在中國現當代文學史的正史書寫中，現代性的線性時間觀向來佔據著絕對的支配性地位，由國家主流意識形態定義的價值觀總是竭盡全力把豐富複雜、鮮活多樣的文學史現象加以本質主義的劃分、澆築和硬化，從而構築出眾口一詞又面貌可疑的歷史樣板。空間─地域性的缺失，就是這種線性時觀的必然結局。當我們關注當代文學中的新疆體驗書寫時，就是要從空間─地域性角度審視，新疆這片土地到底給中國當代文學提供了什麼獨特的東西？中國當代作家（主要是指那些在文學史中產生了較大影響的作家，限於筆者的語言能力和學術視野，主要關注漢族作家，但也包括像張承志這樣的回族作家）在建國後的六十多年裡到底是如何展開新疆體驗書寫的？其內在歷史與邏輯脈絡如何？如果從文學史、文化史的宏觀視角來看，當代文學的新疆體驗書寫的價值何在？

一、民族國家共同體的想像和邊疆風情：

1949-1976 年間的新疆體驗書寫

當代文學的新疆體驗書寫的第一個階段無疑是從 1949 年建國後到 1976 年文化大革命結束。聞捷、碧野、嚴辰、張志民、李瑛、艾青、郭小川等一大批馳名文壇的作家都曾在新疆工作、生活過一段時間，或者到訪過新疆，被奇異的邊地風光、風俗民情激發出詩意的靈感，創作了許多影響很大的文學作品。其中，自然是聞捷的抒情詩集《天山牧歌》和長詩〈復仇的火焰〉聲名最為卓著。

此階段新疆體驗書寫最顯著的特徵就是對民族國家共同體的想像性認同。如所周知，中華人民共和國建立後，首要的任務就是如何獲得全社會各階層人民的認同，獲得國內各民族的自覺歸附。而正如美國學者本尼迪克特・安德森所言，民族國家的建構，是想像與敘述的結果，是一種想像的政治共同體，是「透過共同的想像，尤其是經由某種敘述、表演與再現方式，將日常事件通過報紙和小說傳播，強化大家在每日共同生活的意象，將彼此共通的經驗凝聚在一起，形成同質化的社群」[1]。的確，在民族國家共同體的建構過程中，文學會起到巨大的凝聚效應。對於像新疆這樣少數民族眾多、文化差異巨大、經濟發展較為落後而又遠離

---

[1] [美] 本尼迪克特・安德森，吳叡人譯：《想像的共同體：民族主義的起源與散佈》（上海：上海人民出版社，2003），頁 5。

政治中心的邊疆地區，如何彌合民族分歧、超越文化鴻溝、建構起各族共用的民族國家共同體，當然就更為緊迫了。一方面自然是大肆的意識形態宣教，例如把曾經紅極一時的紅色經典翻譯成民族語言，廣為傳播；另一方面就是像聞捷、碧野等入疆漢族作家那樣，用漢語創作不斷地建構民族國家共同體的想像性認同。

　　建構的策略之一就是把內地鋪天蓋地的革命歷史書寫加以新疆本土化，從而謀取新疆各族人民的想像性認同。《紅旗譜》、《紅日》、《紅岩》、《創業史》等經典小說奠定了紅色中國的意識形態歷史敘述的基準，「在既定意識形態的規限內講述既定的歷史題材，以達成既定的意識形態目的：它們承擔了將剛剛過去的『革命歷史』經典化的功能，講述革命的起源神話，英雄傳奇和終極承諾，以此維繫當代國人的大希望與大恐懼，證明當代現實的合理性，通過全國範圍內的講述與閱讀實踐，建構國人在這革命中所建立的新秩序中的主體意識」[2]。聞捷的敘事長詩〈復仇的火焰〉無疑就是這樣建構的革命歷史敘述，要徵詢的就是新疆少數民族的革命認同。在詩人筆下，巴里坤草原的哈薩克人被截然分為以頭人忽斯滿、阿爾佈滿金等為代表的壓迫者陣營，和以牧人布魯巴、蘇麗亞等為代表的被壓迫者陣營，兩者之間勢同冰炭，階級仇恨比海深；最終是共產黨的領導，才推翻了忽斯滿等頭人的殘暴統治，讓布魯巴、蘇麗亞、巴哈爾、葉爾納等人能夠翻身做主人。解放軍戰士哈薩克年輕人沙爾拜隨同解放軍排長高志明剛剛

---

[2] 黃子平：《「灰闌」中的敘述》（上海：上海文藝出版社，2001），頁2。

返回巴里坤草原就高調宣傳：「鄉親們！你們懂不懂？／共產黨就是哈薩克的救星，／它知道牧人深受壓迫和剝削，／所以派來英武的士兵。／／我不是順路回來探親，／我再也不會離開部落起程，／我這次回來負有崇高的使命，／協助鄉親徹底翻身。」[3]隨後他又說：「喂喂！鄉親們！你們靜一靜！／誰把春天送進了帳篷？／／祖國是個溫暖的家庭，／共產黨啊！就是慈愛的雙親，／祖國和黨時時關懷著我們，／我們要對他無限忠誠！」[4]對祖國和黨的想像性忠誠，才是〈復仇的火焰〉的立足點。

聞捷的這種革命歷史敘事在其他作家那裡也比比皆是。碧野的散文〈在香妃墓周圍〉對照敘述了建國前維吾爾族人民的受壓迫和建國後的翻身得解放，尤其是維吾爾族婦女的翻身更受到熱烈歌頌；而他的散文〈鹽湖之夜〉則敘述南疆一個鹽湖建國前被國民黨軍隊霸佔後橫徵暴斂，導致方圓幾百里內畜少人稀，建國後鹽湖終於回到了當地人民手中，給他們帶來取之不盡的資源。嚴辰的詩歌〈織地毯歌〉通過南疆和田維吾爾族織地毯工人在建國前和建國後的生活對比，歌頌了中國共產黨給邊疆人民帶來的翻天覆地的新變化。「織呵，織呵，織呵！／阿達的刀箭傳到我們手，／剪子剪斷了舊社會的千重網，／刀子割去巴依的老毒瘤，／面對高大的地毯架，／新的生活由我們織起頭。／／織呵，織

---

[3] 聞捷：〈復仇的火焰〉，《聞捷全集〔第 2 卷〕》（太原：北嶽文藝出版社，2001），頁 160。

[4] 《聞捷全集〔第 2 卷〕》，頁 170。

呵,織呵!/面對著地毯架織不休,/織得鳳凰展翅飛萬里,/織得旭日東昇閃金波,/織得理想的圖案千萬種,/織著對黨的熱情的頌歌。//織呵,織呵,織呵!/面對著地毯架織不休,/歡樂的歌聲滿車間,/這邊唱起那邊和,/織進和田工人赤紅的心,/地毯上盛開鮮花千萬朵。」[5] 此外,還有嚴辰的詩歌〈烙印——一個奴隸的傾訴〉,張志民的詩歌〈戈壁老漢〉和〈一條殘斷的鎖鏈〉等都是寫新疆少數民族的奴隸翻身的,最終都要落實到:「誰撐起了奴隸們的腰杆?/親愛的共產黨和毛主席。」[6] 在這種革命歷史敘述中,新疆少數民族無疑處於被解放、被拯救的弱者地位,他們能夠奉獻的只是超越民族、超越文化的讚美和忠誠。至於張志民的詩歌〈紅山嘴——題烏魯木齊市內的一座小山〉、〈燕窩陵園——謁陳潭秋、毛澤民、林基路等烈士陵墓〉甚至要在新疆尋找革命先烈的足跡,為新疆本土的革命精神探本溯源。

建構民族國家共同體的文學策略之二就是高調宣揚社會主義建設事業中的新人新事,新風新貌,展示新政權領導下的美好新生活,從而贏得各族人民的想像性認同。當革命炮火的硝煙散去後,社會主義建設大潮湧起,黨和政府乃至內地的漢族人成為現代文明的推行者,成為現代性的傳播者,文明的火種借助他們傳播到新疆邊地。〈復仇的火焰〉中,沙爾拜就這樣對女友葉爾納描繪著共產主義美妙遠景:「啊!那時候多麼好啊!/我們這兒建立

5　雷茂奎等編:《邊疆新詩選》(烏魯木齊:新疆人民出版社,1983),頁 69。
6　嚴辰:《嚴辰詩選》(北京:人民文學出版社,1980),頁 234。

起帳篷的市鎮，／山溝裡渦輪機隆隆地旋轉，／每座帳篷都亮起電燈；／／草原上奔跑著割草機，／嗒嗒地吼叫好像大地的笑聲，／剪羊毛擠牛奶全部電氣化，／嚓嚓的響聲飛過天空；／／部落裡設立起獸醫院，／牲畜不再受自然災害的欺淩，／肥牛壯馬賽過茂盛的林子，／羊子多得像滿天繁星；／／老年人生活安樂幸福，／幼稚園向一切兒童敞開大門，／放牧歸來走進天山電影院，／跳舞就去草原文化宮……／／啊！那世界多麼好啊！／共產主義就是人間的仙境；哈薩克永遠擺脫貧困和落後，／終日歌唱生命的青春！」[7]當然，必須明確的是，這美妙遠景的提供者和實現者只能是黨和政府，因此真正需要認同的是新的民族國家共同體。

還有艾青、碧野、郭小川等人也傾情於謳歌新疆社會主義建設的各條戰線上的沖天豪情，召喚著人民對民族國家共同體的想像性認同。詩人艾青的新疆體驗書寫最主要的就是歌頌新疆的軍墾戰士崇高的奉獻精神。在詩歌〈墾荒者之歌〉中，艾青這樣歌唱道：「我們都是軍墾戰士，／荒原就是我們的戰場──／改造自然是我們的理想，／我們為祖國開闢糧倉。／／伊犁的蘋果香又甜，／鄯善的瓜兒甜又香，／我們要把祖國大地 ／處處變成玉米鄉……」[8]他的詩歌〈年輕的城〉則詠贊了農墾城市石河子，詩人「透過這個城市／看見了新中國的成長」[9]。碧野的長篇小說《陽

---

[7] 聞捷：〈復仇的火焰〉，《聞捷全集〔第 2 卷〕》，頁 183。

[8] 艾青：《艾青詩全編〔下〕》（北京：人民文學出版社，2003），頁 1030。

[9] 艾青：《艾青詩全編〔下〕》，頁 1033。

光燦爛照天山》則展示了新疆兵團屯墾邊疆、保衛邊疆的昂揚鬥志。碧野的散文〈雪路雲程〉、郭小川的詩歌〈雪滿天山路〉等都集中歌頌了天山公路的建設者。嚴辰的詩歌〈金泉〉歌頌了伊犁察布查爾草原的各族勞動者的辛勤奉獻和豐收喜悅；張志民的詩歌〈哈薩克少女〉、〈墾區的夜〉、〈草原放映隊〉等詩歌也是社會主義建設的新頌歌。這些頌歌營構出一幅在黨和政府的領導下各族人民團結奮進、齊心協力、共同為美好新世界揮汗如雨、充滿歡歌笑語的動人圖景，似乎邊疆已經脫胎換骨，再次中心化了。

與革命歷史的新疆本土化、社會主義建設的新疆式推進相比，當代作家的新疆體驗書寫對絢麗多姿的邊疆風情的描繪也是不惜餘力的。1963 年上映的電影《冰山上的來客》之所以能夠在全國獲得極大的反響，那冰清玉潔的崇高雪山、明媚動人的高山草原、塔吉克族的民風民情等就是重要因素。聞捷的詩歌在 1950 年代能夠魅力四射，也與此有關，用洪子誠先生的話說，「漢族敘述者對奇麗風情和異族習俗的欣喜驚羨的視角，用柔和的牧歌筆調來處理頌歌的主題，對聚居於和碩草原、吐魯番盆地、博斯騰湖畔的少數民族勞動者的情感特徵、表達方式的捕捉，是對讀者具有吸引力的因素」[10]。的確，像《天山牧歌》中的那些優美的抒情詩，無不呈現濃郁的新疆風情，而長詩〈復仇的火焰〉對哈薩克族的游牧狩獵、婚俗民風以及他們所生活的草原、高山的展示也極具邊疆特色。當然，更多是像郭小川、嚴辰、李瑛、張志民等詩人

---

[10] 洪子誠：《中國當代新詩史》（北京：北京大學出版社，2005），頁 48。

短期到訪新疆，被當地濃郁的邊疆風情所迷醉。張志民在詩歌〈伊寧街〉這樣吟唱：「伊寧呵！伊寧，／是人間的美麗，／都從這裡誕生？／還是散花天女，／把所有的色彩，／都獻給了這座花城？／／遍地琴鼓唱，／行人如花湧，／維吾爾姑娘的繡花帽，／哈薩克少女的紅斗篷，／千樣紫，／萬樣紅，／多彩街呀多彩的城。／／伊寧呵！伊寧，／怎麼能說，／你是祖國邊疆的／一座小城市，／分明是我們社會主義民族／豐富多彩的大家庭……」[11] 由此也可以看出，對於這個時代的作家而言，邊疆風情的體驗書寫也必須返歸到民族國家共同體的想像性認同上來。

　　如所周知，此階段的文學受到國家意識形態的嚴密規訓和有效控制，呈現出高度一體化、標準化的特徵，因此當時作家的新疆體驗書寫也難逃政治體制與意識形態的天羅地網，只能出現高度模式化、雷同化的弊病。但縱然如此，新疆這塊大地的特色畢竟是難以輕抹的，那大漠戈壁、雪山草原畢竟不同於中原地區的千里沃野、村莊如織，那眾多馬背上的游牧民族畢竟迥異於幾千年來沉湎於農耕文明的漢族，自由放縱、輕靈豪邁、瀟灑飄逸的精神氣質還是給許多作家的新疆體驗書寫帶來更為獨特的東西。像聞捷的《天山牧歌》中對愛情的吟誦在 1950 年代幾乎就是新疆式的最後絕唱。而郭小川、張志民、嚴辰、李瑛等人在新疆大地上行走吟唱時，就似乎多了一份難得的大漠般的浩蕩、綠洲般的驚喜、雪山般的超然感。碧野也曾說：「五十年代初，我的一部長

---

[11]　張志民：《西行剪影》（廣州：百花文藝出版社，1963），頁 77。

篇受到粗暴的批評，情緒消沉，兩年停筆，以後，我兩次去新疆，共在新疆生活了四年。那祖國邊疆高聳藍天的雪峰，那在茫茫的戈壁灘上開荒造田的英雄戰士，那雪水清清流過的片片綠洲，以及在新疆世代居住的勤勞善良的少數民族，至今給我留下了美好的記憶。從蘋果花盛開的伊黎河穀到瓜香果甜的南疆喀什，從牛羊如雲的天山牧場到波湧魚躍的博斯騰湖，給我以豐富的色彩和生動的內容。那時，我心情舒暢，健筆如飛，寫了大量的散文，結成集子的，就有〈在哈薩克牧場〉、〈遙遠的問候〉、〈邊疆風貌〉、〈天山南北好地方〉等。這是我在創作上的轉捩點」[12]。的確，〈天山景物記〉這樣的散文只有新疆才能孕育出來，那高山雪蓮、蘑菇圈、果子溝等還只是外在表象，難得的是流淌全篇的那種新疆式的明麗的新鮮感和自由感。

　　當然，此階段的新疆體驗書寫也存在著鮮明的局限。當漢族作家們在國家意識形態的動員下，以民族國家共同體的想像性認同為獨一宗旨書寫他們的新疆體驗時，他們就在無意中遮蔽了新疆各民族的主體性，從而使得更為豐富複雜、具有生命景深的精神文化因素無法凸顯。無論在革命歷史的新疆本土化、還是社會主義建設的新疆式推進中，當代作家都只是把新疆各民族人民視為被拯救、被解放、被啟蒙、被灌輸的對象。例如聞捷在詩歌〈貨郎送來春天〉中講述貨郎給維吾爾人民送來毛主席畫像，於是「每個家庭都升起不落的太陽，／毛主席含笑注視維吾爾人，／維吾

---

[12] 碧野：《碧野散文選》（北京：人民文學出版社，1982），頁 1。

爾人遵循他手指的方向，／去迎接金光燦爛的早晨。」[13]最後貨
郎還對維吾爾人民說：「你們永遠生活在春天。」此種抒情無疑是
嚴重遮蔽了民族和人的主體性的。此外，聞捷的詩歌〈舞會結束
以後〉中，那個留著長辮子的維吾爾族姑娘之所以不願意接受琴
師和鼓手的求愛，是因為她所愛的小夥子阿西爾已經到烏魯木齊
發電廠當工人了。還有他的詩歌〈種瓜姑娘〉中，種瓜姑娘棗爾
漢之所以不願意嫁給會用甜蜜的嗓子來唱歌的年輕人，是因為他
「衣襟上少著一枚獎章」。這裡面宣示的乃是，國家主流意識形態
的價值高於一切，已經徹底吊銷了民族傳統、民間生活的一切自
發性、自在性。而且為了建構民族國家共同體的想像性認同，當
代作家們幾乎有意地忽視新疆多民族的現實，先入為主地把民族
意識、宗教意識視為負面因素，急於破之而後快。因此，在長詩
〈復仇的火焰〉中，聞捷才會把利用民族身份、宗教認同來煽動
叛亂的頭人忽斯滿、阿爾佈滿金塑造為十惡不赦的反面形象，而
巴哈爾最終幡然悔悟，能夠讓階級身份認同超越於民族身份、宗
教文化，才尋找到了出路。此種新疆體驗書寫，自然有不得已而
為之的理由，但是其中潛藏的問題也昭然若揭，值得警惕。而且，
對邊疆風情的描繪中，當代作家更是有可能抽空新疆各民族的主
體性，把他們的生活風景化，從而喪失了生命、民族、文化間的
真實交流。詩人張志民的詩歌〈氈房做客〉就這樣寫道：「聽說北
京來客啦！／大嫂子點火忙燒茶，／鋪新氈，／掛新畫。／不等

---

[13] 聞捷：《聞捷全集〔第 1 卷〕》（太原：北嶽文藝出版社，2001），頁 64。

客人到家門，／全家人趕前往屋拉！／／吃的、喝的、早擺下，／酥油、乳酪、奶疙瘩，／左是饢，／右是瓜。／誰說肚飽吃不下，／老爺爺給你往嘴裡抓！／／門前羊羔跳，／窗頭小孩扒，／氈房暖呵，／暖如家！／陽光遍灑草原笑，／火照紅氈滿屋霞。」[14]這種邊疆風情的書寫就是抽空了生命、民族、文化的主體性，把異民族僅視為外在化的風景的非藝術化書寫。不過，奇特的是，當我們把他人、異民族外在化、風景化的同時，我們也不可避免地會把自己、本民族外在化、風景化。

二、民間溫情的追尋和精神高地的構築：
1980 年代的新疆體驗書寫

　　1980 年代，改革開放的時代熱潮無遠弗屆，新疆雖地處偏遠，亦被裹挾其中。王蒙、張賢亮、高建群、楊牧、周濤、章德益、唐棟、李斌奎、張承志等人的新疆體驗書寫，構築了迥然相異於此前當代作家的新疆風景。他們已經不再汲汲於營構民族國家共同體的想像性認同了，那種走馬觀花式、頌歌式、外在化、風景化也被超越了。他們有的長期在新疆底層社會生活過、磨煉過，對新疆多民族的民間生活已經別有領悟，因此能夠寫出既富生活底蘊又具民族特色的文學佳作來，如王蒙；有的短期在新疆遊走，但是內在天性和新疆的獨特靈魂構成一種隱秘的和諧震盪，從而

---

[14] 《西行剪影》，頁 38。

能夠把新疆體驗提升到詩意、神性的高度，如張承志；有的曾經
長久定居成長於新疆，已經把新疆當作故鄉一樣對待，因而立志
發掘出新疆內在的精神資源，如楊牧、周濤、章德益等。

　　執著地沉入廣袤的民間社會，發掘支撐生命的溫情，構造出
溫暖樸實的新疆形象，是王蒙、張賢亮、高建群等人的新疆體驗
書寫的根本追求。

　　王蒙因受政治運動的逼迫不得不避居新疆，從 1963 年到 1979
年長達十六年，新疆已然成為他的第二故鄉。他曾反覆以銘感於
心的語氣談及新疆，「國內外都有一些熱心的朋友，談到我 1957
年後的經歷時，強調我的命運坎坷、不幸。然而，僅僅說什麼坎
坷和不幸是不公正的，在新疆的十六年，就充滿了歡樂、光明、
幸福而又新鮮有趣的體驗」[15]。他對新疆伊犁巴彥岱更是深情款
款，「我又來到了這塊土地上。這塊我生活過、用汗水澆灌過六、
七年的土地上。這塊在我孤獨的時候給我以溫暖，迷茫的時候給
我以依靠，苦惱的時候給我以希望，急躁的時候給我以慰安，並
且給我以新的經驗、新的樂趣、新的知識、新的更加樸素與更加
健康的態度與觀念的土地上」[16]。可以想見，從布爾什維克的堅
定信仰者到被定為「右派」、淪落民間底層社會，再重新返回北京，
無論在事業上還是仕途上都獲得極大成功的王蒙，很容易從這種

---

[15] 王蒙：《桔黃色的夢》（廣州：百花文藝出版社，1984），頁 173。
[16] 王蒙：《淡灰色的眼珠：系列小說「在伊犁」》（北京：作家出版社，1984），
頁 1。

馬鞍形的個人命運中來審視新疆體驗，並把這種個人體驗和民族國家的宏大命運奇妙地縫合在一起。

對於王蒙而言，新疆多民族的底層生活給他最重要的體驗就是那積蓄在民間的生命溫情，就是被主流意識形態摧毀不了的綿綿不絕的生命力量。這種生命溫情、生命力量不但使他個人獲得救贖，而且必然會在民族國家重啟現代性的浩大工程時發揮出驚天動地的力量。王蒙在「在伊犁」系列短篇小說最喜歡敘述的就是那一個個雖遭國家暴力的百般挑釁、個人命運的無端戲弄，但依然對生活不屈不撓、對生命希望尚存的維吾爾族底層人民。像〈哦，穆罕默德‧阿麥德〉中的阿麥德雖然生活處境艱窘，屢受迫害和嘲弄，但依然娶妻生了，待人和善，妻子逃跑後還想著到祖國內地去漫遊。〈淡灰色的眼珠〉中，無論是阿麗亞還是瑪律克木匠，都是用情真摯，用心生活之人。至於〈虛掩的土屋小院〉中的穆敏老爹和阿依穆罕大娘之間的惺惺相惜更是溫暖感人。還有短篇小說〈歌神〉、〈溫暖〉、〈最後的「陶」〉等都是用心捕捉著新疆民間社會的絲絲縷縷的生命溫情，彰顯著新疆人民的人性亮色。中篇小說〈雜色〉中的曹千里就從維吾爾族人民那裡領悟了一種幽默而積極地對待人生的超脫態度。王蒙有意淡化極左政治對新疆各族人民的暴虐和摧殘，更有意淡化新疆各民族人民的民族、宗教和文化差異，也不願意把新疆生活單純地詩意化、風景化，而是從高度實用理性化的人性視野來審視新疆各族人民的生死哀樂、日常生活。當然，這樣的新疆體驗書寫的確展示出了一個落難的漢族知識份子眼中的真實新疆。

　　至於張賢亮、高建群等人的新疆體驗也與王蒙的頗為同調。張賢亮的《綠化樹》、《男人的一半是女人》一方面因為對建國後右派知識份子的真實命運的悲情敘述獲得極大的聲譽，另一方面也因為其「才子落難、美女相救」的陳舊意識形態模式而飽受詬病。但需要注意的是，對民間底層社會的生命溫情的發掘，是張賢亮許多小說的不約而同的主調。他新疆體驗書寫的小說代表作〈肖爾布拉克〉也志在發掘縫合國家意識形態的罅隙的民間社會的生命溫情。開篇就展示了 1950 年代新疆大建設時五湖四海的人聚集到尾亞的浩大景觀。與內地階級鬥爭搞得沸反盈天不同，那時的新疆對全國各地來的人敞開了懷抱，而那些懷抱著一技之長、或懷揣著美好夢想的底層人民到了新疆，遼闊的天地似乎都能夠讓他們的人性得到較好的舒展，因此人與人之間的關係相對而言都較為純真，像剛到新疆的小說主人公在尾亞走投無路時，遇上的人都紛紛為之出謀劃策。陝北姑娘後來迫於生活無奈，不得不和那位新疆司機結婚，但她也勤勞安分，即使後來那個陝北小夥子找上門來，也是恪守倫理；而和新疆司機離婚後，陝北姑娘和小夥子就更是待之以禮。而新疆司機更是最佳地彰顯了底層人民的善良和淳樸，他成全了陝北姑娘和小夥子，途中遇到上海女知青，更是無私地幫助，結果好人有好報，皆大歡喜。而高建群的中篇小說〈遙遠的白房子〉和〈伊犁馬〉無論是敘述遙遠的新疆歷史，還是關注當時新疆漢族戍邊軍人和哈薩克族少女的愛情波折，都筆調哀婉，風流蘊藉；不過，〈遙遠的白房子〉更偏向於展示新疆游牧民族的浪漫血性，〈伊犁馬〉則偏向於展示新疆人民的

多情重義。

　　應和著改革開放大時代的要求，彰顯新疆大地的生命雄風和開拓精神，建構新時代的精神高地，是此階段新疆的新邊塞詩歌和軍旅小說的共同追求。

　　1980 年代新邊塞詩歌的崛起是當時詩壇的一大熱點，楊牧、周濤、章德益等人的詩歌頗為關注新疆的崇高雪山、蒼茫戈壁、疾馳駿馬、翱翔雄鷹等，從中提煉出粗獷彪悍、高曠超邁的精神姿態，傾向於崇高之美、力之美，是難得的帶有新疆特徵的黃鐘大呂之聲。楊牧在詩歌〈我驕傲，我有遼遠的地平線——寫給我的第二故鄉準噶爾〉中寫道：「荒野的路呵，曾經奪走我太多的年華，／我慶倖：也終於奪走了閉塞和淺見；／大漠的風呵，曾經吞噬太多的美好，／我自慰：也吞噬了我的怯懦和哀怨。／於是我愛上了開放和坦蕩，／於是我愛上了涌達和深遠；／於是我更愛準噶爾人的發達的胸肌，／——每一團肌肉都是一座隆起的峰巒！」[17]而周濤的詩歌〈天山南北〉則詠唱道：「她用暴雪，激勵我登攀的勇氣，／她用狂風，吹動我生命的帆桅。／／戈壁紅柳，告訴我堅韌而不卑微，／雪山勁松，教育我堅強而不獻媚，／綠洲白楊，啟示我團結而不孤傲，／冰峰雪蓮，誘導我純潔而不自美……」[18]章德益更是從天山那裡領悟到富有時代精神的天山之美：「天山之美，美在勇於創造自己的歷史；／天山之美，美在不

---

[17]　《邊疆新詩選》，頁 171。

[18]　《邊疆新詩選》，頁 185。

斷地把自己重造，／一群有靈魂的山脈，一群有血肉的山脈，／美在從突破中，成就著至美的目標！」[19]相對於聞捷、艾青、郭小川等人的新疆體驗書寫而言，新邊塞詩派的新疆體驗書寫無疑更富有主體性，更富有新疆獨有的地域特色。不過，他們的抒情主體還是被國家主流意識規定好的集體本位的主體，因此他們的詩歌更多的是較為粗疏的理性敘說，缺乏更為細膩、關乎個人精神和靈魂的獨到發現。當他們書寫新疆多民族的生活時，他們往往也會把異民族加以外在化、風景化。如楊牧的詩歌〈哈薩克素描〉這樣描繪哈薩克騎手：「站著是一匹伊犁馬／睡著是一架烏孫山／／動時是一條喀什河／靜時是一片大草原／／三角肌和肱二頭肌／高高隆起剽悍的力／兩腿的螺旋鉗著鞍鐙／始終是沒有終點的起點／／一副刀鞘，插著原始的果敢、頑強／一頂粗氈，護著自身永恆的溫暖／鷹鼻鉤著驚險的故事／兩眼卻是幽默的流傳／／酒裡沒有太高的奢望／酒後又有敞亮的不滿／太陽落下左肩的時候／依舊把月亮扛在右肩／／古老的歷史正在開發／每一片胸脯，都擂著鼓點」[20]。這種描繪張揚出了詩人所青睞的力之美，卻因為缺乏對內在心靈的發現使得詩歌喪失了內在的韻致。

　　與新邊塞詩派一樣，李斌奎、唐棟等人的新疆軍旅小說也重在弘揚那種敢於挑戰困難、富有開拓精神的新疆式的生命體驗。李斌奎的長篇小說《啊，崑崙山》就反映了長期駐守新疆崑崙山

---

[19] 《邊疆新詩選》，頁 164。

[20] 楊牧：《邊魂》（北京：作家出版社，1987），頁 180。

的當代軍人的生活、愛情、理想及追求，揭示了當代邊防軍人那種崇高的人生觀和價值觀。該小說對昆侖山的描繪極為驚心動魄，「山，這才是真正的山哪！千峰競起，萬仞直立，似斧、似劍、似擎天柱。山連著山，峰連著峰：紅色的岩，黑色的石，黃色的壁，在頭上，在腳下，在身邊。望不絕這山的天地哪是頭哪是尾，只見喀喇喀什冰河時而在深谷中漫漫遊蕩，時而跌下萬丈深淵。啊！它又懸上去了，懸上了雲遮霧障的冰峰，從兩峰間的隙縫裡奔泄而下。仰首遠眺那千尺冰舌、萬丈冰簾，仿佛是懸掛在高高的藍天之上。陽光照射在飛濺的泡沫狀的水霧上，被分解開又折射回來，瞬間形成了單一的色塊，很快又組合起來，變幻著跳躍著，使人眼花繚亂，目不暇接」[21]。在這種艱難條件下，戍邊戰士向西行、黃沙等人的獻身舉動築起了新時代的精神高峰。至於唐棟的短篇小說〈兵車行〉更是謳歌了戍守喀喇昆侖山兵站的當代軍人的犧牲精神和崇高形象。

不過，無論是王蒙、張賢亮等人尋找新疆民間底層社會的生命溫情，還是新疆邊塞詩派、軍旅小說構築改革開放時代的精神高地，他們對新疆體驗的書寫都還是在國家主流意識形態的控制和引導之下進行的，是對改革開放的現代性工程的呼應和回答。新疆多民族的民族身份認同、宗教文化認同等核心問題都沒有進入他們的視野之內，因此真正富有主體性的新疆體驗書寫還是沒有得到充分的展開。

---

[21] 李斌奎：《啊，昆侖山》（台北：人民文學出版社，1986），頁26。

　　由此可知，張承志的新疆體驗書寫的確是一個極具魅力的文學異數。張承志在新疆考察生活過一段時間，對新疆情有獨鍾，他的〈輝煌的波馬〉、〈夏台之戀〉、〈美麗瞬間〉、〈九座宮殿〉、〈晚潮〉、〈白泉〉、〈大阪〉、〈頂峰〉等小說都與新疆體驗有關。他寫新疆的回族、蒙古族、維吾爾族等，並不避諱他們的民族身份認同，也不刻意回避他們的宗教信仰問題。像〈輝煌的波馬〉中，回族人碎爺逃避宗教迫害，帶著兒子碎娃子和厄魯特蒙古人巴僧阿爸及其兒子阿迪亞和諧共處於天山腳下的波馬，他們的生命在天山的優美之中顯得如此純淨、美麗。當水文觀測員「我」最後在聽到巴僧阿爸在天山夕陽中唱著反叛的英雄頌時，「這時有一陣音樂不易察覺地浮現了。它緩緩如訴說，沙啞又動人，重負和悲憤中流行著一股——我仔細地聽著——希望和祈念。一瀉千里的雪山冰河陡然肅穆了；最後的、黑暗來臨之前的青色的明亮中突然呈現出一派神聖。草潮開始激動地搖曳，流水又恢復了轟鳴，我覺得猝不及防，我差點流出淚水」[22]，〈九座宮殿〉則把新疆回族人追尋宗教信仰的艱難苦旅寫得那麼感人肺腑。張承志在尋找自身的民族身份認同、宗教文化認同時，也啟動了其他民族的身份認同、宗教文化認同，以其自身明晰的主體性啟動了他人的主體性。

　　即使是寫新疆的自然風景，張承志也迥異於其他當代作家。

---

[22]　張承志：《回民的黃土高原：張承志回族題材小說選》（西寧：青海人民出版社，1993），頁 59。

在〈大阪〉中,他這樣描繪天山的冰川,「大阪上的那條冰川藍得醉人。那千萬年積成的冰層水準地疊砌著,一層微白,一層淺綠,一層蔚藍。在強烈的紫外線照射下,冰川幻變出神奇的色彩,使這荒涼恐怖的莽蒼大山陡添了一份難測的情感」[23]。短篇小說〈美麗瞬間〉中,張承志這樣描繪天山的草原:「從清晨起就一直高高逡巡的那支聖潔的樂曲,此時暴雨般傾瀉下來。天山藍郁的陰坡繃直了松枝,錚錚地搖曳著奏出節拍。迎著金黃的陽光,眩目的綠草地仍在流淌蔓延,光彩照人地誘惑著激昂和英勇。海拉提的黃驃馬卷著一連串黃黃的煙球,冬不拉曲子震耳欲聾。不可思議的瘋狂節奏打著大地的胸膛,前方一字擺開愈逼愈近的迷蒙河谷。扶搖的霧靄顫抖著,終於模糊了更遠的視野。那姑娘臨別時的一聲高喊像一個擲向天空的銀鈴,疾走湧落的音樂立即吞沒了搶跑了她」[24]。此外還有〈凝固火焰〉中對吐魯番火焰山的神奇描繪。這種景物和碧野的〈天山景物記〉中那種被徹底馴服、宣示著優美與富足的風景大相徑庭,即使和新邊塞詩派筆下的粗獷彪悍的新疆風景也大不相同,這是張承志對新疆的內在詩意和神性的獨到發現。如果把王蒙和張承志的新疆體驗書寫略加比較,就可以看出,王蒙更是從漢族的實用理性傳統來審視新疆多民族的世俗生活的,而張承志則傾向於從信仰的超越性角度來觀照新疆各族

---

[23] 《回民的黃土高原:張承志回族題材小說選》,頁 19。

[24] 張承志:〈美麗瞬間〉,《輝煌的波馬》(南京:江蘇文藝出版社,2003),頁 280。

人民的精神內核。在張承志的新疆體驗書寫中，新疆大地不再是
簡單的邊疆風情的提供者，新疆各族人民也不再是民族國家共同
體的想像性認同的忠誠對象，現代性、現代文明也不再是不證自
明的價值導向；他在新疆大地、新疆各民族的信仰裡發現的詩意
和神性拒絕著膚淺的風景化眼光，抗拒著民族國家共同體的想像
性認同，質疑著現代性的價值譜系。這無疑將為更多的當代作家
的新疆體驗書寫提供新的精神導向標。

三、詩意化和本土化的頡頏：
1990 年代到新世紀的新疆體驗書寫

　　1990 年代，現代化大潮更為兇猛地席捲全國，世俗化、實用
主義、消費文化等風氣彌漫整個社會的各個角落，使得原本就務
實的中華民族更為務實，精神的天空更為低矮，心魂的羽翼更為
稀薄。到了新世紀，這種狀況根本沒有得到改善，現代性的幸福
允諾對於大多數人而言都落空了，我們在物質產品的相對豐裕中
體驗著理想與精神的雙重失落，再加上整個社會階層日益固化，
貧富差距日益突出，制度性的貪污腐敗污染著整個社會的空氣，
和日益惡化的生態環境、日益潰敗的大自然，使得人心普遍極度
喧囂浮躁。在這種語境中，當代作家的新疆體驗書寫自然再次出
現根本性的變異。無論是 1990 年代就在文壇上了產生極大影響的
散文家周濤、劉亮程和詩人沈葦，還是到了新世紀獲得極大關注
的小說家紅柯、溫亞軍、董立勃和散文家李娟，他們的新疆地域

意識進一步加強，他們有意識地張揚新疆大地的詩意以對抗全國的世俗化浪潮，有意識到新疆大地去尋找新的生命精神去療救內地漢族精神萎靡的沉痾宿疾，他們的新疆體驗書寫在詩意化和本土化的兩個方向上都做出實質性的突破。

作為 1980 年代新邊塞詩人之一的周濤雖然已經滋生出獨特的生命意識，但整體看來還是更傾向於和國家主流意識形態的媾和，展示出來的更多的是對現代性的引頸翹望；因而在他的新疆體驗書寫中，新疆謀求的乃是內地、中心的首肯。但是從 1980 年代末轉入散文創作開始，到了 1990 年代，周濤的新疆體驗書寫開始出現了質的飛躍。他開始細緻地描繪新疆大地上的自然萬物、人情物事，並從中升騰出主動疏離於國家主流意識形態的生命意識。〈紅嘴鴉及其結局〉中，周濤描繪鞏乃斯草原被捕捉到的紅嘴鴉居然不甘心當俘虜和玩物活活氣死的壯烈；〈鞏乃斯的馬〉渲染了鞏乃斯草原馬的俊美和自由天性；〈猛禽〉謳歌了鷹的強悍與悲壯。從這些新疆自然生命身上，周濤表達乃是他那種崇尚自由、離世避俗、富有孤高之美的生命意識，承接了魯迅對懦弱、缺乏血性的國民性的批判精神。在〈二十四片犁鏵〉和〈一個牧人的姿態和幾種方式〉中，周濤更是表達了對農耕文明的鄙視，對游牧文明的讚賞，對那代表著現代文明的拖拉機報以孤高的質疑和蔑視，正如他所說的，「農業的手把一部分自然弄醜了，變成了產後的婦人，再不復有少女的容顏」[25]。在內地世俗化浪潮的倒逼

---

[25] 周濤：《高榻》（武漢：長江文藝出版社，1996），頁 47。

下，周濤對新疆的獨特文化和精神越來越自覺、自信，他曾說：
「新疆是亞洲中心的一半。新疆是古西域的核心。新疆是藍眼睛
的伊蘭人的故地，是浪漫華麗的突厥語的歸宿。新疆是處處天險
中的條條道路。新疆是語言隔膜中的無言神交。虛偽庸俗是敬新
疆而遠之，豪爽真誠進新疆而復活。這就是新疆本質中的一部分。
而它的全部，是無法概括的」[26]。因此，當他面對所謂的中心、
內地時，他已經不再氣餒，矮人一等，不再害怕那種無理的嘲弄
和否定了，他極為自覺為新疆辯護，在激烈的二元對立中把新疆
詩意化，「當北京景山的一棵相傳是崇禎自掛的歪脖子小樹前遊人
如織時，和田碩大無朋的核桃樹王正帝王般張開它蒼邁鬱綠的傘
蓋；當病入膏肓的一群招搖扭擺的所謂歌星在螢幕上展覽醜態與
病態時，喀什的泥牆瓦舍之間、月夜清白之地卻飄蕩著河流一樣
渾厚、柔和的真正歌聲；當欺騙成為常識、敲詐成為公理、金錢
成為準則、叛賣成為創造，一切的價值沉淪在洶湧的潮流之中時，
真誠、樸素、人性這類事物的最後棲息地也只能在邊陲的某些角
落了。人性的理解和笑容，真誠樸素的禮貌和友誼，稀有金屬一
般在綠洲的田園裡閃閃發光、震撼心靈」[27]。至此，新疆作為邊
陲，已經不再因遠離政治、經濟中心而羞愧，而是意識到了自身
的本質力量，並轉而作為價值標準衡量著內地、中心的欠缺與失
落。周濤說：「邊陲是永恆的。它的土地，它的人，總是在時髦的

---

[26] 《高褟》，頁 64。

[27] 《高褟》，頁 216。

漩渦之外提供某種不同的存在。那就是美」[28]。周濤終於和張承志走上同一條道路，不過周濤是立足人文精神基礎上的新疆審美，張承志更是立足於民族宗教基礎上的信仰追尋。

　　與周濤的詩意化新疆體驗書寫如出一轍，詩人沈葦從遙遠的江南水鄉來到新疆，無疑也在追尋新疆的詩意和神性。沈葦詩歌在 1990 年代詩壇上曾產生較大反響，他紮根新疆大地，能夠對存在、時間、死亡、愛、故鄉等核心主題做出較為深入的思考，又能夠讓這些主題染上濃郁的新疆氣息。他的短詩〈一個地區〉曾被廣為稱頌，「中亞的太陽。玫瑰。火／眺望北冰洋，那片白色的藍／那人傍依著夢：一個深不可測的地區／鳥，　隻，兩隻，三隻，飛過午後的睡眠」[29]。該短詩寫出了新疆的熱烈、高潔、孤迥之美，堪稱新疆靈魂的簡潔素描。在沈葦的新疆體驗書寫中，那種供膚淺遊客消費的邊地風景、民族風情消失了，取而代之的是對新疆大地的深及靈魂的孤獨詠歎，是對新疆大地萬般風物的神性的耐心搜集，就像他說的，「我突然厭倦了做地域性的二道販子」[30]，沈葦能夠讓生命和新疆大地融為一體，再從中升騰出最個體化、最具有新疆特色的精神姿態。沈葦在詩歌〈狀態〉中詠唱道：「我生活在遙遠的國度，太陽和玫瑰燃燒之地／那裡，東方與西方在絲綢之路擁吻／它們激情的後代便是我，一位遠方的詩

---

[28] 《高椅》，頁 217。

[29] 沈葦：《我的塵土，我的坦途》（烏魯木齊：新疆人民出版社，2004），頁 3。

[30] 《我的塵土，我的坦途》，頁 193。

人／被饑餓的海水和沙漠舉起，又扔下／我擁有兩種空氣，一種用來呼吸，一種用來飛翔」[31]。由此，試再想想當初寫出〈單翅鳥〉的詩人海子，我們甚至設想如果他能夠和沈葦一樣到新疆去生活，也許就不至於走上無奈的絕路吧，那實在是因為內心生活無法得到外在世界的點滴支援才轟然爆炸的。

劉亮程的新疆體驗書寫到了二十世紀末期突然成就了一個傳奇，他憑藉散文集《一個人的村莊》被譽為「二十世紀最後一位散文家」、「鄉村哲學家」。他在散文集裡極具詩意地描繪了北疆戈壁灘邊沿一個名叫黃沙梁的小村莊的外貌和靈魂。他眾生平等地對待所有動物，充分體諒一頭驢的生存境遇和脾性，和老鼠共用豐收的喜悅，與狗共同守護著村莊的靜謐，分享牆腳下螞蟻的智慧；他又能夠聽到野花的大笑，體驗一株樹的渴望，和野地上的麥子一起沉醉於秋天。他在〈村東頭的人和村西頭的人〉這樣描寫陽光：「住在村東頭的人，被早晨的第一縷陽光照醒。這是一天的頭一茬陽光，鮮嫩、潔淨，充滿生機。做早飯的女人，收拾農具的男人，沐浴在一片曙光中，這頓鮮美的『陽光早餐』不是哪個地方的人都能隨意享受。陽光對於人的餵養就像草對於牲畜。光線的品質直接決定著人的內心及前途的光亮程度。而當陽光漫過一個房頂又一個房頂到達村西頭，光線中已沾染了太多的煙塵、人聲和雞鳴狗叫，變為世俗的東西」[32]。這等樸實流麗又蘊含生

---

[31] 《我的塵土，我的坦途》，頁 42。

[32] 劉亮程：《一個人的村莊》（瀋陽：春風文藝出版社，2006），頁 49。

命哲理的文字實在是沁人心脾。更為難能可貴的是,劉亮程又沒有停留在鄉村瑣事碎物的展示上,他能夠上升到哲理高度來領悟諸多事物,例如他在〈馮四〉中如此感悟人生:「其實人的一生也像一株莊稼,熟透了也就死了。一代又一代人熟透在時間裡,浩浩蕩蕩,無邊無際。誰是最後的收穫者呢?誰目睹了生命的大荒蕪——這個孤獨的收穫者,在時間深處的無邊金黃中,農夫一樣,揮舞著鐮刀」[33]。新疆大地的遼闊深邃就這樣賦予了劉亮程散文一種內在的精神質感。其實要理解《一個人的村莊》,也許必須觀照整體的時代文化語境。正是城市文化的喧囂映照出了邊地小村莊的寧靜,正是現代人徹底疏離於大自然對照出了其對自然生命的審美觀照的可貴,正是現代文明過於追新逐異、步履匆促使得一個村莊的安土重遷、緩慢步履顯得尤其富有人性。劉亮程的新疆體驗書寫沒有像王蒙那樣去尋找民間底層社會的生命溫情,也沒有像張承志、周濤那樣特別關注雪山、草原、猛禽等神異風物,他只是打開了新疆一個小村莊的生命皺褶,居然也如此富有詩意,實在耐人尋味。緊隨劉亮程而來的是李娟。李娟的書寫阿勒泰的系列散文〈九篇雪〉、〈我的阿勒泰〉、〈阿勒泰的角落〉、〈走夜路請放聲歌唱〉在近幾年文壇噴薄而出,奪人眼球,再次延續了劉亮程的散文路子,對新疆大地上的人與事做出純淨樸素的優雅展示。她的散文瀰漫著新疆游牧民族式的樂天知命、天真好奇又豁達超然的氣質。

---

[33] 《一個人的村莊》,頁 18。

在 1990 年代以來直至新世紀的新疆體驗書寫中，紅柯無疑佔據至關重要的地位。十餘年的新疆生活徹底解放了紅柯的想像力，更換了他的生命意識，反過來脫胎換骨的紅柯也成為新疆大地的一個抒情孔道，他以龐大瑰麗的小說世界把新疆精神提升到了純粹詩意和神性的美好境界。紅柯的新疆體驗書寫具有非常明顯的文明批判和國民性批判的意味。在散文〈浪跡北疆〉中，紅柯曾說：「彌漫在戈壁沙漠上的絕不是荒涼，而是沉靜！這是腑臟最健康的狀態，浮躁和喧囂這類雜音是摒除在外的。……我在黃土高原的渭河谷地生活了二十多年，當鬆散的黃土和狹窄的谷地讓人感到窒息時，我來到一瀉千里的礫石灘，我觸摸到大地最堅硬的骨頭。我用這些骨頭做大樑，給生命構築大地上最寬敞、最清靜的家園」[34]。他還說：「居於沙漠的草原人其心靈與軀體是一致的，靈魂是虔敬的。而居於沃野的漢人卻那麼浮躁狂妄散亂，心靈荒涼而乾旱」[35]。由此可見，紅柯憧憬新疆、書寫新疆，與他反思內地漢族的農耕文明的局限性有關；對於他而言，新疆才是生命的彼岸，代表著一種極其人性化、詩意的生活方式。

紅柯在文壇上首先產生極大反響的是長篇小說《西去的騎手》。他要到新疆尋找的就是馬仲英所表現的那種血性剛烈的生命精神。他說：「我當時想寫西北地方很血性的東西。明清以後，西北人嚮往漢唐雄風，而回民做得好。他們人少，但有一種壯烈的

---

[34] 紅柯：《敬畏蒼天》（上海：上海人民出版社，2002），頁 12。

[35] 《敬畏蒼天》，頁 10。

東西。我們這個民族近代以後幾乎是退化了。我想把那種血性又
恢復起來。……我在馬仲英身上就是要寫那種原始的、本身的東
西。對生命瞬間輝煌的渴望。對死的平淡看待和對生的極端重視。
新疆有中原文化沒有的剛烈，有從古到今的知識份子文化漠視的
東西」³⁶。因此，他筆下的馬仲英年紀輕輕就揭竿而起，在戰場
上出生入死，勇猛異常，信奉著「有滋有味活幾天，比活一百年
強」的生命哲學，最終騎馬躍入黑海不知所終。紅柯在馬仲英身
上復活了《史記》中西楚霸王一類的神奇人物，張揚出了一種獨
特的新疆精神。此外，像中篇小說〈復活的瑪納斯〉中的解放軍
退伍團長、〈金色的阿勒泰〉中的解放軍營長，長篇小說《大河》
中的土匪托海等，都是像馬仲英一樣血性剛烈之人，支撐起新疆
大地的雄性風景線，也映照著甚至批判著內地漢族人普遍存在的
國民性的萎靡和怯弱。

當然，紅柯的新疆體驗書寫並沒有僅僅停留於展示新疆大地
的血性剛烈一面，他也非常注意展示新疆大地的廣袤深邃、坦然
浩蕩的另一面。他的長篇小說《烏爾禾》中的海力布和老奶奶似
乎就是被新疆大地注入了生命韌性之人。至於他的長篇小說《生
命樹》更是展示了新疆的遼闊大地是如何給受傷的生命療傷的。
整部小說的情節發源點是高中生馬燕紅被強姦這件可怕的事情，
隨後馬燕紅、徐莉莉、王藍藍三人的生活道路全部被改變，但紅
柯的可貴之處，是要尋覓這些新疆人的生命中那種越過創傷、不

---

³⁶ 紅柯：《西去的騎手》（昆明：雲南人民出版社，2002），頁294。

顧一切地去肯定生活、擁抱生活的神性力量。紅柯借助這些人物寫出了新疆人那種闊大雍容的生命氣度。

和紅柯一樣，溫亞軍也是陝西人，也到新疆生活十餘年後才獲得創作的靈感，踏入文壇的，他的許多小說也構築了一個富有詩意的新疆世界。他曾說：「新疆在我的心目中永遠佔據著重要位置。我的大部分作品都是寫新疆的，但我心裡的新疆，不是那麼神乎其神，我喜歡簡單、直接地描述一個清晰的、明朗的新疆。我寫新疆的小說，沒有一篇不是想像出來的，可是，沒有脫離那裡的生活實際。對新疆，我肯定不是一般意義上的想了，那是扯心扯肺的一種牽掛」[37]。的確，是新疆賦予了溫亞軍一種淡定從容、獨步文壇、不媚俗、不趨時的特有氣質。而且他的小說偏向於去發掘平常生活中的美和善，潛藏於人性中的動人溫情，就像新疆陽光下的綠洲一樣明麗樸實。像他曾經獲得第三屆魯迅文學獎的短篇小說〈馱水的日子〉寫的是新疆邊防哨所的一個上等兵和一頭馱水的驢子之間的溫情交往，就極感人。至於他的長篇小說《無岸之海》則寫南疆塔爾拉武警官兵的生活。他們戍守在祖國邊地，生活條件極為艱苦，但最終都被磨煉成昂揚樂觀的人。無論是武警支隊政委劉新章，還是副指導員呂建疆，抑或是維吾爾族戰士阿不都，都閃爍出難以磨滅的人性之光。這些扎根於新疆本土現實的小說沒有對新疆進行高調的提純、詩意化，但照樣

---

[37] 姜廣平：〈「寂寞使我產生了寫作的偏狂執拗」──溫亞軍訪談〉，《西湖》2010 年 04 期，頁 100。

令人過目難忘，頓感溫暖。和 1980 年代李斌奎、唐棟等人的新疆軍旅小說的書寫相比，溫亞軍的新疆體驗書寫無疑更富有新時代的個人色彩、人性色彩。

從 1990 年代以來到新世紀，周濤、沈葦、劉亮程、李娟、紅柯、溫亞軍對新疆體驗的書寫無疑都是立足新疆本土的，重在發掘出新疆大地的主體性，但他們都在和內地的漢文化、國家主流意識宣導的現代性有意識地建立起一種相互映照的關係。因此，他們重在發掘新疆體驗中的異質性，如詩意、神性、血性、溫情等。但是董立勃在新世紀贏得較大反響的系列長篇小說，如〈白麥〉、〈白豆〉、〈米香〉等，在描繪新疆生產建設兵團的歷史與生活時，卻走上了另一條本土化之路。他筆下的那些人物都是建國後到新疆開闢新生活的漢族人，漢族文化已經把他們塑造成形了，到了新疆，新的地域風情、民族文化、精神信仰等似乎已經對他們起不到多大的作用了，他們的命運主要受政治形勢、個人性情、欲望等的影響。像〈米香〉中的米香、宋蘭、許明、老謝等人，都是地道的漢族人，沒有信仰，崇拜權力，精明甚至勢利，凡事只考慮個人私利，但也富有生命韌性。他們把漢族文化較為完整地移植到了新疆，建構出了新的家園。因此董立勃的這些小說和畢飛宇的〈玉米〉、〈玉秀〉等小說在精神氣質、敘事質地上都非常相似。其實，董立勃的這種新疆體驗書寫的傾向早在陸天明的新疆題材長篇小說《桑拿高地的太陽》、《泥日》中就已經表現出來了。像《桑那高地的太陽》中的上海知青謝平的拼搏和精神毀滅，老爺子的專制和冷酷，把極左時代的政治變態、漢族文化較

為醜陋的一面展示得淋漓盡致。如果新疆的地域風情、民族文化等沒有辦法給漢族文化輸入一種異質性的活力因素，那麼新疆體驗書寫無疑就喪失了獨立稱謂的必要性的。那樣，也許是好事，也許是壞事。

結語：新疆體驗書寫的邏輯脈絡和文化建設意義

整體梳理了當代作家的新疆體驗書寫的歷史後，我們可以發現其存在較為鮮明的內在邏輯脈絡。

首先是從對國家主流意識的積極迎合到對國家主流意識形態的有限疏離。在新中國剛建立之初，聞捷、碧野、郭小川、艾青、李季、張志民、李瑛等詩人、小說家到新疆工作、體驗生活，幾乎都是負有國家意識形態的崇高使命的，就是要通過文學想像既讓內地民眾把新疆視為民族國家共同體的不可分割的一部分，又要讓新疆當地民眾自覺獲得民族國家共同體的想像性認同。因此他們筆下的新疆人的少數民族身份會被中華民族、階級解放等宏大語詞遮蔽起來。到了 1980 年代，王蒙的新疆體驗書寫雖然沒有那麼急迫的國家主流意識形態的宣教使命感，但他是要在新疆各族人民民間生活的脈脈溫情中去尋找彌合國家主流意識形態裂縫的膠水，對國家主流意識形態的認同依然是穩定的。中篇小說〈雜色〉中的曹千里不願甘居邊疆，渴望再次躍馬奔騰，表達的無非就是作者試圖獲得國家權力承認的身份焦慮感而已。至於新邊塞詩派、軍旅小說都是渴望國家主流意識形態的首肯和揄揚的。但

是到了張承志之後，當代作家的新疆體驗書寫忽然出現質的變化，對國家主流意識形態的有限疏離幾乎成了他們不約而同的立場選擇。張承志有意尋找新疆少數民族的不同的民族身份認同，拒絕「中華民族」等宏大詞語的粗疏空虛。「半個胡兒」的周濤、紅柯等人都超越了國家主流意識形態的民族限制和宗教管控，志在展示新疆大地的叛逆不羈的靈魂。

其次，從對現代性的無比憧憬到對現代性的適度拒斥。就像聞捷的長詩〈復仇的火焰〉中的哈薩克族戰士沙爾拜對草原上的現代機器文明的憧憬中所表現的那樣，聞捷、郭小川、碧野等人不言自明地把新疆視為被現代文明遺忘的角落，如今隨著建國後現代化建設的高潮掀起，未來的幸福美滿指日可待。王蒙等人為遭受極左政治運動干擾的新疆現代化建設而扼腕嘆息，希望從民間社會中尋覓新的力量儘快重啟現代性的宏大工程。新邊塞詩派、軍旅小說等都試圖從新疆大地中去尋覓剛烈的生命精神、開拓精神參與到現代化大潮中去。但是張承志的新疆體驗書寫卻質疑了這種唯現代文明馬首是瞻的盲目趨勢，他筆下的人物逆潮流而動，顯示出了較明晰的反現代特質。周濤對邊陲的發現、紅柯對邊疆精神的提倡，也是對張承志精神的繼續堅持。至於劉亮程、李娟等人那麼專心致志地描繪被現代文明大潮遺忘的小村莊、阿勒泰邊地，而不是嚮往都市的中心、市場的繁華，本身就具有濃郁的反現代意味。

再次，從對新疆的風景化觀照到對新疆內在的主體性的發現。這是與前兩個脈絡構成呼應的。聞捷、郭小川、碧野、張志民等

人對新疆體驗的書寫大都是停留在風景化的粗淺層次上。他們被新疆大地奇異的自然美景、多姿多彩的民族風情所陶醉，但因被國家主流意識形態所裹挾，尚未能發現新疆內在的主體性。王蒙倒是一度能夠和新疆少數民族打成一片，但是受制於高度實用理性化的本民族文化，他也只能發現被本民族文化可以接受的新疆特質，而發現不了超越於本民族文化的新疆更獨特的生命精神。新邊塞詩派是較早書寫新疆內在的主體性的，但這種主體性還是被制約在主流意識形態許可的範圍內。直到張承志，新疆大地獨特的生命精神、多民族宗教文化的超越之維等等顯示內在主體性的東西才首次被當代作家以極具詩意、叛逆的方式張揚出來。張承志甚至認為新疆這個名稱都暗示著中心對邊疆的傲慢，從而有可能否定其主體性，因此他說：「應該稱之天山南北更好。新疆這個地名本身帶有東方強權的氣味，而東土耳其斯坦之類術語更滿沾著西方列強的陰謀。我所謂的天山南北，是與上述無關的世界。我講的是美，人在草原脫生為一軀自由之身之後，必須見識美，見識徹底的美，這極其重要」[38]。也許這不太容易被內地人接受，但的確又不無道理。周濤、紅柯、沈葦、劉亮程等人都已經擺脫了對新疆的風景化觀照，已經建立了對新疆的內在主體性書寫的不同模式。

　　有意味的是，當代作家的新疆體驗書寫的這種歷史脈絡又和當代中國文化發展的整體歷史構成一種呼應。如所周知，建國後

---

[38] 張承志：《清潔的精神》（合肥：安徽文藝出版社，1996），頁173。

我國整體上都追逐著現代性、現代化，無論是 1950 到 1970 年代的革命化，還是 1980 年代的改革開放，都把本民族的傳統文化視為急於破除、超越的物件，沒有建立起文化自信心，更談不上文化的主體性；但是到 1980 年代末，尤其 1990 年代以來，我們在大力發展現代文明的同時，也極力建構本民族的文化主體性。全球化和本土化的兩股力量同時支配著像中國這樣的後發現代化國家。而當代作家的新疆體驗書寫在對現代性的有限度抗拒和質疑中發現了新疆內在的主體性，恰恰構成了中國文化在全球化浪潮的獲得文化主體性自覺的美麗一環。

理解了當代作家的新疆體驗書寫這種內在歷史與邏輯脈絡，我們才可以清晰地勾勒出其文學史價值乃至對當前文化的建設意義。最關鍵的是，當代作家的新疆體驗書寫為當代文學乃至當代中國社會輸送了迥異於內地以漢族文化為中心的異質文化經驗。新疆體驗書寫的文化意義和內地不同的地域文學的文化意義迥然不同，因為像內地的荊楚文化、湖湘文化、江南士風、三秦文化乃至東北黑土地文化基本上都是漢族文化的地方性演繹。但是新疆體驗書寫處理的乃是多民族聚居的、自然風物迥然相異、宗教信仰截然不同乃至生活方式都差距甚大的異質文化經驗。而這種異質文化經驗相對而言更具有自由品格，更多姿多彩，更富有血性和強悍的生命意志，因此恰恰能夠彌補內地漢族文化的欠缺。正如紅柯在〈文學的邊疆精神〉所說的，「中國人最有血性最健康的時候總是彌漫著一種古樸的大地意識，亞洲那些大江大河，那些名貴的高原群山就是我們豪邁的肢體與血管，奔騰著卓越的想

像與夢想。邊疆一直是我們古老文明的搖籃。中國文學有一種偉大的邊疆精神與傳統。這是近百年來我們所忽略的。我們總是把目光盯著所謂發達國家，卻忽略自己家園裡的另一種高貴而美好的東西」[39]。當代作家的新疆體驗書寫，尤其是張承志、周濤、紅柯、沈葦、劉亮程等人的新疆體驗書寫，復活的就是這種大地意識，這種偉大的邊疆精神與傳統。楊義先生在〈重繪中國文學地圖的方法論問題〉中也曾提出要注意邊疆、邊緣的文化活力問題，在他看來中國歷史中每隔一段時間就需要這種邊疆、邊緣的文化活力注入日益呆板的文化中心，從而使得文化中心恢復文化活力。的確，張承志、周濤、紅柯等人給當代文化中心注入的就是這種邊疆、邊緣的文化活性因數。這種新疆特有的邊疆精神、異質文化經驗對於當代中國人的精神重建必將產生持續而重大的影響。

[原載《長江學術》2015 年 02 期，此為完整版]

---

[39] 紅柯：《敬畏蒼天》（上海：上海人民出版社，2002），頁 1279。

自我的地理學

耿占春

（河南大學特聘教授）

　　我將轉向另一種修辭學，它的隱喻基礎不是來自歷史與時間，像在昌耀詩歌話語中那樣，而是來自地方和空間。在沈葦的詩歌話語中，他為我們展現了關於自我的地形學。揭示了地方（空間隱喻與修辭）在自我建構過程中的塑型作用，同樣，沈葦也為我們揭示了一種在地方、空間特性中生成著的自我。他揭示了自我的生成和地方性的特殊關係，然而又進行著不懈的自我改寫，不斷增加自我內部認知的距離，發展自我的多重性，而不把任何一種自我變成起源論的或本質主義的。

　　小說具有地理學的某些屬性：小說的世界涉及到背景、場所、視野，涉及到眾多的風物和展開它們的地平線。而詩歌的感知與修辭想像——就像沈葦的作品，則向我們揭示一個地區的意義，表達詩人獨特的空間感受，以及地方在形成主體的意識結構中的建構作用。他的詩歌不僅揭示出一個地方的歷史性和社會性，深

刻地挖掘一個地方的自然歷史所蘊涵的美學意味以及道德內涵，還展現了自我逐步地把外部空間改寫為自我的疆域的構成過程。這是沈葦的詩歌值得關注的理由之一。對他所生活的區域的深入理解和區域感受的挖掘，構成了沈葦詩學中充滿情感認知的「詩歌地理學」。也許有一天，他的詩篇不僅是詩學研究的課題，而且也可能成為人文地理學的研究課題，將人的感受作為中心議題之一的人文地理學。正像人文地理學者所意識到的，地理景觀的含義無法用資料來恰當的表達，由資料描繪出的地理缺少了由人親身感受所產生的豐富內涵。而沈葦的這些詩歌揭示了詩人與地理之間充滿感染力和激情的關係。

地域的意義——對於人或同樣對於詩人——都不是因為它是決定論的，只是因為，經驗的形成總是在一個經驗環境中，我們的感受與情感也不是在純粹的思想中產生，而是在一個產生它的事物秩序中。就像「觀念」這個詞語所提示的，原初的意念總是在「觀看」中所產生的。思想有它的可見性，和一種視覺上的起源。是地理空間中的某些事物、形態與事件喚起了這些感受。要探究和描述這些感受就要恰當地描述產生這種感受的具體事物及其形態。描寫經驗就意味著描寫產生這種經驗的經驗環境，對感受的描述就是描述感受在其中形成的感知空間。這既是一種對經驗與感受的表達方式，也是檢驗經驗與感受的真實力量的方式。沒有經驗環境就沒有真實的經驗，沒有描述感受產生的事物秩序，感受就是空洞無物的概念。因此，詩歌的地理學一方面是關於情感（經驗）的認知，經驗的場所、經驗自身所包含的地理因素為

情感表達提供了修辭。另一方面，詩歌的地理學涉及到空間、場所與事物的意義，它是關於地理對人的經驗的構成作用，以及地理空間對主體意識的建構作用的認識。

[1]

一個人和自己出生、成長的地方是一種倫理和道德的關係。這不僅意味著他必須接受這個地方的秩序、傳統和倫理約束，也意味著他對地方性的事物擁有許多個人傳記色彩的記憶，一個人對出生成長之地的經驗首先是一種與個人傳記經驗密不可分的、充滿利害關係的道德生活體驗。某些空間秩序及其事物見證了他的個人記憶，他親歷的事件，他的快樂和痛苦。隨著歲月流逝或移居他處，倫理關係和道德體驗也會變成審美經驗。正如沈葦寫南方故鄉的那些詩篇。而作為一個旅居者或旅行者對他移居別處的地方構成的首先是一種美學關係。自從八十年代末，沈葦大學畢業從江南移居新疆——這也是他詩歌寫作的真正開始——西域既是他的居住地，也是他旅行的地方。西域對初到此地的詩人來說首先呈現為一種美學現象。他首先感知到的是景觀與自傳經驗的可分離性，正是這種可分離性產生了審美的空間、陶醉與想像力：

> 古道湮沒，樓蘭的蜃景燦爛一現，
> 香噴噴的妃子何時告別了喀什噶爾？
> 天鵝成群結隊回到美麗的巴音郭楞，

牠們去過的世界我一無所知，一無所見。（〈新柔巴依〉）[1]
景觀對於他的觀察來說首先是一種視覺物件，這個視覺物件與個
人的傳記經驗是彼此分離的，甚至直到相遇的那一時刻，被觀察
的物件與個人傳記記憶之間沒有任何經驗性的關係。所謂人與世
界之間的美學關係，主要是通過目光建立的聯繫。在他較早期的
詩歌中，詩人通過想像的愛、通過追思在瞬間建立個人與一個地
方的關係。在〈詩中的西域〉一文中，已經討論了這一點：對於
移居生活來說，他首先面對著傳統的非連續性意識，面對著傳統
的失效。已經離開的世界變成了記憶，置身其中的現時空間與個
人的內在性還沒有產生聯繫，傳統與現時之間的非連續性是移民
經驗的一個主要感受。在一個積累和包容的傳統面前，移居者並
不處在與它的有機和豐富的聯繫之中。現實顯現著非現實性的陌
生面孔。與穩定、熟悉、密切的環境相比，這是人與世界的重新
「距離化」，也是「自我距離化」。當人面臨陌生的環境時，自
我也會成為自我的陌生人。每一事物都充滿秘密、每一個時刻都
變成了一種啟迪。詩人是一個自覺地與世界建構精神聯繫的人，
也是一種積極地尋求轉寫經驗的人，他的職責之一就是把存在的
事物變為內心的元素，把世界內心化。西域又恰恰是這樣一個世
界，它是一個把消失隱匿在現存之中的世界，也是一個深邃廣闊
然而已經碎片化的世界。在沈葦看來，消失與碎片化的傳統依然

---

[1] 文中所引用沈葦詩歌均見沈葦：《我的塵土，我的坦途》（烏魯木齊：新
疆人民出版社，2004）。

是一種力量，不存在的事物依然充滿魔力：

> 從宇宙陽臺往下看，死者與生者平起平坐。
>
> 在炎熱的吐魯番，我去參觀博物館，
>
> 我對木乃伊少女說：「醒醒！」一旦她醒來，
>
> 整個消失的過去都將高大地站在眼前。（〈新柔巴依〉）

這是一種意味深長的聯繫：整個消失的過去會在對一個古代異族少女的追思與想像中復活，並且因此把一個移民的現在與當地的歷史傳統聯結起來。這是詩人與世界之間一種審美的和欲望化的聯繫。對這種經驗，沈葦的詩歌給予了一種神話般的理解，然而又是歷史和生存論的理解。當然，在詩人自信的時刻，他還沒有意識到自我屬性將要發生的深刻改寫，還沒有預料到建構與這個地域的聯繫需要喚醒的是一個陌生的自我。

在詩人重建自我與世界聯繫的過程中，除了對神秘符號的想像性解讀，旅行成為一種更加直觀的方式。沈葦的〈金色旅行——新柔巴依集之二〉具體地展現了「世界——我甦醒的身體」之間深廣與細微的對應。金色旅行是詩人輝煌的自我巡禮，並把西域的地貌風物和它們向詩人顯現的多樣化的時刻化入身心：

> 金色！金色統治準噶爾盆地
>
> 挺拔的白楊部落，滄桑的胡楊部落
>
> 還有隱居群山的白樺部落
>
> 在金色中團結一致，——金色是秋天的可汗 （4）

> 額爾濟斯河，水的蠻族之路，穿過內心

奔向遙遠的北冰洋，像一隻蒙古長調 （9）

烏爾禾風城，虛無的珍藏，一個乾燥的
時間源頭：寂靜在眺望，在龜裂，作痛 （10）

當天光暗淡，環繞準噶爾盆地，幾個地名
開始閃亮：阿勒泰、福海、富蘊、青河——
啊，散落的璣珠，遠去的異族家園
我要用一根金線將它們串連 （18）

這是西域對詩人所顯示的另一幅最初的面貌，不是字謎般的充滿
神秘異己含義的世界，而是一個光明的世界，一個亞當般的世界，
在它的明朗面前，詩人不掩飾自己的某種迷醉。西域的每一事物
都帶來這樣的迷醉：它消除所有的觀念與意識，沒有人的歷史，
沒有傳統，也沒有它們所塑造的傳記式的自我。從個人傳記與地
域的對應關係上說，詩人面臨著的是自我的一個白板，西域提供
了重新書寫的良機。金色，準噶爾盆地，胡楊部落或白樺部落，
水的蠻族額爾濟斯河，烏爾禾風城，它們都是純潔的字元，它們
使自我回到時間的源頭。西域的地理空間和屬性成為詩人新的自
我認知媒介，沈葦在這些金色旅行中，把異域地理轉寫為自我內
在性更廣闊的一部分。〈金色旅行〉中的那些事物、地點與風光，
在隱秘地化為詩人自我認知的符號。對河流、樹木、村莊的頌揚
已經變成對正在構成的抒情主體和話語主體的另一種肯定；成為
它的頌揚者意味著對美學化的話語主體的自我確認。一種移居生

活與作為一個詩人的經驗已經有機地融合起來，成為沈葦詩歌階段性的主題。以異質經驗或異域傳統，或者說以「一個地區的靈魂」作為自我更新的動力，作為「自我距離化」的起點。

「在自己的處境和世界之間一再產生一定的距離，是人之為人的基本特徵之一。如果在一個人看來，除了他當下的處境之外一切都不存在，那麼他並不是個完整的人──我們從自己的過去繼承了另一種需要：一再切斷我們與生活、與我們的生存細節的所有聯繫。」曼海姆將這樣的能力稱之為「自我距離化」，也稱之為「迷醉」。在他看來，現代文化理想並不應該與「迷醉」或者「自我的距離化」相對立，而應該為它提供山路與前景。因為「自我距離化」或「迷醉」意味著真正的「教養」。擺脫眼前的世界、進入迷醉狀態是這一世代相傳的理想，「從根本上說，這就是一切人類的宗教嚮往所具有的含義。脫離這個世界和眼前處境，首先是利用麻醉品達到的，然後是通過禁欲主義，最後則是通過孤獨的沉思。所有這些做法都能達到擺脫眼前世界的目的，但這尚不能算是建立了與自我的純粹實存的關係。救贖的體驗要借助於一些神秘的宗教象徵，而這些象徵往往不過是社會權威關係的設計。依靠這種方式，極力想要擺脫眼前日常現實的人，又被帶回到他希望擺脫的地方。從眼前處境中獲得更為徹底的解放，只有在現代才是可能的。」[2]然而現代文化首先帶來的卻是「距離

---

[2] 卡爾·曼海姆著，艾彥等譯：《文化社會學論集》（瀋陽：遼寧教育出版社，2003），頁 255。

的消除」，是自然的祛魅和文化的同質化趨向，它意味著自我距離化的困難處境。沈葦的詩提供了新的自我距離化所需要的更微妙的語言，它不僅吸收了某些宗教象徵、欲望與禁欲的主題，和孤獨沉思的詩歌傳統，對一個地域所包含的意識結構的探索、自我的重新距離化的探索都提供了新的迷醉形式。

　　一個短期旅行者的審美經驗和他的迷醉可能會到此為止，在意氣風發的迷醉或佯醉之後旅行者就會離開，主體會得到滿足而不是改變。它所造成的自我距離化很快就會在現實中彌合。但對沈葦來說，這是開始而不是結束。在詩人的行走經驗中，一些日常的敘事性因素開始出現在自我與世界的認知關係中。在敘事性的層面上，他不只是停留在觀察者的主體位置，或僅僅通過目光建立自我與他人世界的關係。在沈葦的早期詩作中，一旦出現了本土人物而不只是風物，這種關係就從意氣風發轉為謙遜和具體的。〈滋泥泉子〉的敘述語調是謙和的，甚至充滿了莫名的內疚，他仍然是一個旅行者，但已經沒有那種把所見的一切日常景觀奇異化和浪漫化的傾向，也許這是因為他正在成為這個區域的定居者，或許是步行經驗不同於觀光者之處，進程開始放慢，日常細節處處顯現：

　　　　在一個叫滋泥泉子的小地方，我走在落日裡

　　　　一頭飲水的毛驢抬頭看了看我

　　　　我與收葵花的農民交談，抽他們的莫合菸

　　　　他們高聲說著土地和老婆

　　　　這時，夕陽轉過身來，打量

　　紅辣椒、黃泥小屋和屋內全部的生活

與意氣風發的觀光者不同，這裡的敘述顯示了目光的謙遜。觀察者的目光頗具深意，場景中的觀看者是毛驢，是夕陽的打量，觀察的主體位置是物而不是人。「一頭飲水的毛驢抬頭看了看我」隱約透露了詩人在這個小地方所體味的陌生感與異己感，或者是這個地方對他陌生和善意兼而有之，這樣的敘述所表達的是被注視與被漠視之間的感受。詩人觀察滋泥泉子的方式也猶如（夕陽）自然光線的打量。雖然詩中寫到了滋泥泉子這個小地方貧苦人們的生活，他接著還注意到房屋上牆上的裂縫和貧瘠的鹽鹼灘，但對這種生活仍然傾向於作自然的（美學）觀察而不是道德觀察，正像這些景象被置於夕陽的打量之下。因此與其說詩人描述了這裡的貧苦，不如說他描述了幾乎接近「自然」狀態的「樸素」生活，因為有許多人仍舊這樣自然而然地生活著，談論著他們的土地和老婆。這裡的生活就像它的地名那麼實在。但接著，詩人向我們透露了心跡：

　　──幾株小白楊

　　這使滋泥泉子突然生動起來

　　我是南方人，名叫沈葦

　　在滋泥泉子，沒有人知道我的名字

　　這很好，這使我想起

　　另一些沒有去過的地方

　　在滋泥泉子，我遵守法律

　　抱著一種隱隱約約的疼痛

> 禮貌地走在落日裡

隨著小白楊使滋泥泉子突然生動，詩人也不禁要向這個地方訴說自己。這種坦白是出於明顯的禮貌甚至是一種道德：不想僅僅充當局外人或一個觀察者。僅僅充做一個匿名的觀察者在某種意義上是非道德的，因此至少他也願意成為別人觀看與認知的對象。就像是回答毛驢的注視一樣，詩人向這個叫做滋泥泉子的地方介紹自己。但他知道他的名字對滋泥泉子的人們不具有任何傳記意義，他只是一個禮貌的過客。

然而「這很好」，這是他的自由，由於滋泥泉子只是一個插曲，漫遊的詩人還會有許多個插曲式的地方經驗，而不會有故事，有細節而不是情節。這些遊歷之地不會變成故事的背景，而只是體現了某些「事物的秩序」。等待旅行者的是一些不同的地方，而不是旅行者和一個地方秩序之間的不同經驗。旅行者的自由中當然包含了不受地方傳統律法和當地生活習俗約束的特權，旅行者和他所到之地之間的關係是美學的而非倫理的，旅行者在進入一個地區時可以快樂地作為「體驗的產品」暫時地「遵守」當地秩序和習俗，而在離開時遺棄或者遺忘它。然而沈葦詩歌中的這些漫遊經驗中，總是有一種比觀光客的感受多出一些東西，並且在產生隱隱約約的持續疼痛。旅行者只需要遵守「事物的秩序」或地理空間的秩序，但沈葦卻虔敬地說：

> 在滋泥泉子，我遵守法律
>
> 抱著一種隱隱約約的疼痛
>
> 禮貌地走在落日裡

觀光客通過把所到之地的生活看作一個傳統的場景，一幕古老的
戲劇場景，或者看成文化多樣性的體現，或者視為具有浪漫主義
色彩的生活傳奇，惟獨不會對他所看見的世界產生道德感受，他
所支付的旅行費用也使他和當地人簽署了一個契約，地方傾向於
提供作為審美產品的「迷醉」經驗，而不是關於一個地方的真實
知識。旅行者所建立的是一種新興的世界秩序，是人與環境的關
係審美化。旅行者不等他和地方之間產生道德問題就已經提前離
開了。沈葦的詩無疑具有把所見世界美學化的特徵，但在這些美
學的距離中，某些道德感受仍然在隱隱地刺痛隱秘而看似已經退
場的道德意識。就像沈葦在這個時期的〈旅途〉中所表達的從美
學經驗向隱秘的道德感受的轉化，這也是從迷醉向痛苦的轉化：
「當我向著塔克拉瑪幹沙漠靠近／感到自己正成為沙礫的一分
子」迷醉經驗與痛苦感受之間產生了沈葦詩歌的內在意義張力：

　　這使我喪失驕傲和自信
　　彷彿我是來清點各地渺茫的靈魂
　　因為當旅人的雙手隨便伸進哪個角落
　　都能抓出大把大把的苦難
　　神說，這就是你們的土壤

[2]

　　從美學體驗向道德感受的轉換暫時並沒有走得更遠。西域這
個巨大的自然與歷史博物館從相反的精神方向啟示了詩人。在詩

歌史上，廢墟的主題一般都會顯現為道德感受的審美化，遺址與陵墓這樣的歷史景觀總是誘引詩人的立場從道德向美學的方向轉換。廢墟與陵墓在沈葦的詩歌地理學中佔據著一個觀察世界的制高點。而這個制高點是美學的。〈東方守墓人〉中的「守墓人」對詩人來說是一個多重性的隱喻：西域是一個多重文化多重奧義的陵墓，守墓人是知情者和守護者，詩人在想像性的移情中與這樣的身份合一。

> 他身上有整整一個淪落的時代
> 一座巨大的虛空。那裡：沉默深處
> 秘密在懷孕，美在懷孕
>
> 來不及遲疑了，他沙啞著歌唱
> 唱出深淵下的宮殿、磐石上盛大的王國
> 唱出精氣與火，也唱出塵土掩埋的妃子
>
> 直到時間從未來的墓園返回
> 麒麟和青龍馱來新生的東方
> 像馱來一對明亮的乳房——

對詩人來說，西域不是冷漠的自然，而是滿布生活的遺跡，充滿歷史之迷。守墓人所守護的不是虛空和死亡，陵墓變成了秘密、美的孕育與誕生之地，變成了時間可以從中返回的「未來的墓園」，墳墓在沈葦的修辭幻象中一再地轉化為「明亮的乳房」。守護它的意義還在於，守護者最終也將追隨那些遠逝的靈魂。儘管生者

同樣屈從於時間的滅頂之災，但是衰落過程同時也是另一種固化或轉換過程，是美的孕育和秘密的誕生。對一個人來說的那些最令人不可思議的思想與經驗，已經在沈葦建構的自我地理學中突現出來，那就是欲望與死亡這對孿生主題。但這個時候，這些主題還沒有顯示它的殘酷性，欲望與死亡還在某種具有唯美氣息的修辭中被表達所弱化。歷史神話化的修辭暫時還為自我地理學中的欲望與死亡找到了緩解其痛苦的方式。

　　這正是西域的奧秘之一：這個眼前的世界是一個已經消失的世界。如同本雅明在論述巴羅克化的悲劇時所說，「『歷史』一詞以瞬息萬變的字體書寫在自然的面孔之上。」在廢墟中，歷史物質地融入了自然背景之中。在這種偽裝之下，歷史呈現的與其說是永久生命進程的形式，毋寧說是不可抗拒的衰落的形式。「諷喻在思想領域裡的情況如同廢墟在物的領域的情況。」作為廢墟而展現的，是具有高度指意功能的碎片。一種諷喻據此產生，一如〈樓蘭〉所見：

　　　破碎的花瓶，散開的木筒，被風刮走
　　　挽歌之手撫摩樓蘭的荒涼
　　　哦，樓蘭，思念與想像能否將你復活？
　　　樓蘭樓蘭，難道你只是一個幻影
　　　一聲廢墟中的輕歎？

留在視野之內的世界是那個已逝世界的殘片，它們是歷史的一些蹤跡，一些字謎般的事物。存在的事物正是不存在之物的顯現與隱匿，存在之物是已不復存之物的提喻和象徵，這是一個恰好需

要借助詩歌的隱喻才能復活的世界。在沈葦關於西域的詩歌中出現「廢墟」現象是如此自然。在西域的歷史衰敗中，歷史事件的「長度」和「過程」不斷萎縮，最終被吸收進空間背景之中，成為自然中的異質元素。在詩人的直觀中，歷史不擁有時間的長度卻擁有巨大的空間表象。西域的自然帶有歷史過程的印記，但歷史卻最終屈從於自然、屈從於死亡。這是帶有歷史進程印記的墮落的自然。自然不是含苞待放的時刻，而是風燭殘年，是成熟後的衰敗。詩人在自然中看到的是歷史的滄桑變幻，正所謂「江山留與後人愁」，作為一個後來者，詩人處在一個追憶者和闡釋者的憂鬱位置上。自然與歷史的辯證法或反諷性體現在廢墟形式的現實中，歷史已經成為自然的一部分。在〈樓蘭〉一詩裡，詩人的追思與想像就建立在歷史的殘片與遺物之上：

> 泥塔高築。一個器皿中的時光難辨
>
> 三隻奶羊圍向紅柳的搖籃
>
> 搖籃裡美麗的棄嬰，名叫樓蘭

〈樓蘭〉從時光模糊的器皿與遺物中開始一個傳說的敘述。不確定的、失傳的歷史變成了一個充滿想像力的傳說。傳說是歷史世界的一種修復，傳說重新為歷史世界提供長度與過程，在歷史世界的殘片與傳說的修復之間，詩人似乎更加尊重已經缺失的現象。詩人所表達的既不是歷史世界也不是傳說，而是關於它們所啟迪的「缺失的現象學」。在這樣的敘述中，詩人把相遇當作與缺失現象的一種充滿秘密的聯繫。正像沈葦在〈月亮〉中所表達的，詩人的內心一直受到不存在的事物的牽引，被失去的世界所塑造，

並成為內心生活中一種巨大的引力。廢墟、碎片和遺跡比完整的事物還要多出一些要素：這就是廢墟、蹤跡自身所標記的缺失現象。它失去了歷史世界、失去了時間，並且把這種歷史世界與時間的缺失狀況轉換為對它的象徵形式的擁有。詩人在〈廢墟〉一詩這樣寫到：

> 當你終於懂得欣賞廢墟之美
>
> 時間開始倒流
>
> 向著飽滿而蔥郁的往昔

人能夠通過廢墟擁有過去，過去的時間消失了，但它又物化在廢墟的現實形式之中，以象徵的形式、以碎片的形式、以部分代替整體的提喻形式。「一座廢墟渴望成為——一座宮殿，一個王國」。廢墟是兩個主要意象的集合：文明與自然。廢墟是文明與自然的重新混同，也是生與死的混合。廢墟體現的是兩種相反作用的力量，廢墟既是自然力量的體現，也是文明的主要載體。廢墟以人類的創造物和活動為前提，人類創造了城郭、宮殿、王國，自然史把它摧為廢墟。西域眾多的古城廢墟體現了自然史的破壞效果。甚至在政治和宗教戰爭的毀滅效果之後，人們也能體察到自然與環境的驅動力量。然而自然並不只是毀滅的力量，自然就在它摧毀的廢墟旁顯現其教誨，「枯樹也在春天重整旗鼓」。詩歌史上有許多作品表達了人類生活和文明退落的感歎，一切生存活動與創造活動都無可奈何地從屬於時間的流逝，從屬於文明的衰落與分解。沈葦的詩既關注了這樣的退落，但他更加注目於廢墟的意義：作為秘密與美的啟迪，作為時間的重現，廢墟對另一種文化

的孕育。在沈葦的詩中，這種作用的顯現首先集中於獨特的地方所蘊藏的「廢墟性的」歷史時間結構以及它對人的意識所具有的建構功能。在沈葦那裡，能夠與自我的分化經驗相對應的世界形象是廢墟，物質的蹤跡使詩人遭遇了他者的記憶，卻正在變成他自身的意識。廢墟與記憶一樣，是時間的呈現形式之一。已經看不見的人世借助這個短暫的物質遺跡，以濃縮、壓縮的形式再次呈現它的形象。詩人在自我距離化或自我分化的時刻看到了過去的時間本身。在一個瞬間，過去時間敞開了一個缺口，如同自我的一個傷口，露出了它的內部。時間進入了自己的體內，時間在其自身消失的時候為我們顯現了時間的符號，也是自我意識的符號。在以廢墟形式存在的現實面前，自我看見了它自己：自我已經變成了自我的幻覺。

在沈葦的《新疆詞典》中，〈吐魯番〉一節的描述可以視為詩人對整個西域人文地理模式的認知：一個更廣大的區域自身所具有的「廢墟」形態的時間結構。沈葦在他的詩文中挖掘了地區體驗的道德意義和美學意義，揭示出一個區域在一個特定的歷史時期內所含有的「意識結構」和「情感結構」。在這些文字裡詩人揭示了雙重的西域：死去的和活著的。作為地理、歷史博物館的西域和作為活生生的現實的西域。這種意識結構的雙重性也體現在詩人觀察世界的其他時刻：城市的古巷與屋頂，兩個故鄉，雙重自我。他說，「我是如此迷戀世界消失的部分」。詩人迷戀的是它們的同時存在，過去和現在的同時代性。他的這些論述是如此精彩，——它具有觀念與意識的邏輯，同時又處於隱喻和形

象的不斷轉換之中——似乎是吐魯番以生死兩種不同象形文字書寫著自己。允許我這裡引用得稍微完整一些：

> 存在著兩個吐魯番：死去的吐魯番和活著的吐魯番。當你在這個火焰之洲旅行，意味著同時遇見並穿越兩個世界。死去的吐魯番由以下事物構成：著名廢墟交河故城，高昌故城，阿斯塔那地下古墓，消失的千佛洞和作為記憶殘片的壁畫，寫在桑皮紙上的摩尼教殘卷，生土壘築的被譽為「民俗活化石」的峽谷村莊，紅色灰燼的火焰山，蠻荒的世界第二低地艾丁湖，博物館裡的木乃伊和巨犀化石——它們是時光慷慨的遺贈，散發著歲月與塵土的氣味，近在咫尺，伸手可及。那麼活著的吐魯番呢？它以葡萄的形式活著，只以葡萄的形式活著。正如在這個乾旱少雨的綠洲，除了地下運河坎兒井，水之以葡萄的形式存在一樣。葡萄是點亮吐魯番的翡翠之燈，呈現葡萄架下盛裝的少女、熱烈的那孜庫姆舞、狂放的木卡姆、通宵達旦的宴飲——這一切，以一種固執的享樂主義姿態抵禦另一個世界的威逼和侵犯。站在遠處傾聽，有時你分不清若隱若現的鼓聲究竟來自哪個世界——這吐魯番還是那一個吐魯番？
>
> 這兩個世界依偎、融合在一起，看上去好像天衣無縫。但仔細去看，這塊火焰中的翡翠顯然已出現裂痕，沒有一雙手能縫合它們之間的隔閡和分野。死去的吐魯番是一種自足的孤寂，是孤寂中的一面銅鏡，用來映照生存的曖昧和虛幻。它將廢墟、墳墓、灰燼搬到天空，將死亡一寸寸推

> 向眩暈的高度。而活著的吐魯番，像一位僕從，正源源不
> 斷向那個世界提供熱情、水土、養料以及一定的憂傷和警
> 覺。這使死去的吐魯番變成一株殺機勃勃的葡萄樹，在死
> 亡的大荒中繼續成長，有著發達的根系和茂盛的枝葉。一
> 株野蠻的葡萄樹！[3]

沈葦在《新疆詞典》中創造了一種詩歌式的論證話語。抒情話語
變得無可爭辯的雄辯。對現實世界的敘述充滿修辭隱喻，以致我
們不能簡單地再把現實形象與修辭幻象加以區分。詩人創造了關
於吐魯番的諸事物的一個譜系：水＝葡萄＝翡翠之燈＝少女＝葡
萄樹，也許還要加上那孜庫姆舞＋木卡姆＋宴飲＋狂歡，她們等
於活著的吐魯番；可是還有另一個等式：故城＝古墓＝千佛洞＝
殘片壁畫＝摩尼教殘卷＝「民俗活化石」村莊＝紅色灰燼的火焰
山＝博物館＝木乃伊和化石……。這樣兩個等式之間既存在著區
分，也存在著等同。在這個等式的深處，隱匿和顯現著一個修辭
幻象的基礎：死亡＝生命。沈葦的修辭學建構了萬物相互等同的
歡樂情境，建構了生與死的可逆性的話語。

　　〈吐峪溝〉一詩在微觀現象的層面也描述了詩人同時遇見和
穿越兩個世界：死去的和活著的，以及兩個世界之間的生死相依：

> 峽谷中的村莊。山坡上是一片墓地
>
> 村莊一年年縮小，墓地一天天變大

---

[3] 沈葦：《新疆詞典》（天津：百花文藝出版社，2005），頁 263、264。以
下引用此書只注明篇目。

> 村莊在低處，在濃蔭中
>
> 墓地在高處，在烈日下
>
> 村民們在葡萄園中採摘、忙碌
>
> 當他們抬頭時，就從死者那裡獲得
>
> 俯視自己的一個角度，一雙眼睛

吐峪溝就是被稱為「民俗活化石」的峽谷村莊。沈葦曾經陪伴我來過這個村莊，因此得以知道，這首詩歌描述了一幅真實的圖景。這個村莊以聖人的墓地而聞名南疆。來到這裡，人一眼可以同時看見兩個世界。山坡上成片的墓地樸素潔淨，它們的黃泥麻札如同從大地中生長出來的亡靈的神秘符號，如同村莊的另一個倒影，在正午的陽光下彌漫著寧靜的感官享受。人們所有的勞碌和活動會被山坡上永久的安寧所替代。正是因為如此，村民們現在這一刻在葡萄園中的忙碌才令人讚歎。烈日和濃蔭才如同一種奇跡。提前進入對死的沉思或者面對已逝世界而生，在吐峪溝並不是思想家的特權。也許這是墓地之所以是聖地的一個原因。在葡萄的濃蔭下，許多從遠方來這裡朝聖的維吾爾人，尤其是婦女們衣飾是那麼華美。面臨死亡，生命從容地表現出自身的奢華。她們，葡萄樹，匆匆流過村莊的水，耀眼的光芒，這就是生命簡潔而豐盈的符號，而其他的一切，都是亡靈的字謎。在沈葦的詩歌中，吐峪溝是吐魯番世界的一個縮寫，而吐魯番則是西域的一個縮影。死亡的冷酷主題被欲望的溫暖所平衡，死亡被寧靜的美所沖淡。

　　在沈葦的詩歌地理學中，「村莊」是一個描寫性的詞彙也是一個抒情的詞彙。他曾經如此熱情地讚美它：「——木柵欄打開

荒原、耕地和北方，村莊在乞討一件貧寒的衣衫，譬如風：一份
北方的贈禮。晨光俯身低矮的屋頂，鄉村教堂之上，一輪新月像
古老的刑具仍留在那裡。生銹的農具掛在牆上，一個問號，一聲
金色的歎息。大白菜在地窖裡哭泣，靜靜地腐爛。一頭老驢亮出
背上、後臀的鞭痕。烈酒毀壞的喉嚨突然唱起沙啞的歌——但更
多的細節在風中散佚，在消失中繼續消失。在大地將村莊連同它
的呼吸、心跳、造型和氣味全部收歸塵土之前，無名的生土建築
的村莊適宜於燒製成一隻嶄新的陶罐，出現在汲水少女柔弱的肩
頭——」[4] 這是獻給村莊的既尊重其貧寒、苦難又仍然不失其唯美
特性的頌歌。它竟然能夠把生與死、存在與消失、塵土與美的造
型付諸同樣的頌詞。在詩人的目光中，村莊並非田園牧歌景象，
但修辭學的魔力把如此對立的特性天衣無縫地融合為一體：貧寒、
風，突然轉化為贈禮，而新月卻變成古老的刑具，在沈葦筆下，
詛咒在變成頌禱，就像「烈酒毀壞的喉嚨突然唱起沙啞的歌」，
尤其是當生土建造的村莊化為少女肩頭的一隻陶罐，廢墟獲得了
歷史循環論的而又是唯美的形象。這些描述指示了時間的另一方
向，與作為「民俗活化石」的村莊不同，這是從塵土向最高貴的
生命形式的演化。在吐魯番的文字中生與死的等式再次以不同的
面貌重現。

　　不僅村莊和它置身的整個地域具有廢墟意義上的歷史世界的
雙重特性，在沈葦的詩中，城市也具有這樣的特徵。沈葦在〈喀

---

[4] 《新疆詞典》，頁 159。

什噶爾〉中對這座古城的闡釋是從書籍的博學引語開始的：

「書面的美最難企及，

無論嘔心瀝血的人力，還是自然的鬼斧神工。」

你說，撥亮羊油浸泡的燈撚

轉身消失在一本積滿灰塵的書裡

你留下自己的名字：馬赫默德・喀什噶里

玉素甫・哈斯・哈吉甫……或者別的什麼

或者不署名，就像一株蔥郁的樹

增加或減去一片葉子

都不損害樹的靈魂

「書面的美是一座麻札，在靜靜消化死這個詞。」

守墓人！你與文字間遊蕩的亡靈對話

深知偉大的書取締作者

取締他的簡歷、生半和傳記

翻到十一世紀幽藍的一頁

突厥語，波斯語，阿拉伯語

交換內在的信物和光芒

正如小徑交叉的喀喇汗花園

慷慨的百花交換各自的芬芳

你談到封存的智慧，書中的天窗

破曉的一千零一夜——

> 「在喀什噶爾，我熱愛的城，
>
> 皇家經學院的誦讀聲
>
> 使庭院裡的石榴樹一夜無眠……」

沈葦沒有直接寫這座城，而是隱喻式地寫到了「書」。這裡也有一個詞彙或者事物之間的秘密等式：書＝麻札＝喀什；這個等式還可以加上：經書＝智慧＝樹木＝花園＝幽靈＝作者與讀者。關於書，沈葦寫到了歷史中那些書寫了這個城市的一些人：十一世紀《突厥語大辭典》和《福樂智慧》的作者等，還有那些不曾留下名字的書寫者。詩人寫到了從前生活在這座城市的詩人對書籍的看法。引語可以理解為馬赫默德・喀什噶里等人說的話，也許只是為了敘述上的對話效果。加上引號的話語顯現了與直接說話人不同的另一個話語主體。引號顯現了引號中的偉大幽靈。喀什噶里是一部不朽的百科全書的作者，他對書籍的稱頌在這首詩歌中能夠轉喻地理解為對城市的讚美。「書面的美是一座麻札，在靜靜消化死這個詞。」在喀什，麻札（陵墓）也是城市的核心與秘密。麻札和寺院一樣在城市空間結構中創造了一種內部秩序、一種神聖空間。它和寺院構成沉思祈禱的另一個地方。喀什古城以聖人的麻札贏得了自身的永恆。在喀什噶爾，既有史詩中的英雄們的陵寢，也有詩人學者的麻札。喀什的不朽如同麻札，在靜靜地轉化死亡這個事實。在隱喻的層面上，書籍即是作者的麻札，書籍既是其死亡之地也是為其贏得不朽之地。他們消失或隱身在作品之中，正像沈葦在《新疆詞典》「麻札」篇中所說，他們的生命在偉大的《突厥語大辭典》和《福樂智慧》中延續，「這才

是他們固若金湯、堅不可摧的麻札。」而那些閱讀書籍的人就變成了守墓人，與文字之間的亡靈繼續著交談。不同語言之間的交談是「交換內在的信物和光芒」，是充滿魅力和真正富有意義的。

> 正如小徑交叉的喀喇汗花園
>
> 慷慨的百花交換各自的芬芳

許多城市在「發展」中抹去了自己的過去，一些千年古城只有一個虛無的平面，而喀什，不僅擁有書面的美，還是一本打開的書，它以多種物質符號的語彙記載著自身的歷史。喀什城就是居住在這裡的人們的一部傳記。儘管這部書也遭遇到分割與改寫，它仍然清晰可辨地記載著生活在這裡的人們的面貌，精神譜系和歷史的來龍去脈。這是每個到過這座「隱形的城市」的人所感受到的。沈葦通過「書籍」和「作者」的隱喻顯現了這座城市的靈魂。詩中引語的聲音具有穿越時間的力量。中古時作者的聲音使這個城市產生了不朽感。最後，引語中的話或者亡靈的回憶幾乎復活了中古世紀的喀什，它是詩人有意借用的聲音，對喀什的熱愛具有永恆性，從十一世紀的作者到詩人自身，似乎它是同一種聲音和情感的傳遞：

> 破曉的一千零一夜——
>
> 「在喀什噶爾，我熱愛的城，
>
> 皇家經學院的誦讀聲
>
> 使庭院裡的石榴樹一夜無眠……」

在一個事物之中同時感受到它的另一時間內的存在，成為詩人感知事物的方式，這也許得自廢墟性的歷史地理景觀的教誨。對地

域的雙重世界的感受已經滲透在詩人對人的感受方式之中。在真正古典人文教養的意義上，一個人的智慧不是指他可以獲得的更多數量的知識，而是指他有能力從當下的環境中，從經驗的事物中去理解這一環境背後社會歷史的「結構模式」。沈葦詩歌中對地理空間的理解，不是一般地從日常現實抽象到觀念世界的「更高」現實，而是從切身經驗發展出對經驗世界的結構、即對一種獨特的意義網路模式的感知和建構。這個更高的世界並不存在於另一個本體的世界，而是無所不在地存在於現實經驗之中。西域的歷史世界在沈葦的廢墟主題中成為「缺失的現象學」顯現。

對沈葦來說，廢墟主題有著多種變形的表達。一個事物身上所具有的另外一個時代的特徵，對詩人而言具有令人讚歎的性質。他在〈另一個時代的女友〉的結束時稱頌了這種獨特的、體現在她人身上的誘人品質：

　　這是怎樣的獎賞啊，我的女友

　　居然生錯了時代，當我們相互靠近

　　可以聽到她體內古典主義血液的流動

　　而那些遙遠時代美德閃耀的好女子

　　也一起在她身上復活了

這樣的一個女子就是其他時代裡的同樣女子？目前的美是過往世代裡同一美的復活？生命的每一新生都是對死亡和過去的一次重現、一次拯救。這是沈葦的廢墟主題的一個隱喻式的再現，是廢墟主題的一次提升。從火焰中的翡翠、博物館一般的吐魯番、生死相依的峽谷村莊吐峪溝、擁有書籍──麻札一樣不朽特性的喀

什古城，到復活了遙遠世代眾多女子的今天的女子，我們再次感受到不存在之物的誘惑力，它如何在詩人的觀察與觀念之中起作用，缺失的現象學如何轉化為不存在之物的一次返回、停頓或一次顯現。這是一種象徵交換的實現，生與死，自我與他者，過去和現在之間的可逆性。

[3]

在沈葦對西域、吐魯番或村莊的書寫中，其修辭幻象中「少女」或「女性」的隱喻意義深長。可以說詩人所建構的性別地理學具有某種明顯的女性特徵。我們可以由此再次體認地理體驗與自我認同之間的隱秘關係。詩人把他生活其中的地域女性化是獻給地方的愛欲，自然也是自我欲望的溫情投射。沈葦在《新疆詞典》「西域（二）」中寫到，「我和朋友在月光中對飲，談古論今，縱橫寰宇。他談到了西域史上或與西域有關的赫赫有名的男性：成吉思汗、察合台——他是一個徹頭徹尾的太陽崇拜者——我卻想起了那些美麗動人光華四射的西域女子：十二木卡姆的搜集整理者阿曼尼莎汗、身上散發著沙棗花香的香妃、遠嫁西域的漢公主細君和解憂、在庫車河畔治病救人的瑞典女傳教士洛維莎·恩娃爾——還有眾多的無名女性：草原母親，綠洲少女，女阿肯，吐火羅舞女，駱駝客之妻——如果沒有她們的哺育，西域文明將是一個殘疾兒！」除了這些有名和無名的西域女性，在性別地理學上沈葦的證據要更多：「在西域粗礪、堅硬的外表下，一定藏

著一個陰柔，溫婉、細膩的西域，藏著一顆柔情似水的女性的心。
是女性用月光般的乳汁，滋潤了西域乾裂的嘴唇和沙漠荒蕪的心
田。想想新疆的地名，樓蘭、米蘭、尼雅，就像一個個美麗姑娘
的名字。想想石榴、玫瑰花、羊脂玉，都散發著女性馥鬱的芬芳
和肉體的光芒。」詩人用這些女性的標記繪製了他的詩歌地理學
的地貌，如果說沈葦的廢墟主題注重的是已經消失的部分，運用
作為碎片和提喻的事物描述了地理的陰性部分，那麼他這裡則是
使用隱喻對西域地理進行了女性化的繪製。而詩人所選擇的言說
時刻又是如此的具有隱喻性質：「月亮升起來了。狂暴的沙漠安
靜了。泥沙俱下的河流變得心平氣和，又清澈起來了。大地籠罩
著白銀般的輝光，彷彿它烈日下的狂燥症已經得到了醫治。」這
裡，存在著太陽，英雄，血，沙漠，征戰，──和月亮，女性，
水（有時是淚水），綠洲，溫情──這樣一組對立意象，前者如
同西域地域性、歷史性的嚴酷躁動，而後者，一個陰柔，溫婉、
細膩的西域，則具有自然和拯救的意味。

　　西域地理意象的女性化，或者對空間描寫的女性化，透出詩
人尋求某種空間家園感、安全與慰藉的需要。一個英雄化的西域
是征服者的戰場，女性化的西域則出自生存者對歸屬感的需要。
女性的西域有著另一種話語。而從地理體驗與自我認知的關係上
說，女性化的西域也包含著詩人欲望的自我投射。欲望是隱喻之
根源，似乎也是生存的根源。詩人對西域世界的描述不僅運用了
古老的「月亮語法」，也運用了個體化的欲望修辭學。欲望的自
我投射使詩人的西域女性地理學從地理敘述轉移到對生存於這個

地域之中的女性自身的描寫上，轉移到對欲望自身的讚歎。這是中亞詩歌傳統主題的一個變體。對於詩人來說，對中亞女性以及欲望的敘述是對西域奧義和歷史世界的另一種發掘。〈嘴唇以上的歌〉描寫波斯王子愛上了一位布哈拉的妓女，最終王子貧病而死的故事，但它提供的教益仍然是美學的而不是道德的——

> 「她的身體是一個仙境！」
>
> 而他的情欲，取自巴旦木神秘的圖案
>
> ——在他王國的大街小巷
>
> 到處傳誦失蹤王子膾炙人口的詩篇
>
> 他用美麗的母語將一位妓女改造成處女
>
> 在波斯的穹頂下，在一位女性的光輝中
>
> 生活和歡樂找到了繼續的理由

這是對愛情自身的虛構性的歌頌，是對欲望自身的想像與虛構的讚美，其中體現著一種愛情意志。欲望與生存自身的意義感融會在一起，它根源於通過對她者（以及世界）的完美想像進行自我完善、自我給予意義的理想。通常對欲望的敘述總是與虛無感相伴，但在這裡，欲望通過愛情意志、或虛構意志使自身與意義的體驗相通。在沈葦的詩中，甚至感官欲望都會與仁慈、禁欲主義具有同一根源。就像情欲「取自巴旦木神秘的圖案」，他所描述的美也總是源自西域的事物，在沈葦看來，美人是西域的秘密。美人是西域之美的秘密昇華，美人成就了西域之美一次（重複）顯現，是它的停頓與駐足。他捕捉到了人與地方之間的某種連續性的秘密。〈美人〉一詩引用的魯提菲詩句具有某種神話的敘事

性：「香獐子竊取她秀髮的芬芳，在於閨釀成麝香」，似乎是一個故事傳說的提要，我們再次遇到了生活世界的碎片。詩歌開始於頌揚她超越時間的美：「她配做一名時光的妃子／在時光熄滅之後，她仍是一輪清真的明月」：

> 她的芳名像一首木卡姆在人間傳播
>
> 每個人用自己的夢想和欲望將她塑造
>
> 然而這一切與她無關，更像一場誤會
>
> 她依然是一位牧羊女，一個樵夫的女兒
>
> 沒有人知道她內心的隱秘，她乳房的疼痛
>
> 沒有人能進入她日復一日的孤寂和憂傷

這是傳統女性的命運，在某種意義上她如同西域自身的存在：她是激情與幻想的對象，而不是激情本身，她是欲望的物件，而非欲望的主體。在沈葦的詩歌中，不僅女性與自身的欲望之間存在著難以克服的距離：美變成了自身的毒素，美麗的面紗化作痛苦的面具。詩人最後寫到，「她的美帶點毒，容易使人上癮──她抵抗著，除了美，不擁有別的武器／美是她的面具，她感到痛苦無望的是／她戴著它一輩子都摘不下來」。在沈葦那裡，欲望和美麗的事物總會突然間讓人轉向對生存悲哀感的體驗。詩人似乎也由此提示，作為抒情的自我，也存在著與自身欲望之間的距離化，對這種距離的感知產生痛苦的體驗，就像他的詩中對空間上的無限性體驗：令人顫慄而迷醉。

〈陽臺上的女人〉顯然是自我欲望的一種美妙的投射，這裡不是傳說中的人物，而是生活世界的一個瞬間情境，一幕日常生

活中的心理劇。這樣不為人知的城市短劇幾乎每天都在上演，並在人們心中一掠而過。但詩人卻專注於這個時刻，對他者、尤其是對美好異性的描寫往往意味著對自我潛在性的描述，女人的形象總是象徵著他能夠做的或純粹的可能性。當然，她者也表徵著自我失去的一種可能性，這個女性的形象還意味著詩人在生活中失掉的生活，被省略的故事。這些描述對一位女性的有距離的觀察可以視為對自我內在欲望的觀察。除此之外，就像在上面引述的詩歌一樣，詩人超越性別的差異意識到美的孤獨，和她者身上被壓抑的欲望。

> 在乾旱的陽臺上，她種了幾盆沙漠植物
> 她的美可能是有毒的，如同一株罌粟
> 但沒有長出刺，更不會傷害一個路人
> 有幾秒鐘，我愛上了她
> 包括她臉上的倦容，她身後可能的男子和孩子
> 並不比一個浪子或酒鬼愛的熱烈、持久
> 這個無名無姓的女人，被陽臺虛構著
> 因為抽象，她屬於看到她的任何一個人
> 她分送自己：一個眼神，一個攏發（髮）的動作
> 彎腰提起絲襪的姿勢，迅速被空氣蒸發
> 似乎發生在現實之外，與此情此景無關
> 只要我的手指能觸摸到她內心的一點疼痛
> 我就轟響著全力向她推進
> 然而她的孤寂是一座堅不可摧的城堡

> 她的身體封閉著萬種柔情
>
> 她的呼吸應和著遠方、地平線、日落日升
>
> 莫非她僅僅是我胡思亂想中的一個閃念？
>
> 但我分明看見了她，這個陽臺上的女人
>
> 還有那些奇異、野蠻的沙漠植物
>
> 她的性感，像吊蘭垂掛下來，觸及了地面
>
> 她的乳房，像兩頭小鹿，翻過欄杆
>
> 她的錯誤可能忽略不計
>
> 她的墮落擁有一架升天的木梯
>
> 她沉靜無語，不發出一點鳥雀的嘰喳
>
> 正在生活溫暖的巢窩專心孵蛋
>
> 或者屏住呼吸和心跳，準備展翅飛去

儘管一開始被誘惑者就意識到她的美可能具有毒素，但隨後安慰自己說這種毒素還沒有成熟。她是沙漠植物，美麗而有毒，她是孵化幼鳥的母親，卻也可能為了自身的欲望隨時展翅飛去。欲望的形象充滿自身的矛盾，一面是「她分送自己：一個眼神，一個攏髮的動作／彎腰提起絲襪的姿勢」，同時「她的孤寂是一座堅不可摧的城堡／她的身體封閉著萬種柔情／她的呼吸應和著遠方、地平線、日落日升」。她在形象上向世界分發自己，向人們分送自己的美，但她的身體封閉著萬般柔情。她喚醒欲望然而並不滿足它。現在誘惑者的位置在敘述過程中發生了轉變，觀察者似乎是一個誘惑者，他渴望她犯錯誤，希望她墮落，並且聲稱她的錯誤可以忽略不計，聲稱她的墮落中有一架升天的木梯。「她

的性感,像吊蘭垂掛下來,觸及了地面/她的乳房,像兩頭小鹿,翻過欄杆」,把欲望的對象他物化的修辭,注意和描寫她的身體,並使她的身體在修辭幻象中成為一種物,意味著對她的色情化。在這首詩中,與其說描述了欲望的物件,不如說它把主體自身的欲望戲劇化了。欲望的語言使痛苦覺醒,然而又被迷醉著。主體迷醉於對美的想像,迷醉於欲望,或者僅僅是迷醉於自身的迷醉,迷醉於主體的消失和顫慄感的釋放,就像詩人曾經在西域大地上的輝煌的自我巡禮中的這種主體的迷醉。然而,即使在這樣的迷醉經驗中,沈葦也保持著某種程度的嘲弄和不和諧音,一種並不比醉鬼更持久的情感,儘管它此刻是那樣的迷醉。欲望的快樂與痛苦、迷醉和懷疑之間的不和諧的共鳴,這種自我嘲諷和多音性在他的寫作中也越來越強烈,成為主體的分解或分散的顯現。

在描述沈葦的西域性別地理時,當然不應該忘記這個世界裡最普通的象徵「葡萄」和「葡萄園」,在沈葦的詩歌地理中,葡萄無疑是女性世界的象徵。他在《新疆詞典》「葡萄園・葡萄酒」中有獻給她的頌歌:「葡萄園是一個後宮,太陽的後宮,有一半時間也是屬於月亮的。高懸於這座明麗後宮之上的日月的燈籠,將時間的一部分珍藏在那裡,提醒它去孕育、發酵、釀造,從細小青果的羞澀到突然間蜜汁四濺的放肆,整個葡萄園為之一亮,變得絢爛無比,超凡脫俗。」我們知道,沈葦詩歌符號學中的一個等式,葡萄=女性,葡萄是女性的,是色情的,但也是吸收、孕育和釀造,這個生命的不朽等式以此對抗並轉換死亡的威脅。「葡萄園從一開始就是女性化的,充滿了肉欲的歡愉和傷感。它

是靈性的，色情的，挑逗的。它散發的氣息近似女性身體的芬芳：
從夏日少女的麝香到秋天成熟女性身體的馥郁。一雙美眸使人想
起黑葡萄，而紫葡萄通常用來比作婦女的乳頭。葡萄園幾乎是用
無法抗拒的身體的魅力吸引了人們──」在死亡和嚴酷的地理背
景中，對女性、美酒、欲望的熱烈讚頌，在這些聲音裡可以聽到
西域或中亞詩歌傳統的某種回音。在沈葦所描述的女性化的西域
地理特性中，顯示了詩人與世界關係的欲望化的一面。它意味著
誘惑與溫暖，也意味著生命之孤獨與傷痛。

[4]

　　沈葦曾經寫到，在西域學習「福樂智慧」，並追尋「一個地
區的靈魂」。而西域對他來說，始終意味著閱讀一種「啟示錄式
的風景」。在某種意義上，對詩人而言，地理學的因素已經超過
了「遺傳學的繼承」。沈葦曾在詩中稱駱駝是「行走的雅丹地貌」，
他在《新疆詞典》中也說，「駱駝的體格特徵與其說是遺傳學的
繼承，還不如說是地理學的造就。它從對自然和沙漠的順從中獲
取力量，找到抗衡與取勝的秘訣。」地貌的隱喻對詩人和他的詩
而言具有同樣的意義。隨著年深月久的生活、旅行與寫作，沈葦
的詩日益顯現出一個人和一個地區之間認同與抗拒的複雜關係。
早期詩歌中那種意氣風發對一個廣大地區的自我巡禮式的聲音越
來越少，一種沉鬱的話語從更深處呈現。觀光者審美化的目光漸
漸讓位於居住者複雜的倫理感受。

在沈葦的詩作中可以感受到一種矛盾，和一種痛苦的分裂。正是這分裂創造了自我的一種起源：他長期生活的地方正在改變自我的邊界，改變他原先的某種自我意識和自我認同。這種分裂既屬於詩人的個人經驗，其中也無可置疑地彙聚著某種民族性的歷史經驗。沈葦的詩持續地探討了地理空間對於定義自我的作用。〈克制的，不克制的〉敘述了個人生活史中的這種內在變化，表達了地方對主體的建構力量：

> 在沉寂和安詳中度過一些時日之後
>
> 在遊歷了沙漠並擁有一張沙漠的床榻之後──
>
>
> 你是一座乾燥的四面漏風的葡萄晾房
>
> 而心依然掛在體外，任憑風吹日曬
>
> 像一件苦行僧的袈裟，破爛不堪
>
> 會的，會有一件新的袈裟，一顆新的心
>
> 這是你向塵世最後的乞討
>
> 這是時光屈辱的獎賞

對詩人而言，西域的事物開始顯現出它的傳記內涵。一個新的地域攜帶著它全部的力量正在成為他新的自我的要素。他沒有料到移居他鄉會有這麼深刻的後果，他似乎沒有想到在中亞的長時期定居與遊歷會使他擁有一顆「新的心」，外部景觀移往內心，並成為自我的某種日常品質。地方並不決定具體的主體經驗，但它提供一種經驗環境，甚至提供一種經驗的地方性。詩人意識到新的自我具有西域的地方特性，但這個自我也具有最不堅固耐久的

外形：「一座乾燥的四面漏風的葡萄晾房」，關於自我的這種臨時性、功能性建築的隱喻使自我失去了任何本質性和永久性的含義。「而心依然掛在體外」，在這樣的修辭敘述中，沈葦所顯現的是一個非中心化的主體的圖景。這是自我距離化的表達，也是新的自我認同過程的展現。

對這個狀況，為什麼詩人又說是他向塵世「最後的乞討」，「時光屈辱的獎賞」？從企求的意義上說，一個人被一種新經驗所改變、所擴展，是存在的增加；然而從屈從於某種力量的意義上看，這是一個人的自我屬性和文化屬性的改變。一個旅行者可以短暫地進入一個陌生的空間，他能夠欣賞那些異己的事物與歷史，但他仍然在內心攜帶著他自我的同一性，攜帶著他自身的自傳式的歷史與文化屬性。然而長期的移居生活會使他同時屬於兩種歷史，兩種地域空間及其文化。移民或者移居他鄉提供了生活在兩種忠誠裡的可能，提供了屬於兩種歷史的機會。這可能是一種既愉快又不那麼愉快的處境。因為對每一個社群、每一個歷史，他都攜帶著異己因素。對於已往的歷史文化，離鄉的人是一個背叛，雖然記憶給了他更多表示熱愛與懺悔的熱情；對於已經置身其中的歷史文化，移民似乎是一個不合法的繼承者。雖然在今天的意義上，居住在西域並不是過去意義的移民，不需要改變母語和民族的日常屬性，但民族雜居和地理環境的變化仍然帶來話語和習俗的某些改變，尤其是對他者的認知，會使自我認同成為一個新問題。這樣的生活是現在世界上越來越多的人的生活方式。它既是被尋求的，又是被迫承受的。詩人接著說：

你感到存在一個可能的邊境

一座中國的長城，一堵耶路撒冷的哭牆

長城與哭牆是某種地域和民族性的「邊境」，也是某種民族區分的標記，它的存在至少證明民族區分的存在。民族區分和特性的認知，是個人的民族身份的保護和屏障，但也可能是自我監禁的另外一種形式，是痛苦和悲劇的起源。生存的悲哀與痛苦具有它多變的面孔。「人起源於一種疏遠的環境，他創造地方來為他提供根基，所以一個景觀就是一部那種創造的傳記——有些景觀是個別的，是他們的創造者的傳記；但是也有一些景觀是普遍的，反映著共同形勢中人類群體的經驗」。[5] 長城與哭牆是人類地理歷史上一些最重要的區分標誌，它們是庇護也是隔離的標誌。這些牆提醒著如同它的物質形式一樣穩固的群體認同。

長城與哭牆或者其他形式的「牆」與邊界，涉及到人在空間上的自我定義，涉及人與環境的關係，也涉及在特定的經驗環境中人與人、群體與其他群體的關係。這些地理景觀具有結構上的持久性，它能夠給予居住在它的庇護之內的人們提供一種植根於某個地方的存在感，人文地理景觀給一個地方的人們提供關於過去的歷史記憶的符號和敘述，這樣的陳述促進了個人對地方的認同感，和某個群體的集體意向。人類經驗和人對世界的感知無疑受到這種認同感的影響，地方的認同感在群體行為和個人行為中

---

[5] 約翰斯頓著，蔡運龍等譯：《哲學與人文地理學》（上海：商務印書館，2001），頁 119。

具有重要的作用。

這是社會地理學的主題之一：「這裡」的我們和「那裡」的他們常常是以地域來劃界的。人們採用「空間速記」的方法來總結其他群體的特徵，根據他們所居住的地方對「他們」進行定義，又根據「他們」，對其所居住的地方進行定義。對其他群體的定義總是與空間關係和地區依附的思想相連。詩人提供了與此有差別的看法，地方對人具有建構作用，但自我既不是封閉的主體，也不是地域的從屬體，自我意識到的經驗過程參與了這種建構。人的地方性意識和屬性的形成提供了一種庇護性的身份，但對詩人所描述的自我來說，這種身份，如同其地方意義和特性一樣是生成性的而非本質主義的。

群體特性與地理特性相結合，以及二者之間的相互定義，就像存在著地域之間的中心與邊緣的區分行為一樣，揭示了群體之間的不平等關係。在把地域特徵與群體特性相互界定的行為中，存在著作為自我命名者還是被命名者、作為主體建構行為還是客體建構行為這種重要的差異。在地域特性與群體特性的建構過程中，人們一貫的做法是把自己所恐懼的事物都投射向他者。因此，對某一群體的歸屬條件之一，就是把恐懼和厭惡投射給他人。鮑曼曾經回應這樣的問題：他者本身的存在能夠把我致於危險的境地嗎？把自我置於危險之中的情況是，「在一個人以自我為中心的要塞最深處」，一個聲音總是說，「我們的牆是由塑膠做成的，我們的城堡是由紙板做成的。」人們總是疑慮自我的防禦體系不夠堅固，隔離他者的手段不夠可靠。鮑曼說「特別是因為內心的

聲音僅僅是周圍大聲叫喊的一種回應——總之,每一種聲音都散佈著對意義豐富、安全可靠世界(進行療治)的完全不同的處方。因為喊叫是我們推動自身事業惟一可做之事:每一種聲音都是一種理性的聲音,每一個處方都是合理的,它總是一種與他者相對的合理性,——僅僅是聲音之基調與異口同聲之程度提供了正確方向的擔保。」[6]在這樣的過程中,微弱的個人聲音是沒有作用的,而失去異口同聲的爭辯力量的哭泣聲更沒有力量。但對詩人來說,個人的痛苦仍然具有這樣的力量,它能夠融化「邊界」。在個人痛苦的傳說史中,詩人吸取了「牆」的另一種象徵意義,長城也曾經是一道「哭牆」:

> 哭吧,坍塌吧,牆——
>
> 淚水浮起石頭、磚塊,像浮起輕盈的羽毛

人的痛苦是沉重的,詩人說「淚水浮起石頭」。而隔離的磚石輕如鴻毛。邊界與區分行為,在個人痛苦的傳說史與群體勝利的歷史敘述中所顯示的面貌大為不同。詩人是矛盾的,他感受到「一個可能的邊境也可能是不存在的」。在詩人的修辭中,人的痛苦和淚水就像夜是沒有邊界的。夜的蔓延沒有被區分所阻擋,夜晚的蔓延等同於「液體」的流動,它們無視邊界,就像人類眼淚的語言我們都能夠讀懂,超越了不同的語法界線:可能的邊界也可能是虛構的,而痛苦卻是真實的。比起隔離、界定的牆,淚水更

---

[6] 鮑曼著,張成崗譯:《後現代倫理學》(南京:江蘇人民出版社,2003),頁 279。

沉重，更是一種個體的力量與勇氣。在這個意義上，沈葦的詩歌地理學是一種「存在主義」式的地理學，他力圖利用存在主義方法來重建社會群體和個人空間傳記，力圖以人是景觀的創造者而不是從屬者、是它的探索者而不是征服者的地位，來改變歷史景觀。

> 像夜，漫無邊際地蕩漾開去
>
> 夜是液體的，在頭蓋骨的酒杯中晃動
>
> 閃爍著往昔歲月幽微的磷光
>
> 儘管靈魂修修補補，但足以自成一個國度

詩人對這樣的理性認識並不是總是那麼樂觀，儘管「液體」的象徵和眼淚的語言超越了「牆」的限制，「儘管靈魂修修補補，但足以自成一個國度」，儘管民族及其歷史的羊皮紙被文明與暴力擦來塗去，反覆修改，它仍然是人們忠誠的物件，它似乎仍然要求源源不斷的祭品。

> 你體內的蠻族在睡夢中醒著
>
> 擦著弓箭，試探著陌生的寒冷的疆土
>
> 呼嘯的馬頭像一把斧子
>
> 將你一劈為二：克制的，不克制的

自我與他者的兩極對立被轉化為自我內部的他者這樣一種矛盾體。在沈葦這裡，不是一個地方生成一個具有地方性意義及其屬性的一個統一的自我，而是在一種日益分裂的空間中所生成的多重主觀性。這樣的體驗裡既有自我的地方性，也有自我的無地方性，他的自我意識是理解而不是規訓，是在地方體驗中對自我的

觀察，而非對地方歸屬的尋求，他注意的是自我的動機與意義感，而不是排他性的自我本質化。對於這樣的他者，「牆」是不存在的，邊界是虛構的。詩人意識到「可能的邊境」的存在——它是自我的邊界，或自我的族群特性的邊界——也意識到它的不可能性或虛構特性，對於自我內部的他者來說，牆沒有淚水更真實。但詩人仍然意識到他自身內部的他者的另一屬性：身體內的「蠻族」在睡夢中醒著，與這個蠻族相對的是戰爭和國家意象，是蠻勇之士或者是英雄的弓箭、馬與陌生的疆土等意象。只是蠻族的勇士也被可能的邊境與邊境的不可能、被雙重忠誠、兩種歷史屬性「一劈為二：克制的，不克制的」。在詩人的筆下，誕生了另一種對抗：克制的民族主義對不克制的民族主義，克制的英雄對不克制的蠻族勇士。內部的衝突與分解式的自我意識，可能導致自我與他者區分的相對性，以及在外部世界與他者衝突的非本質化。對詩人來說，這些認識不是政治也不是哲學，而是自傳。

正像他物構成了內在的自我感知，自我內部的他者這個主題也以各種形式出現在沈葦的詩篇中，他有時徵引自我的內部經驗，有時援引地域性的歷史經驗來表達這個基本主題。他的〈石頭上的塞種人〉一詩表達了在歷史過程中人種邊界的消失、模糊或融合的事實：「塞種人將自己的形象保留在石頭上——三千年後，他們的形象變成一張張異族人的／面孔——」，人們今天的想像因為意識形態的緣故似乎無力抵達這個古老的事實：他們已經是他們自己的他者，正像歷史在自然史的力量之下變成了帶有歷史印記的廢墟，民族的「自然特性」早已在人類歷史過程中改變了

其自然面貌。傳記性的自我中具有他者的面容。純粹本質主義的、單一起源論或本源論的民族主義是一個幻想。區分使自我、民族的連續性消失在彼此隔離的狀態之中，而起源神話、本質主義的意識形態和它們的政治儀式、尤其是其戰爭儀式，又使這種區分神秘化和神聖化了。而詩人在〈大融合〉和描寫在西域行醫的瑞典女傳教士的詩篇中則致力於在被區分的信仰中尋求「一位綜合的上帝」，它也是一位更寬容與仁慈的上帝。這同時也意味著在區分為自我與他者的對立中尋求某種同源性和連續性。

　　對沈葦來說，尋求融合的願望是對自我自身的分解、自我內部的區分所驅動的，內在體驗中自我內部的他者身份，猶如他被迫意識到自己是一個「本地人」中的「外人」。一般而言，自我與他者，本地人與外人，都是地理環境所生產的歷史產品。外人與本地人，自我與他者，是地理性質的觀察所提供的「地理知識」。而把自我與他者、本地人與外人區分出來、甚至彼此在地域上隔離起來，至今仍然是許多人所幻想的具有安全感的「地理理想」。但詩人宣佈說〈有時我覺得〉：「自己是古代阿拉伯人中的一員／迷戀駿馬、刀劍和古蘭經——」，「有時我覺得自己分裂成許多個人」，「我是我，也是他們。到處都是人的生活，到處都是可以築居的地方」。這種自我認知已經越過了通常的自我邊界，越過了對自我身份狹隘的種族區分與地方定義。自我內部的他者不僅是一種冥思性的存在，它意味著一種詩性的智慧，一種對偶然性的認識，不把自我的偶然性和境遇化的生存神聖化的謙卑。相對於任何個人的生活史來說，都存在著經驗的偶然性和境遇的

偶然性，把這種偶然性變成歷史是一種責任，但如果把它變成必然性或變成本質就是一種認識與道德的鹵莽。與此同時，不把自我特性本質化，同樣也是對直接環境以外的事物保持善意與興趣的德行。對自我內部的他者的認識，或自我的分裂所造成的自我距離化，即非中心化的主體意識，是對既定現實的疏離，對自我與這種既定現實之間單一關係的拋棄，和對自我與更廣闊的生存世界之間某種隱秘聯繫、隱秘責任的意識。沈葦的詩在時間、種族和地域上都建立了另外一個世界。這個世界並不是一個虛幻的本體世界，而是在現實經驗中所發現的多元的世界模式，和因偶然性而獲得的自由的自我模式。也許，在一個人的一生中，最具有意義、也最具有挑戰性的事情是持續地成為另一個人的可能性，是自我永無終結的去中心化。

「因此，這個中心不是像人類學現象學所認為的那樣是每個人自身的肉體。我們所經歷的空間和時間永遠都是很具體的，比如村莊、地區、國家、民族、國際社會等，或代系、時代、年代以及上帝面前的個體生活歷史等，它們都是我們所處的世界的解釋座標或表現座標。我無論是在肉體之中，還是作為肉體，一直都是在一個主體間所共有的世界裡，集體共同居住的生活世界就像文本和語境一樣相互滲透，相互重疊，直到相互構成網路。」[7]

---

[7] 哈貝馬斯著，曹衛東等譯：《後形而上學思想》（南京：譯林出版社，2001），頁 79。

　　因此，詩人再次感到〈牆是不存在的〉：「他的激情緣於血液中不滅的火種／而家園，只是外在多變的顯現」，一方面是自我與地域之間的建構關係，另一方面是自我的分裂與多變的家園（地域）之間的對應。一方面詩人意識到地域的塑型力量，一方面詩人又力圖在自我的邊界上拆除「牆」──分隔與區分的壁壘。不僅有我們家園意義上的牆，還有地圖意義上的牆，和認識上的牆，各種邊界勾畫了不同的牆。邊界給予我們安全感、熟悉和確定性，邊界是防禦性的。但同時邊界或牆也用於抵禦經驗的新奇、異質經驗和陌生性。邊界以內構成了認識論和話語的中心位置。無論對家、家園空間或國家，還是自我與他者，詩人表達了我們所認識的事物的價值相對性，這些價值不應該成為我們對絕對價值的渴求的媒介，也不應該把它們變成一種原則，並把這些原則危險地神聖化。對空間上的家園確定性或者是對個人、民族「原始過去」的絕對價值的追求比一種玄奧而不可救藥的形而上學還要糟糕。不僅是因為這些事物的可疑之處，還是因為我們太容易依賴它們，太容易為這種依賴不惜付出高昂的代價。「現在，他的心房的另一側又長出了一顆心」顯示了詩人雙重性的忠誠（這種雙重性忠誠也意味著「嘲諷」、「質疑」和「背叛」），〈牆是不存在的〉結語似乎是一句引語──引語在沈葦的詩中似乎更多地是為了強調自我的另一個聲音，或為著增加自我對話性，它回應著這首詩的前面所出現的另外一句引語：「年輕時以沙漠為情人，老了要以大海為新娘」：

　　　「你左邊的心只為一個人珍藏，

右邊的心要獻給更廣大的世界──」

兩顆心或雙重忠誠是主體的非中心化的另一種表達。與此同時，一個地理上的中心「家」或故鄉「家園」也發生了移位，被地理上的雙重中心所解構或者從中心移往邊緣。可以說沈葦的詩從對自我的深切體驗、從對主體的重新建構開始，到達了自我的非中心化和主體間的世界。創造家或故鄉的感覺，即建構一個新的生活區域中心，在沈葦的詩歌寫作中並不是地理建構的理想，在他的自我繪圖和地理學的繪製中，簡單的「綠洲浪漫主義」已經過時，「家」的浪漫主義也是一個過時的趣味。「家」不僅是人可以依附獲得安全感的地方，同時也是 個人要受到某些陳規陋習限制的地方。社會價值和意識形態總是借助地理範疇（它總是包含著地方傳統、習俗和意識形態因素）來發揮其對人潛在性的影響。時間的積累成為地方，作為人的經驗世界的地理環境，被人類的創造與感知活動賦予了各種形態和象徵含義，大地的表面成為人類的塑造物，折射著文化習俗和個人的想像，體現著某種聚合性和區分標記，並且被時代相傳。在這樣一個世界上，沈葦的詩歌地理學介入這一歷史建構過程，並與之形成批評性關係。沈葦的詩作既不會為流浪歡呼，也不是為回歸吟誦。他的詩歌地理學所探索的既不是流浪者輕輕穿過的別人的世界，也不是尋求自我永久的家鄉。

[5]

地域給予詩人的教誨是複雜的，地域是自由和限制，是想像

力的產物也是近乎命運的事物，〈沙漠，一個感悟〉就是這樣一幅圖景的複雜性的顯現：

> 沙漠像海：一個升起的屋頂
> 塞人、蒙古人、突厥人、吐火羅人
> 曾站在那裡，眺望天空
>
> 如今它是一個文明的大墓地
> 在地底，枯骨與枯骨相互糾纏著
> 當他們需要親吻時
> 必須吹去不存在的嘴唇上的沙子
>
> 風沙一如從前，吞噬著城鎮、村莊
> 但天空依然藍得深不可測
>
> 我突然厭倦了做地域性的二道販子

想像性的事物突然變成一種無法逃脫的命運，浪漫主義的想像在瞬間會變為一種詛咒。迷醉再次轉化為痛苦。這可能就是詩人在一瞬間所感悟到的，以西域居民身份來看，沙漠沒有任何浪漫主義的氣息，它是嚴酷的現實，這使他覺悟到「突然厭倦了做地域性的二道販子」。因為地域販子的想像力與這種嚴酷性相去甚遠。沈葦對地域性的關注恰恰在於他不是一個「地域性的二道販子」，他不是地域標誌、風物與習俗的販賣者。他對地方的關注一方面是由於詩人對經驗所產生的表象環境與行為環境的關切，這是一

個詩人十分關切的經驗環境；另一方面才是沈葦對他所生活其中
的地方，在對居住在那裡的個人和群體定義方面的關切。因此詩
人不是把地域作為一種抽象的類型來看待，而是把它視為一個人
必須接受的具體生存條件。地域性並沒有掩去詩人對個人及其經
驗獨特性的注視。相反，在很大程度上，地理環境幫助詩人更深
入地認知個人經驗及其特性。沈葦是一個對生存有著複雜體驗的
人，而不是抽象地描述一個類型化的地域風物的詩人。西域或者
邊塞的雪、曠野、寒冷、孤寂，不是作為風景或地域特性被單獨
描寫，而是成為生命的一種「存在主義」式的常態。西域的地貌
不是地理學標誌或符號，而是經驗具體形態的顯現。在個人體驗
的敘述中有時詩人表現得相當地激烈，〈眺望〉幾乎是一種主體
的宣洩：「我扶著閃電的欄杆／蒼生啊，在我軀體的遼闊國土上
／眾多嘴巴發出咆哮和呻吟／出來吧，卡在喉嚨裡的雷聲──」
即使在如此個人化和主觀性的感受中，也仍然能夠聽到西域的地
貌及其呼嘯聲。在沈葦的詩歌修辭學中，自我就是一個國度，個
人就是一個「靈魂的自治區」。對西域和中亞地理的描述在很大
程度上就是對有著地緣性的自我的描寫，而他對自我的描寫在某
種意義上也就成為對地理經驗的一種傳達，似乎是西域或中亞在
詩人的話語中表達它的歷史與人文特性的聲音。而最重要的仍然
是，地域複雜的和多重特性是對自我地形圖的繪製。

　　在〈狹窄的人生，遼闊的悲哀〉一詩可以讓我們去體味地理
空間對詩人所具有另外的意義，狹隘與遼闊既是一種地理屬性，
又是存在論意義上的特性：

　　群山撲進窗戶，像一盆墨汁猛地潑了過來
　　提醒他與世界締結著古老的婚姻

無論事物的自然秩序還是「墨汁」這個與契約的書寫有關的修辭
幻象，都暗示了人與世界的令人厭倦的古老因緣。這裡早已不是
意氣風發的唯美的旅行者的感受，不是他在大地上輝煌的自我巡
禮。自我的書寫或自我改寫處在另一種契約之中。〈冬日〉寫到
雪原上「閃閃發光的憂傷」，詩人坦言，「我不寫作，只想著酗
酒，發瘋，尋歡作樂／腦海裡的蒼白，對應季節漸漸擴大的荒蕪
——坐在深夜的床上，沉思虛無、荒謬」，在語言到達自身邊界
時，它發現了虛無、荒蕪和瘋狂。似乎是瘋狂與荒蕪在言說。詩
人只是它的一個荒謬的化身。穿透這些個人感受的敘述和西域地
理特徵、季節特徵的隱秘對應，我們似乎能夠找到自我的內在經
驗、甚至自我內在的「醉鬼」在地域特性中的「存在主義式的」
起源，詩人人鄰曾經這樣具有洞見地評論沈葦的醉酒：「沈葦所
在的地方是一群人湧進一家小酒館，不把所有的酒都喝光了不會
出來的地方。那樣的酒，既是為了歡樂，也是為了憂傷。這裡的
人似乎才是那樣的人，為了毫不足道的事情就可以去死，但是也
可以為一個高尚的目標而屈辱地活著。」[8]這樣的生活具有某些貴
族氣質，它是古代社會一種生活風範，西域社會是最具有這種遺
風的地方。無論是為區區小事從容赴死還是為高貴的理念屈尊苟
活，都與功利主義的平庸無緣。當沈葦詩中出現這些醉鬼的痛苦

---

[8]　人鄰：〈啜飲與造就——讀沈葦詩集《我的塵土，我的坦途》〉（列印稿）

時，彷彿詩人並不是這些感受的唯一主體或承載者——

> 淤積皮膚中的黑暗再也無法洗淨
> 身體打開了缺口，如同山谷中
> 風的哭嚎糾纏一堆古怪的亂石
> 我整理不出自己的頭緒和未來
> 今夜，我的大地是一張狹窄的床
> 被悲哀籠罩，正駛向荒原深處雪的葬禮

這些描述是孤獨的自我經驗，但也透露出西域風蝕地貌的某些特徵：「身體打開了缺口，如同山谷中／風的哭嚎糾纏一堆古怪的亂石」，這些敘述猶如對烏爾禾「魔鬼城」的真切描述，外部世界成為主體自我表達的修辭模式。詩人自我的地形開始顯現出它擺脫了唯美的西域，進入了粗礪的物質現實。這是原始粗重物質的話語。是粗暴的物質語言，也是肉體的語言。這種物質和身體的語言充滿缺口、損傷、滯重、欲望與混亂，身體的物質化修辭強有力地顯現了它的沉默與號哭。在這裡再次遭遇到沈葦詩歌話語中已經反覆出現的三個形象，死亡、欲望和語言。然而與詩人早期詩歌話語相比，死亡和欲望都在失去它們唯美的面貌。語言也變得粗礪。或許我可以借助這樣一種說法，這是大寫死亡、大寫欲望和大寫律法的語言：「生命及其功能和規範就建立在大寫死亡的寂靜的重複之中，衝突和規則就建立在大寫欲望的裸露的開啟之中，意義和體系就建立在一種同時是大寫律法的語言之中。……恰恰是當這個大寫的語言完全赤裸地顯現出來，但同時又躲避任何意義，似乎這個語言是一個巨大的專制和虛空體系時，

當大寫的欲望粗野地進行統治，似乎它的規則的嚴厲性整平了所
有的對立時，當大寫的死亡支配著整個心理學功能並在它的上面
作為它的唯一的和毀滅一切的規範時，我們才能確認現時形態的
癲狂，確認如同在現代經驗中呈現出來的、作為其真相和相異性
的癲狂。」[9] 這裡純粹是在借用，然而，它恰切地揭示了沈葦詩歌
話語在這個時期的成熟而有力的特徵，它沉重的肉身性和粗礪的
物質性，使死亡、欲望、沉默在話語的邊界得以顯現。

〈夜‧孤寂〉訴說孤寂是生命的常態，甚至視為世界的基本
狀態，在某種意義上孤寂也是西域地理學的人文特性和物質特性
之一。孤寂是世界自身的語言。是世界的開端和結束。詩人的話
語似乎只是孤寂勉強張口吐出的沉默。孤寂、沉默在話語主體的
內部與外部彌散，因此似乎主體已經被這樣的沉默所分解。詩人
在話語間充滿了自我安慰和自我嘲諷，或者是把嘲諷變成唯一的
安慰，這些嘲諷和安慰事實上卻是來自對更寥廓空間的意識：

　　走在深夜的街上

　　我在心裡對自己說：「生命就是孤寂。

　　愛是孤寂，憤怒和悲傷也是孤寂——」

　　夜也是孤寂——工作著的孤寂

　　夜只是呈現，放棄了徒勞的表達

　　用嘲諷的嘴和星光的牙

---

[9] 福柯著，莫偉民譯：《詞與物——人文科學考古學》（上海：三聯書店，
2001），頁 489。

> 囫圇吞下我
>
> 一個叫嚷著孤寂的可憐蟲
>
> ──夜在今夜吞下半個地球的可憐蟲

沈葦是一個具有深刻的生存之悲哀感的人，這正是他的詩值得我
們信賴的根源。對詩人來說，生存環境提供了顯現悲哀與孤寂的
感受，生存環境顯現了它，但仍然是生存環境，尤其是自然環境
又安慰了它。如果關於孤寂的感歎是主體的聲音，隨之而來的嘲
諷就已經是來自夜的嘴和「星光的牙」，嘲諷或者安慰來自於更
加寂寥的自然空間。「夜只是呈現，放棄了徒勞的表達」，我們
可以這樣來理解沈葦詩中的西域地理：它就是顯現，一切的呈現，
並且把人的一切問題顯現在這一環境之中。自我或人的問題在這
一天平上或許失去分量，或許轉向存在的另一側。沈葦在他的詩
篇中建構了一種去中心化的自我或者非中心的主體。在〈柏格達
峰〉一詩裡，它以一種非人類中心的思維、以柏格達峰為思維主
體，顯現了大自然對人類謬誤的忍耐、克制和寬恕。在人與自然
的關係中，詩人表達了對人自身弱點的嘲諷和諒解。而詩人在替
人類請求諒解並且承擔著自我批評的職責。〈林中〉以更靜觀的
方式再現了這一主題：

> 落葉鋪了一地
>
> 幾聲鳥鳴掛在樹梢
>
> 一匹馬站在陰影裡，四蹄深陷寂靜
>
> 而血管裡仍是火在奔跑

風的斧子變得鋒利，猛地砍過來
一棵樹的顫慄迅速傳染整片林子

光線在悄悄移走，熄滅一地金黃
接著又關閉天空的藍

大地無言，雪就要落下來。此時此刻
沒有一種悲傷配得上萬物的克制與忍耐

〈林中〉如同一幅風格化的靜物畫，然而顯示著世界暗中的生機，
這生機不是勃發而是內斂的，它所用的動詞也是內斂而簡潔的：
「幾聲鳥鳴掛在樹梢」，馬的「四蹄深陷寂靜」，以及「熄滅」、
「關閉」、「砍」、「落」等等顯示著大自然克制與忍耐的力量，
詩本身的修辭也顯示著這種內聚與克制。它是沈葦詩學精髓的一
次接近完美的展現。在世界自身顯現時，詩人在替一個自然世界
自身立言。西域地貌與季節上的這些隱忍特性幾乎具有了道德的
寓意。然而這道德寓意仍然是啟示而非訓誡性的。如同天地四時
所施予的一種無言之教，詩人身領神受。〈三個撿垃圾的女人〉
這樣一幕人間短劇所具有的意義不也亞於自然的教誨：黎明前的
婦聯大院裡，外地口音的撿垃圾者，年長的女人揀到了一枚漂亮
的髮卡，把它別在年齡最小的一個（女人－女孩）頭上。她們是
這片土地上的溫暖人心的片刻風景。

在沈葦的詩篇中，地理特性和自我特性似乎是一個相互發現

的過程。無法完全區分悲哀、孤寂是詩人的情緒，還是西域自身的空曠、寒冷的地理特徵就具有一種存在主義式的屬性。同樣，對這些存在主義式感受的嘲諷與安慰似乎也具有內在自我與西域世界的雙重起源。〈雪後〉也是這一主題的優秀詩作，它所描述的既是日常經驗世界，又是風格化的自然。它體現了詩人與環境的對視與對話，把話語建構在自然世界自身的潛在力量和非訓誡性的道德寓意之上：

一切都靜寂了
原野閃閃發光，彷彿是對流逝的原諒

一匹白馬陷在積雪中
牠有夢的造型和水晶的透明

時光的一次停頓。多麼潔白的大地的裹屍布！
只有鳥兒鉛彈一樣嗖嗖地飛

死也是安寧的，只有歌聲貼著大地
在低聲讚美一位死去的好農夫

原野閃閃發光。在眩暈和顫慄中
一株白樺樹正用人的目光向我凝望

在它開口之前，在它交出提體內的餘溫之前

淚水突然溢滿了我的雙眼

在這些詩篇中可以看到，沈葦的「顯現的詩學」不同於傳統詩歌的對自然瞬間的描寫，也不是純粹主體意義上的抒情，沈葦自己的表述是，「抒情應該有更大的包容，它是生命、體驗、氣質、細節、節奏等諸多元素的融合，是一個時間中的多棱體。我一直在追求一種有方向感的『綜合的抒情』，在大背景的若隱若現中強化個人抒情的尖銳性。」他的話語既是對日常經驗世界的描寫，又是風格化的產物：「牠有夢的造型和水晶的透明」。在這裡，風格意味著某種簡潔化的力量，在沒有成為程式化的表達之前，它是任何觀察中都渴望具有的能力。沈葦所描述的「正午」也具有夢的造型。〈正午的憂傷〉寫到：

> 正午取消了謎團似的糾纏的曲線
>
> 事物與事物的婚姻只以直線相連
>
> 因此萬物看上去單純、簡潔而深邃
>
> 在山頂，謙卑將你放入一個深淵
>
> 在山頂，如在一個阿拉伯式的穹頂
>
> 在經歷了一千零一夜之後，上帝離你並不遙遠
>
>
> 但稍等片刻，隨著太陽西移
>
> 一切都將傾斜：光線，山坡，植物，人的身影
>
> 從明朗事物中釋放出的陰影，奔跑著，
>
> 像一場不可治癒的疾病——

「正午」是西域地理上的一種特性，西域似乎擁有永恆的正午。

「正午」也是沈葦的一個個人詞彙，是一個充滿秘密的隱喻，正午是時間的分界線也是時間的融合點。他在《新疆詞典》中說，「正午的偉大在於取消了生與死的界限，將它們重新納入一個整體——一個高高隆起的拱頂結合了生與死，陰與陽兩座山坡」，就像吐魯番在地貌特性上把生和死組織在一起一樣。

雙重性的認識不僅體現在時間和空間上，也體現在詩人自我認識的雙重性之中。儘管詩人在沙漠的感悟中早已厭倦了做地域性的二道販子，但他仍然是這個地域的一個出色的表達者。被詛咒的沙漠，或者甚至是沙漠的詛咒也仍然具有多重寓意，〈多稜鏡中的時間〉最後一節再次把沙漠置於它的宗教語境之中：「沙漠並不能代表一個人的心靈／人的心靈還配不上它的荒涼」。雖然沙漠在地理、心理的意義上是地獄圖景，但正如沈葦注意到的，一神教卻都脫胎於沙漠的背景。沙漠是一個地理觀念，又是一個精神上的喻體。對自然來說是荒漠，對宗教來說是沃土。它的宗教功能在於它所激起的恐懼之情，同時也喚醒一種「抒情信仰」。沈葦注意到這片經典的土地所具備的特徵，在這片土地上所產生的是抒情信仰，而非敘事信仰。在某種基本的意義上，信仰總是抒情的，而敘事總會產生對信仰的懷疑。應該說，聖經是敘事信仰，它是一種神聖敘事，或神話敘述，而沙漠和荒野中的信仰形式是抒情的：沙漠和荒野顯現了從創世到啟示的景象。荒野幾乎沒有可以看得見的塵世文明的痕跡，但卻幾乎是宗教背景的赤裸裸的顯現。

荒涼是沙漠裡的一頭怪物

　　從創世紀到啟示錄

　　見到的是同樣的景象

　　它匍匐著爬行

　　一邊發出人的尖叫和呻吟

沈葦在《新疆詞典》中有一首獻給「荒野」的頌歌，他在其中寫到：「荒野是諸神留在大地上的煉獄。它提供了一種靈魂煉金術，一個聖經式的背景。其地理學和生物學特徵直指精神內涵的裸呈——荒野是一個隱喻，一種塵世與幻影結合的真實，在沈葦的詩篇中，許多描述性的詞語同時具備隱喻特徵：沙漠、荒野、村莊，乃至天空、正午和瞬間呈現出來的世界，它們在詩歌的觀察中是「塵世與幻影」的一次結合，也是一次顯現。「荒野是〈聖經〉和〈古蘭經〉的搖床。它以苦旱、貧瘠浸潤人類的語言」，「人類駛向荒原是駛向一種抒情信仰。異質化的荒野上，敘事資源幾乎等於零，而大抒情的自由在找到了一處生存的息壤。」

　　現代世界通過一切技術手段在取消任何地理上的更高與更遠。距離的消失是現代社會所取得的巨大成就。在一般的文化象徵意義上，「更高」和「更遠」也在被取消。除了權力與財富的渴望之外，除了它們所造成的新的象徵距離，人與人、人與自然、人與自我之間的關係都在失去更高與更遠：我們似乎不再擁有諸如對人格、道德經驗做出判斷、區分等級差別的尺度。自由、民主與平等在沒有獲得它們的政治與經濟充分內涵的時候，已經造成了經驗的無差別性、自我的普遍的同質性。然而詩歌的抒情信

仰的一個理想仍然是反對精神上的均質化，它重新確定某種「更高」與「更遠」，確立某種距離與秩序。「自我的距離化」一直就是一個人更高和更遠的理想狀態。在思想層面上，人文主義的精神成就不會永遠停留在社會生活中自我利益的關切這個單一的水準目標上。它總是鼓勵一個人這樣發展出與自我的新型關係，正如卡爾・曼海姆所說，有教養的生存還有它的另一面：以有機的形式達到生存視野的擴大，和「自我距離化」。

　　無論是何種意義上，西域都是一個「更高」和「更遠」的世界。無論作為聖經式的背景還是大地上的煉獄，西域的歷史地理景觀都持續激發了詩人沈葦的詩學視閾。沈葦的詩提供了對生存其中的世界、對自我的邊界更為寬廣的視野，並且在這個地理學想像中，描述了由於自我的分解所產生的自我距離化。他展現了一種非中心化主體的圖景，這個主體被地方的時空模式所重新建構，並被語言活動所構織。因此他的詩不僅顯現了地方對自我意識的建構作用，也同時展示了主體和話語活動對地方含義的闡釋。在《新疆詞典》中沈葦說：「我將寫作比作織毯師的工作，需要將一生時光搓成經線和緯線，耐心又細心地編織才行。我夢想自己能寫出一本書，擁有地毯華麗縝密的風格，一種迷人的糾纏。當然，我更渴望像阿拉丁一樣擁有一塊阿拉伯飛毯，輕盈地飛過人間的一千零一夜。」我們已經能夠在沈葦的詩篇中看到這種地方與主體、自我與他者、迷醉與痛苦之間「迷人的糾纏」，它的深度、複雜性以及輕盈飛翔的力量，也許它最終是為了能夠把痛苦轉換為迷醉。

　　沈葦在〈異域的教誨〉一文中談到了中亞詩歌傳統給予他的
另一資源，這種資源既是寫作意義也是道德意義上的，這片土地
上產生過史詩、宗教詩篇、抒情詩，產生過訓誡性的敘事詩和非
訓誡性的具有遊戲精神的「謊歌」，我們可以從他這些敘述中感
知到這些異質元素怎樣轉化為詩人內在經驗：

> 　　由教主、釋子、巫師、卜者們寫下的宗教詩歌要早於能夠
> 具體考證的文人詩歌寫作，它們通過殘簡斷章為我們留下
> 了中亞詩歌另類的獨異的傳統。譬如敦煌出土的突厥文
> 〈占卜書〉，它是片斷的，不完整的，卻完全可以與你讀
> 到的最好的詩歌相媲美。請讀讀這樣的詩句：「……我是
> 白花斑隼，我臥在香樹上高興。你們要這樣知道。」「……
> 人說臨近死亡的老太婆留在家裡，她舔油勺子的邊活了下
> 來，脫離了死亡。你們要這樣知道。」它是幻覺的，悠遠
> 的，猶如夢者的自言自語，又如神秘的亡靈在說話。還有
> 摩尼教詩歌，已在吐魯番出土不少，它的基本主題是光明
> 與黑暗的戰爭，也即善惡二宗的本原對立。摩尼教徒們將
> 這一主題發揮得淋漓盡致，演繹了無數詩篇，它至今能使
> 我們產生共鳴，是因為這一主題仍是現代人內心苦苦掙扎
> 的真實寫照。我讀到的一首最令人難忘的宗教詩是景教
> 詩，只有短短的三行，保留在貢納爾·雅林的〈重返喀什
> 噶爾〉一書中：「從那野杏樹長刺的樹枝中，／從那年老
> 的女人中，／至善的上帝，解救我們！」幾年前我正處於
> 一個內心的苦悶時期，當我無意中讀到它時，剎時一怔，

繼而感到內心某個灰暗的死角被照亮了。驚訝、震撼、目瞪口呆等詞彙其實都不足以表達我當時的感受。我相信詩歌非凡魔力的存在，正是這幾行詩幫我度過了心靈危機，解開了內心的死結。這種不期而遇的閱讀無疑是一種恩賜，一份神示。因此，這樣的閱讀不僅僅是自我糾正，更是一種救贖。

不能把沈葦視為一個地域性的詩人，但他確實是一個具有地域色彩的詩人，他的作品也不能縮小為邊塞詩或新邊塞詩，儘管邊塞詩有著輝煌的傳統，而且這種傳統恰恰就在沈葦居住的地域背景中形成。就是這個地域為形成於盛唐的邊塞詩提供了語言、修辭、風格與主題。但他的詩超越了「邊塞詩」這種類型化的風格、主題與經驗範圍。就像生活在西部的昌耀一樣，儘管他的詩作中具有明顯的地方性事物，甚至是他的自傳性經驗也無可避免地打上了地方和空間的烙印，他也不能被視為類型的詩人，不能把他「縮小」。一些不那麼重要的詩人可能會借助類型化而放大其重要性，但重要的詩人卻會因為歸類和類型化而妨礙我們對他的深入理解。如果一個詩人把自己生活的地域作為自足的經驗世界，或者被地方性的趣味所滿足，顯然他就會對時代更加抽象化因而也就是更廣闊範圍內的事態缺乏回應。然而沈葦所做的是把自我的經驗世界視為一種隱喻，視為觀照世界的一個具有象徵意義的模式，直觀經驗在其中得到了修辭轉換。昌耀的歷史性維度把他的空間與地方轉換為時空，他的歷史性維度轉化了空間化的事物。沈葦也是如此，他的個人經驗深度與範圍，使他把邊塞和地方性轉化

為與個人體驗和時代的基本問題相關的詩學主題。

［原載《讀書》2007 年 05 期，此為完整版］

生命的回溯與詩意的探求

——論楊方的故鄉書寫與藝術特質

孫曉婭

（首都師範大學文學院教授）

　　詩人楊方，1970 年代出生，是活躍在當下詩壇的優秀女詩人。先後出版詩集《像白雲一樣生活》、《駱駝羔一樣的眼睛》，小說集《打馬跑過烏孫山》等，曾獲《詩刊》中國青年詩人獎，第十屆華文青年詩人獎，浙江省優秀青年作品獎。其詩集《像白雲一樣生活》入選《21 世紀文學之星叢書》（2009 年卷），是首都師範大學第十位駐校詩人。楊方有著同齡詩人少有的經歷：她出生、成長在新疆，工作、安家在江南，豐富的生活底蘊，使她的詩筆剛柔相濟，對現實的觀察與奇詭的想像結合在一起，古典詩詞的意境與現代人的體驗互滲交融，為當下詩歌增添了一種新的氣勢與格局。

　　目前，詩歌研究界多結合其詩歌中故鄉的西域特色進行研究。誠然，故鄉是解讀楊方詩歌的關鍵字，她的詩歌寫作是在「尋找

故鄉」和「回歸故鄉」的過程中展開的。詩人林莽指出：「作為一個詩人，楊方以個人的生命體驗，具有共性的文化意識，建立了一個屬於自己的詩歌的園地」[1]。學者李怡認為楊方的故鄉詩有六種與眾不同的新穎之處：距離感、陌生感／惶惑感、非現實感、傷痛感、隔膜／拒絕感、危險／災難感。李怡認為楊方筆下的鄉愁區別於以往農業文明的鄉愁，楊方寫的故鄉是「回不去」的，是現代工業文明無法恢復的一種原生態[2]。上述觀點在當下楊方詩歌創作研究中比較具有代表性。除卻西域的風景習俗、人事風貌，楊方故鄉書寫的詩學張力、精神探索意味，以及從表達方式與女性書寫方面分析其詩歌創作對當代詩壇的獨特貢獻，這些方面的研究還比較浮泛和薄弱。

　　本文在前人的研究基礎上，力圖有所突破創新：一方面，故鄉之於楊方在她的詩歌中彰顯出靈魂的統攝力和獨特的詩意傾訴，體現出詩人的價值堅守和生命詩學旨歸。本論文著眼於詩人的現代生命意識、人文情懷，旨在打開楊方詩歌中故鄉的多重維度、指向與含義，側重挖掘詩人以返鄉的方式尋訪現代生命本質和靈魂歸屬之門的立意，從叩尋現代生命蘊含的視角分析其抵鄉旅程與內在精神追求的呼應關係。另一方面，本論文著重探究楊方詩歌獨特的藝術特質：情感深度與日常經驗的牽連，語言的豐

---

[1] 林莽：〈為尋找而不斷行走的人〉，收入楊方：《駱駝羔一樣的眼睛》（桂林：灕江出版社，2014）。

[2] 李怡在「首都師範大學駐校詩人楊方詩歌創作研討會」（2014/07/06）上的發言。

富性受多元文化的影響關係。在研究中，側重捕捉和闡釋楊方詩作獨具感染力的異域因素、個性鮮明的女性特質以及豪氣悲壯的美學風格。

一、故鄉：靈魂的痛和割捨不掉的愛

長期以來，人們對文學本身想要表達的情感的理解是多種多樣的。詩歌，作為文學的精靈，它精緻的靈魂中更是飽含了多種情感，而每種情感在讀者的眼中卻又有不同的詮釋。故鄉作為古今中外作家青睞的書寫物件，備受關注，但是不同作家對故鄉的記憶和情感又差異紛呈。

福克納（William Faulkner, 1897-1962）曾說過：「我發現我家鄉的那塊郵票般小小的地方倒也值得一寫，只怕我一輩子也寫它不完」[3]。這句名言可以代表很多作家對故鄉的情感。誠然，故鄉對作家童年的浸潤更像是一塊文化的胎記，這裡有福克納的約克納帕塔法、瑪律克斯（Gabriel José de la Concordia García Márquez, 1927-2014）的馬貢多、老舍的北平，沈從文的湘西邊城、林海音的北平城南，大江健三郎（おおえ けんざぶろう, 1935-）的北方四國森林、莫言的高密東北鄉、奈保爾（Vidiadhar Surajprasad Naipaul, 1932-）的米格爾大街、杜拉斯（Marguerite Duras, 1914-1996）的湄公河岸、蕭紅的呼蘭河、路遙的陝西黃土高低、賈平

---

[3] 福克納：〈福克納談創作〉，收入李文俊編：《福克納評論集》（北京：中國社會科學出版社，1980），頁 74。

凹的商洛和商洛的棣花街……，故鄉的山川水色滋養他們的身體，故鄉的風土人情和歷史文化潤澤他們的心靈，故鄉已然成為一種精神的支柱和寄託，不僅有一種情感的聯繫，更有牢固的心靈聯繫、靈魂聯繫，被指稱的故鄉成為作家永遠割不斷的精神故鄉。與此不同的是，還有一些作家對故鄉持有相反的看法，詩人趙野說：「我出生在古宋，位於四川南部，現屬於宜賓地區。那個地方沒有給我留下什麼印象，破敗、雜亂、完全沒有想像中的古樸和詩意。我自認為和它離得很遠，從未深入到它的內部，感受它的節奏和紋理。我只是在那兒寄居了一段時間，多年以後我終於意識到，我其實是沒有故鄉的人，『鄉愁』這個詞對我而言，永遠只有形而上的意義。」[4]

在楊方的詩中，童年生活之地新疆是故鄉的源發地，對那裡的地域空間、風土人情的記憶書寫，同時融聚、糾結著上述兩類作家的情感，這構成了她詩歌創作個性化的特質：一方面，她渴望歸屬於這個既存的故鄉，渴望：「和這裡所有的人一樣／把安睡和吃飯的地方當做故鄉／把一棵開花的蘋果樹當做童年」（〈我是故鄉的〉）；詩人「多少次，想回到從前」（〈出生地〉），渴望返回朝思暮想的家園：「那是我一直想回去的地方，植物的紋理有條不紊／乾淨的冬天，除了群羊細細嚼食乾草和鹽／除了天籟，那一兩聲來自果木腹腔裡清脆的琴音／沒有別的聲音傳來，避風的冬

---

[4] 王博：〈詩人趙野訪談：這個世界有讓我痛心不已的東西〉，《中國詩歌網》2015/07/12，＜http://www.zgshige.com.cn/c/2015-07-12/541519.shtml＞。

窩子，柴垛堆積／野鴿子像碩大的雪花紛紛落地／過冬的人從容出門，返家，就算大雪封山／寒光閃爍的絆馬索星也會在頭頂低低地凝望／善良與幸運的光線，它是精神的果實，前往的路途」（〈冬日果子溝〉）。詩人對故鄉真摯的愛和濃濃的思念之情感人肺腑，動人心弦。另一方面，這方讓她愛戀的土地卻烙印著滲血的疼痛——「對故鄉愛的越深，它對你的傷害越重」[5]，她必須承載故鄉附加的無以抹去的記憶：「那是一長串阿拉伯數字，斷頭的紅玫瑰般依次排列／／（那一年暴亂，恐怖分子把受害者人頭砍下，依次排列）」（〈寄往故鄉的郵包〉）。歷史瞬間的刺痛感讓詩人聯想到有一天，在故鄉，自己無辜的死：「如果有一天我無辜死在這裡／我請求以這棵石榴樹的形式再次回來／以六月花朵的熱血和熱愛／以九月果實打碎的牙齒和疼痛／充滿恐懼地顫抖著回來／在高高的土圍牆上，我們哀悼我們自己／當秋天帶來悲慘的頭顱，我們必像阿開亞人一樣／一邊奮力抵抗，一邊低頭接受命運／看，石榴果實是上炸彈的形狀／樹幹具有野性十足的體力／葉子，發出磨刀霍霍的聲音／它往我脖子裡使勁地吹吐涼氣／我嗅到了植物的瘋狂」（〈我無法找到一個新的故鄉〉）。這些隱喻色彩濃郁的詩句帶給我們的顫慄和悲痛遠不如它們投擲給詩人的重擊。然而，詩人卻在另一首詩中從容而堅定地回擋了所有可能的傷害：「我在那流血和開花的地方生活了很久／我在那流血和開花的地方還將

---

[5] 楊方在首都師範大學給本科生的一次講座錄音整理〈一首詩的誕生〉（2014/10/28）。

生活很久／我的情感，傷害，邊界線，是國家的／我的熱愛，悲
傷和思念，是故鄉的／我，是故鄉的，我的死亡，是故鄉的」（〈我
是故鄉的〉）。詩人對這個既定的故鄉，始終「有一種無限親近又
無限疏離的感覺，我回來了，同時我又是再也回不來了」[6]的糾葛
之情。

　　楊方的詩歌中既有割捨不掉的愛，又抹不掉被歸屬於外鄉人
的痛和靈魂無法返回的願望：

> 但我不打算離開這裡，和你一樣
>
> 母親給了我一個彎月的天空和低垂的大地
>
> 我怎能將它捨棄
>
> 我無法在其他地方找到一個新的故鄉
>
> 或者在陌生的土地上重新建立一個故鄉
>
> 關於故鄉，那是與生俱來的，我們捨此無他
>
> 無論用漢語還是維吾爾語，它都在詞語裡熾燃
>
> 它和世界上任何一種語言發出的聲音一樣溫暖
>
> 它是你的，也是我的，我們終將在此花落燈息，死不復生！
>
> 　　　　　　　　　　——〈我無法找到一個新的故鄉〉

亦如詩人對故鄉的自我剖析：「有豐富快樂的兒時記憶，獨特的西
域風景和鄉土人情，也有被擺成玫瑰的斷頭。所以才有故鄉對別

6　楊方、霍俊明：〈「走在分叉的樹枝上，走在分支的河流上」——楊方訪談〉，
收入吳思敬編：《詩人與校園——首都師範大學駐校詩人研究論集》（桂林：
灕江出版社，2014），頁 290。

人，是一種溫暖和歸宿，是母親子宮般安全的住所，對我，是一種傷害和逃離。你越熱愛，你就越被傷害。正如我一首詩中所寫：彷彿我再不能奢望回到這兒，死在這兒，安葬在這兒。」[7]

秉具對故鄉無法拂去的複雜情懷，詩人在〈我還沒有回到我的故鄉〉開篇即確立了全詩憂傷的基調：「日落時分總是很憂傷／一天的結束，彷彿就是一生的結束／甚或一個世紀的結束」。如此化不開的憂傷基調不是偶然的閃現，楊方在另一首詩中也表達了類似的情感：「我註定在這憂傷的氣息裡終老，在靜靜的果園／傾聽流水在果木的身體裡弦絲一樣冰涼地行走」(〈阿力麻里〉)。寫故鄉時，楊方特別善於將時光流逝的不可逆轉、時間之殤的疼痛和傷感附著在故鄉的記憶裡和故鄉的影像中，以至於我們要同時品嘗兩種深摯、不可解開的痛，它們像舊時女性服飾的盤扣，細密地盤結、緊合。

我們常說：「一首詩的好，不僅系於它的表現，也由於它情思與感覺的深度，而情思與感覺是沉潛在生活裡滿滿滋長的，這是藝術創造的根源」[8]。故鄉在楊方的記憶中「滿滿滋長著美好的細節和片景：蘋果園，史達林街，勝利巷……葡萄藤須上的籽實，哈密瓜的瓜秧」(〈我還沒有回到我的故鄉〉)；「小時候用烏斯曼草描眉，用海納花塗染指甲」(〈寄往故鄉的郵包〉)；「乾旱地帶的無花果樹林／自牛奶和月光的白色香味中吸取營養」(〈在傷口上建

---

[7] 《詩人與校園——首都師範大學駐校詩人研究論集》，頁286。

[8] 張松建：《現代詩的再出發》(北京：北京大學出版社，2009)，頁73。

立一個故鄉〉);「農閒時節敲打著手鼓在打麥場上跳麥西來普」
(〈淡灰色的眼珠〉);「葡萄架下的木桌上有新鮮的幹饢和乳酪」
(〈對一匹老馬說薩拉木里坤〉);「路過清真寺,有高大的拱門和
回廊／每天,白色鴿群和曙光一起落在綠色拱頂上」(〈悲傷是這
兒的,也是我的〉);「飄蕩的溫泉水和白色霧氣纏繞的葦草間／天
鵝的叫聲多麼清亮」(〈天鵝來到英塔木〉);「人們聚集在蘋果樹下
唱木卡姆,喝伊力特／用羊骨占卜命運,用天鵝羽辟災去邪」(〈阿
力麻里〉);「騎驢的木卡姆歌手,莫合煙袋懸掛鞍邊／拖長,低沉
的調子,低過新疆最低的盆地」(〈出生地〉)……。

在種種細節和片景的呈現中,故鄉的記憶融入了詩人生命中
美好而詩意的感受。以此為原點,故鄉在其筆下經常被幻化為精
神的居所,而淡化了實體存在的意義和地域空間的具象,從而賦
予故鄉以詩學的象徵韻味。

楊方筆下的故鄉是兩個維度,實存的和精神的故鄉。它們分
別具有不同的指向和含義,如果不剝離清楚這個問題,既無法走
進其故鄉的內核,也無法打開詩人情感的象徵的森林。在情感層
面上,詩人留戀生育她的故土;在精神層面上,詩人更渴望返還
的是超現實世界,多年來在其生命情感中孕育的精神故鄉——它
孕育於真實的西域,綿延於詩性的滋長。這個具有符號學意味的
故鄉恰恰是不斷蠱惑詩人遊弋、返回的根源,是詩人詩性的緣起,
它具有巨大的魔力,吸引著詩人對生命之源不斷探察。詩人渴望
超脫浮沉,返回這孕育過她詩情和生命年輪的精神原點,那是無
限空間的永恆,是真實故鄉的缺席,是人與神、主體與靈魂對話

的現場。

　　「候鳥回到北方，群羊回到冬窩子，世界回到原處／但我還沒有回到我的故鄉」（〈我還沒有回到我的故鄉〉），苦苦尋覓，詩人無法返回的是人類或詩人個體精神的發源，是詩性的故鄉，是靈魂的高地，它無跡可考，無處不在，時時衍生和變化萬千：

> 我還沒有回到一條大河的上游
>
> 在那裡，一切剛剛開始
>
> 萬物靈動，幼畜初生
>
> 我還沒有回到一座山脈最高的峰頂
>
> 那時光聳立的峰頂，只有明亮的風在那裡
>
> 只有霹靂，閃電，雨雪，冰雹，只有行星和恒星
>
> 我還不曾被白雪，山嵐，瀑布，流雲所感動
>
> 我還走在裸露的平原，山川和盆地
>
> ——〈我還沒有回到我的故鄉〉

好詩常常呈現出生命本身被語言攫住時的狀態，正是在這種狀態中，生存的終極實在才可能顯露出來。「攫住」是一種互為糾葛的力量，它使我們轉向與表象的鬥爭。〈我還沒有回到我的故鄉〉這首詩，從題目到文本，真正攫住我們的是多次出現和被強調的「我還沒有」這個句式。榮格（Carl Gustav Jung, 1875-1961）說，扎根於大地的人永世長存，可是詩人無有遮攔地告訴我們她還在行走，還沒有返還「一條大河的上游」或「一座山脈最高的峰頂」，她在廣袤千里的空間中尋找的是能夠讓她聽到宇宙歌唱的地方，看到歷史扎根的村莊，感動到值得感動的「暗寓意」（黑格爾），而這

一切，她還沒有找到，她還在——返鄉的途中尋找。

二、尋找，永不停息的精神探求

在霍俊明的訪談中，楊方說：「我在伊黎河邊長大，我寫過〈伊黎河左岸〉，還寫過貴州仡佬族的洪渡河，也寫過浙江的甌江。河流其實就是一個孤獨的人，從一個孤獨的地方來。我總是想尋著流水，走到一條大河的上游，看看它最初的源頭。在新疆我看見過一條乾涸的河流，看見它帶走了自己的流水，時間和光亮，但是卻帶不走它本身。我們的一生，也像一條河流一樣，青春流走，夢想流走，剩下老邁腐朽的身軀。『拉薩河，紅河，額爾古納河，或者更遠的多瑙河，印度河，密西西比河，我從未去過的地方，有誰看見它們日日空流，奔波在綿延的歸途』」。楊方筆下書寫過不同地域的河流，不過，這些河流都是詩人生命之河的分支：「在我的寫作中，河流是人生的追問，也是追尋。如果逆流而上，我們的靈魂終會回到最初的潔淨的源頭」[9]。〈過黃河〉是楊方極具代表性的作品：

> 多少有些悲愴，我還沒有準備好，就已經站在了橋上
> 黃河水在下面奔湧，翻卷，深淺莫測
> 它帶著那麼多沉重的泥沙，顯得更加有力量
> 經過蘭州的氣勢，是低沉的，閃耀著隱藏的光芒

---

[9] 《詩人與校園——首都師範大學駐校詩人研究論集》，頁 295。

　　我試圖冒險，乘羊皮筏，在水中抽刀斷水

除了故鄉，河流是楊方的詩寫中的另一個關注點，她試圖穿過某個缺口，回到一條河流最初的源頭。河流既是其探尋的軌道，又折射出詩人對流動的、始於源頭的動態的生命的熱愛，同時，她的詩歌美學風格恰恰充分體現了水的磅礴與柔和的兩極面相，河流的動態暗寓了詩人不斷行走探源的追尋精神。

　　在〈我還沒有回到我的故鄉〉第一段中，詩人排列了一系列故鄉的片景和實物，給人呈現出返鄉後景象；第二段首句卻從實景中陡然一轉，詩思很快變換了維度──「我還沒有回到一條大河的上游」，這條大河中前面的實指轉向虛擬「在那裡，一切剛剛開始」。作者收束了令人振奮的即將達到的興奮感，由具象轉向了遼闊──「山脈」、「峰頂」、甚至是「行星」、「恆星」，隨之在情緒激烈的排比句後，突然轉換了句式「我還走在裸露的平原，山川和盆地」，呼應了段首的尋找，所有令人心潮澎湃的自然景象安靜下來，時間就定格在行走上，在哪裡行走已經不重要，平原就是「遠離喧嘩與浮躁」、遠離攀岩和探尋的激烈瞬間，詩人回歸了行走的靜與行為本身，回歸到尋找的過程──「我認為我的尋找是永恆的，我的尋找可以是心靈裡的故鄉，也可以是另一個故鄉，另一個自己。這個尋找將如影隨形跟著我」[10]。這與保羅・策蘭（Paul Celan, 1920-1970）所說的詩是「生存的草圖，也許，是自身對自身的派遣，為尋找自身……是某種回家」有異曲同工之妙。

---

[10]　《詩人與校園──首都師範大學駐校詩人研究論集》，頁 290。

正如楊方在〈伊黎河左岸〉一詩中所表達的「很多時候，我不比
一條河流更知道自己的去向」，詩人無時不在尋找自己、尋找生命
的棲居地，這恰恰是現代性對生命主體的擊打。在詩作的第三段，
詩人由抒情的浪漫回歸到對宿命和現代生命的叩問：

> 空蕩蕩的馬車，命運之輪
>
> 像衰老一樣緩慢，像死亡一樣緩慢
>
> 我還沒有在宿命之國，彩虹之門
>
> 在一個叫納達旗牛錄的荒涼小鎮
>
> 遇見一位陌生的錫伯青年
>
> 他的眼神像掛在貼木里克山岡上藍光閃爍的星星
>
> 很多時候，我懷疑自己已成為隆起山梁的一部分
>
> 那麼地接近，一生都可以望見，一生都不能到達

馬車是往返於命運旅程的意象，其衰老的緩慢，與死亡連接起來。
詩人以返鄉的方式打開探尋現代生命本質和靈魂歸屬之門。在詩
人將故鄉陌生化和互文化的過程中，她對生命的探尋也隨著抵鄉
旅程的完成而深化至對現代個體生命的反思——永遠在路上、永
遠在探尋、卻無有終點。記得楊方在首師大給本科生的一次講座
中說：「我們人和一條河流一樣，最終都要回到某個地方去」[11]。
她始終在詩作中尋找著捕捉著「某個地方」，不同的詩人對「某個
地方」的理解和設立是不同的。比如，芬蘭女詩人艾迪特・索德

---

[11] 〈一首詩的誕生〉（2014/10/28）。

格朗（Edith Irene Södergran, 1892-1923）[12]，她是一個流浪者，沒有地方屬於她，她也不屬於任何地方。她有一首詩表達了這種在路上的毫無歸屬感的荒涼以及她心目中的「某個地方」的美好：

我渴望那不存在的國土，

因為我對懇求存在的一切感到厭倦。

月亮用音色的古老文字對我講起

那不存在的國土。

在那裡我們一切願望得到奇妙的滿足，

在那裡我們所有的枷鎖紛紛脫落，

在那裡我們流血的額頭冰涼卜來

在月光的露水中。

我的生命有過高燒的幻覺。

而有一件事被我發現，有一件事為我所得——

同向那不存在的國土之路。

在那不存在的國土裡

我的愛人戴著閃爍的王冠散步。

我的愛人是誰？夜沉沉

星星顫抖著回答。

我的愛人是誰？他叫什麼名字？

---

[12] 索德格朗，北歐現代主義詩歌大師，她是一位芬蘭的瑞典人，她的母語是瑞典語，可是自小就搬到了芬蘭，但她並不認為芬蘭是自己的故鄉，當然，瑞典也不是。她三十歲出頭便因肺結核去世了。

蒼穹越來越高

而一個淹沒在茫茫霧中的人類的孩子

不知道回答。

可是一個人類的孩子除了肯定沒有別的。

它伸出的手臂比整個天空更藍更高。

在那裡出現回答：我為你所愛，永遠如此。

——北島譯：〈不存在的國土〉

楊方和索德格朗，兩個不同國度、不同時代的女詩人，她們都是行走在人生旅程上、探尋精神故園的尋美者，在她們內心深處，「某個地方」或根本「不存在的國土」是她們創作的根源，是靈魂棲居的詩性空間。

詩歌是一種創世的藝術，其動人處莫過於詩人善用語言的精妙給靈魂尋找一個出口，用心底的細膩與想像的瑰麗創設一個世界。這個藝術的世界裡，想像恣意騰飛，每一字句都靈動著詩人獨特的生命體驗。澎湃與節制彼此呼應使詩歌的整體情致臻於生命的極致。楊方在〈我還沒有回到我的故鄉〉一詩中所暗含的生命的極致恰恰是不斷返回，永遠抵達不到的靈魂的原點——那裡顯然不是一個地理空間的故鄉，這種近乎超現實的探尋本身，讓我想起布伯（Martin Buber, 1878-1965）在其 1913 年出版的哲學論文《達尼爾》的前言中描述他由於一棵樹的對話引發的精神思考：「似乎只有當我找到這棵樹時，我才找到了我自己。那時對話出現了。」

三、舒展與質樸：節奏和語言

詩歌是詩人的聲帶，品讀詩歌，最重要的是聆聽詩人向這個世界發出的聲音。楊方詩歌語言的節奏感具有彈性和伸縮能力，統一而鮮明，流動而舒展，自由連綿而長短交錯，富有獨特的音樂美，給人帶來聽覺的審美愉悅。比如〈我還沒有回到我的故鄉〉一詩，反覆回環著「我還沒有……」的主旋律，儼然成為作品暗含的基調。全詩的節奏不以頓挫為隔，如同音聲的連綿，起伏連蕩，或長短相間，或緩緩綿延，反覆（「我還」、「回到」）、回環（「我還沒有……」）、排比（「只有……」），這些修辭技法的重複使用尤其加強了該詩節奏的旋律感。楊方善於在詩作中通過複遝變奏的曲譜式抒情手段，控制一個聲音的音長、強化詩歌中的節奏感，生發出召喚詩情的驅力和吸力。〈我還沒有回到我的故鄉〉一詩以「我還沒有……」的回環貫穿三個段落，雖然每個段落的旋律各有變化，但是都統攝於「我還沒有……」這一悠長而憂傷的主調。在其統攝下，全詩生命的旋律迴旋著，詩人內部意識的瞬間流動著，沉思靜默著，探尋行走著……楊方在這首詩以及很多詩篇中對詩歌節奏舒緩自如的把握讓我想到維吾爾族古典音樂十二木卡姆。因為在演奏十二木卡姆時，也往往採用一種複遝變奏的曲譜式抒情手段；每段的演奏方式大致相同，從一個意象出發、展開，又逆向回歸這個起點，但每一個回歸都同時是一種加強和新的展開。〈我還沒有回到我的故鄉〉就是借鑒了這種音樂表達的技法，以我還沒有回到我的故鄉為全詩的基調，首尾與全詩的詩情呼應，

貫穿著濃郁的憂傷和荒涼無奈，日落與迢遙相隔，永遠在返鄉歸程上的我雖然融為故鄉一寸土地一方山梁卻終究回不到故鄉，這種蒼茫感浸潤在詩行間，在主旋律的貫穿中，每一個詞都在「故鄉場」中得到了可能的功能性敞開，並讓詩人和讀者的經驗和情感得到了充分的調動。

黑格爾（Georg Wilhelm Friedrich Hegel, 1770-1831）反覆強調：「音樂的節拍是某種完全由人的心靈創造出來的東西」[13]。那麼，為什麼楊方的創作深受十二木卡姆曲調的影響呢？打開這個問題，能夠更好的探究楊方的詩藝特點。維吾爾族十二木卡姆歷史源遠流長，每一個木卡姆均分為大乃額曼、達斯坦和麥西熱甫等三大部分；每一個部分又由四個主旋律和若干變奏曲組成。其中每一首樂曲既是木卡姆主旋律的有機組成部分，同時，又是具有和聲特色的獨立樂曲。木卡姆曲調是以一定的節奏演唱，這些節奏同時在變化。隨著木卡姆曲調中節奏、節拍的變化，其歌詞的格律也跟著變化的情況而變化。楊方曾經在不同場合多次提及十二木卡姆對其詩歌創作的影響：

首先，十二木卡姆最初萌發了其詩歌創作的初念，詩人說：「世界上的藝術都是相通的，比如我的詩歌跟他們的十二木卡姆就絕對是相通的，他們的聲音可以通過文字在我的詩歌裡發出

---

[13] Hegel, *The Philosophy of Fine Art*, pp.333-334. See Mark Jones, "The Lucy Poems, for a comprehensive, if rather disheartening, assemblage of the history of criticism of this poem."

來。」[14]

薩義德（Edward Wadie Said, 1935-2003）曾明確地指出：「作者的確生活在他們自己的社會中，在不同程度上塑造著他們的歷史和社會經驗，也為他們的歷史和經驗所塑造」[15]。楊方自小生活在新疆，耳濡目染其文化、藝術，當時在眾多伊斯蘭文化的影響中，她坦言，十二木卡姆的旋律對其詩歌創作的影響最深：「因為我從小生活在新疆，新疆主要的文化是伊斯蘭文化，他們伊斯蘭的音樂是十二木卡姆音樂。伊朗也有木卡姆，伊拉克也有木卡姆，包括伊斯蘭教那個民族他們的木卡姆。雖然都大同小異，就是存在著一種共性，但我們新疆的木卡姆呢，是一種即興創作的，想到什麼唱什麼，邊敲著手鼓，邊唱邊跳，跳麥西來普那種舞，可能每一個人，他都是歌手，他也都是詩人。木卡姆的韻律是比較悲涼的，可能受新疆大自然那種荒涼環境的影響，它比較悲涼。在我的詩歌創作中，我覺得我有意地融入了木卡姆這種旋律，它始終貫穿著我的詩歌的旋律。可能您應該看出來我每一首詩歌都比較長，我這種寫作方式就有點像木卡姆歌手的那種隨興創作的歌唱。他們看到一件什麼東西，然後就隨意地用自己的歌聲表達出來，句式比較長，整首詩歌也比較長。」[16]

---

[14] 〈一首詩的誕生〉（2014/10/28）。

[15] 愛德華・薩義德著，李琨譯：《文化與帝國主義・前言》（北京：生活・讀書・新知三聯書店，2003），頁17。

[16] 楊方在與首都師範大學首屆國際駐校詩人阿萊什（Aleš Šteger, 1973-）的對話中比較深入地觸及到此問題，楊方、阿萊什：〈詩的多種可能 ——阿萊

　　自小受到十二木卡姆演奏耳濡目染的楊方，已經將十二木卡姆的旋律和形式投射到其詩歌節奏的把握與調控中，她的詩歌節奏感很強，長句式連綿回蕩，旋律一氣呵成無有間斷，很有行吟詩的味道。從詩歌寫作的角度講，楊方具有得天獨厚的寫作基礎，因為「語氣和語感對寫作來說是很重要的，對一首詩來說就至為重要了。把握住了語氣和節奏，一首詩就會寫得很順暢，否則就很難寫下去。在語氣和節奏中，包含著談話或傾訴物件（關係或身份）、你的態度（認真或調侃）、以及感情色彩，等等，也有助於意義的衍生，細節的運用。有時我在創作一首詩時，主要在尋找這種節奏，一旦找到了，就會寫得順手」[17]，誠如張曙光所說，節奏、語感是詩人創作的源發點，也是我們進入詩人創作的通道，出於對十二木卡姆深深的喜愛，這種音樂形式已經融化在詩人楊方的心靈深處，她的耳畔時時回環著遙遠而親密的旋律，並幻化在詩作中，將我們引入一個無限遼遠而陌生的西域空間中，引出讀者的閱讀期待和追問。

　　初期白話詩人劉半農有一首題為〈母親〉的小詩，詩人廢名對這首小詩非常欣賞，認為是劉半農寫得最好的作品，因為它「表現著一個深厚的感情，又難得寫得一清如許」。所謂一清如許，在廢名看來就是自然親切，沒有雕琢和刻劃的痕跡，「這首詩，比月

什與楊方的對話〉，收入《首都師範大學駐校詩人十年回顧論文集》。

[17]　張曙光：〈關於詩的談話——對姜濤書面提問的回答〉，收入孫文波等編：《語言：形式的命名》（北京：人民文學出版社，1999），頁246。

光下一戶人家還要令人親近」，但讀了之後又令人感到驚訝，「詩
怎麼寫得這麼完全，這麼容易，真是水到渠成了。這樣的詩，舊
詩裡頭不能有，在新詩裡他也有他完全的位置了」[18]。一直以來，
我特別喜歡廢名對劉半農這首詩的評價中用到的詞「一清如許」，
並極為認同他所談及的好詩就是「水到渠成」。在楊方詩歌的語言
中，我驚喜地重拾了廢名閱讀〈母親〉所感受到的藝術品質，不
過，楊方的詩歌在這一清如許、不重雕琢的淡然間，又多了幾分
大氣磅礴，這構成其詩歌語言富有張力的美學風格，也是其詩歌
語言獨特的個性色彩所在，這與詩人西域生活的滋養不無關係──
──「我在西域的生活，將給我帶來一生的影響，它決定了我的思
維，想像空間，甚至語言用詞。西域的荒涼決定了我寫作的荒涼，
西域的開闊決定了我性格的開闊」[19]。在此，摘選楊方幾首詩作
為例：

> 偶爾，這麼大的山，會飛入一隻小小的麻雀
> 它蹲在空空的，高高的佛龕，用它小小的慈悲
> 慈悲著天下，和那些比它更小的蒼生
>
> ──〈天下龍門〉
>
> 某天你會來到這裡，沿著頭腦裡的條條大道
> 走到一處荒廢的地方，盤腿坐下
> 如你見過的交河故城，死去多年的炊煙

---

[18] 廢名：《論新詩及其他》（瀋陽：遼寧教育出版社，1998），頁 43。
[19] 〈一首詩的誕生〉（2014/10/28）。

正從落日的圓孔鑽出

……

比如，給大地的傷口塗上晚霞的紅藥水

然後在傷口上建立一個故鄉

　　　　　　　——〈在傷口上建立一（個？）故鄉〉

楊方詩歌詩思的開闊直接影響了其語言風格的明朗流暢，她的很多詩句，樸實大氣，蒼涼而不失悲憫，有小我的情思更有大我的俯瞰。在新批評派看來，每首詩的文本是一個完整自足的客體，顯然，如果用這種方法分析楊方的語言特質，勢必會陷落封閉的局限而丟失本源。楊方是一位語感很好的詩人，她尤其擅長舒緩的長句式以及長短詩句的混合運用，一些常用的片語合成不常用的搭配或改變了詞性。有些表達貼切而又富有新意，新鮮而又不失韻味。如果說，這些語言特點是顯像的呈現，那麼，還有一個方面值得我們去品味。在楊方的很多詩作中，語言穿越了漢語稠密的地帶和意象的疊加，樸實而不華豔，綿延而不繁冗，在平靜的語言表像背後蘊藉著詩性的美感：「候鳥回到北方，群羊回到冬窩子，世界回到原處」，「他的眼神像掛在貼木里克山岡上藍光閃爍的星星」（〈我還沒有回到我的故鄉〉）……，這些詩句在平靜中含蓄著深沉的意境。楊方是有古典情懷的詩人，她的詩作在不經意間營構出古典詩歌的意境，令人回味品讀：「每個人身體裡的泥沙都比黃河沉重／堆積起來就是一座白塔山／可以種植紫荊樹，五月開花，十月紛飛」，「大夢醒來，黃河水驚濤拍岸，落日正把它染成暗紅」（〈過黃河〉）；「我驚訝一條河流在星辰隱沒之時如此

寂靜，淡泊／彷彿消失了一樣，彷彿它從來就不在」（〈夜半，洪渡河〉）；「我撫摸到愛人的脊背，他正不堪一擊地老去長出燈芯草的白髮和地衣的褶皺」（〈務川，秋頌〉）。

從這些詩作可見，雖然楊方的詩歌語言不夠精緻凝練，以至於她自己有意要努力地含蓄雋永些，好在她的詩歌語言因為有具體意象的承載，反而不會給人以辭藻堆砌的感覺；雖然有批評家曾指出她的語言缺少力度，但是，質樸平實中蕩漾的情感為她的詩情增添了真摯與充沛的精神品格。

「波普爾說：『我們絕不應該佯裝什麼都知道，我們絕不應常使用大詞。』說到底大詞都是虛構的，它只屬於我們從沒見過，甚至從不存在或者只存在於期望中的事物，它歸根結底都是象徵性的」[20]。楊方幾乎不用什麼大詞，少於修飾，她的詩作與「虛妄」遠離，她善於從具象的語詞和意象入手窺探世界，表達內心情感，真誠的情思流淌在一組組平實質樸的意象中：

> 你要躲開人群，往荒郊，野外，地底，黑暗
>
> 那沒有流水和花朵的地方走
>
> 曾經庇護你的屋頂，安身的床
>
> 燒出人間煙火的灶台
>
> 還有你喜歡的櫻桃樹，蘆薈，桂花
>
> 你全都帶不走，只等那吉時一到

---

[20] 轉引自敬文東：《中國當代詩歌的精神分析》（北京：中國社會出版社，2010），頁 112。

鑼敲三遍，酒斟三回，香上三柱

紙錢撒得滿天飛，腳下葦草和稻草鋪路

就算有再多的不捨，也別回頭把人間張望！

——〈致姐姐〉

請不要吹動這些落葉的小喬木，小灌木

還有纏繞不休的藤藤蔓蔓

它們掌狀的葉片，和我的手掌一樣

還緊抓著自己泛黃的命運，不曾鬆懈

……

還有金盞花，打碗花，八爪燈籠，九葉一枝花

讓它們在金色夕光裡再開一小會吧

連同狼衣草，藿香草，豆蔻草

尤其是那叢酷似蘆花的白茅草

一有風吹，就飄蓬一樣飛起來，四處飄零

這連天的離愁，要容它們含淚躬謝，一一道別

——〈務川，秋風近〉

如果說楊方的詩歌創作還有什麼需要提升和鍛造之處，我更為期待直擊心靈富有撼動力的詩思能更長久的駐留在其作品中；還有，綿密詩思固然是一種個性與風格，但恰到好處的留白可以使作品更為豐盈和回味無盡。

孫玉石教授在其著作《我思想，故我是蝴蝶》中，提出了詩人們應該秉有的「戒懼」之心：「……在浮躁代替了沉潛的時代，詩人追求的是匆忙中的可以創造，卻忘記了怎樣去豐富自己。玩

深沉而實膚淺，多驚新而少突破，好宣言而乏實踐，成為當下詩歌引起人們的不滿與疏離的重要原因……」[21]。筆者頗為認同孫先生的這段話。詩歌本是酒，不必一定經過長年的醞釀，但是一定需要感情在心中發酵、翻滾、糾結，只有經歷一次次痛苦的洗禮，一首詩才會在情感上得到豐富，表達上得到圓滿。

楊方在當代詩壇上的獨特性源於她的異域經驗，敏銳的文學感悟力和嫻熟駕馭詩歌語言的能力。但是，如何打開視域，突破與超越既有的成績，其接續的方向和路徑在哪裡，如何深度挖掘創作潛力和才華，這個問題尤為重要。

[原載《首都師範大學學報》2015 年 04 期]

---

[21] 孫玉石：《我思想，故我是蝴蝶》（北京：北京大學出版社，2010），頁 194。

田園詩的新疆模式
——當代新邊塞詩的重新命名

陳大為

（台北大學中文系教授）

　　「邊塞詩」尚未成為一個明確的概念之前，以千里行役和征戰為題的戰爭詩寫作，最早出現在《詩經》的時代，《秦風・無衣》、《小雅・出車》、《邶風・擊鼓》都是典型戰爭詩；之後，漢朝對匈奴的征伐也催生了〈十五從軍征〉、〈戰城南〉等優異的戰爭詩；到魏晉南北朝，更有曹植〈白馬篇〉、蔡文姬〈悲憤詩〉、陳琳〈飲馬長城窟行〉，以及遼遠壯闊的〈敕勒歌〉，但戰爭詩歌寫作在總體規模上始終未成氣候，必須等到大唐帝國的崛起。那是一個文治武功都達巔峰的史詩時代，數十萬大唐鐵騎在西域連年征戰，整個國家長期處於高度作戰與戰備狀態，帝國的榮光導致英雄主義意識的高漲，壯武而柔文，有志之士都「寧為百夫長，勝作一書生」，戰爭文學在天時地利人和的條件下，應勢而生，成為「盛

唐氣象」的天然產物。與此同時，古典詩歌藝術正邁入最成熟的階段，名家輩出，詩人受到邊戰主題與邊戰功業的雙重吸引，壯遊西域、投身幕府、臆寫軍旅風光遂成為時尚，一個高質量的「邊塞詩」寫作拔地而起，雖然它作為一個概念還得再等上一千一百多年。

　　首次提到「邊塞」一詞的是徐嘉瑞（1895-1977）所著的《中古文學概論》（1924）。徐嘉瑞以「分類表」的方式，將唐代詩歌實質分為「主觀」和「客觀」兩大類，後者又細分為「社會派（悲觀）」、「田園派（樂觀）」、「邊塞（宏壯）」三類[1]。不知何故少了「派」字的「邊塞」，羅列了李頎、岑參、高適、王昌齡、王翰等五人，沒有進一步展開論述。從五人名單可看出徐嘉瑞對邊塞詩的構想範疇，過於簡陋的表列暴露了徐嘉瑞對邊塞詩的掌握很有限，說不出所以然，但他嗅到了邊塞詩的獨立論述價值，也算有些眼光，畢竟他歷經大清覆亡、民初軍閥割據、抗日、國共內戰，對戰爭詩有一些起碼的敏感度。

　　對戰爭更有感觸的是胡雲翼（1906-1965），他在抗日期間棄筆從戎，1938 年擔任浙江紹興專署戰地政工隊副總隊長。滿腔熱血的胡雲翼，早在二十一歲自武昌師範畢業時，就出版過《唐代的戰爭文學》（1927）一書，他從唐詩裡讀出一股唯盛世獨有、壯志凌雲的強大戰意，他甚至可以想像出詩人內心的烽火和刀光。為了突顯出這類詩歌的「邊戰」意義，特將之命名為「戰爭文學」。

---

[1] 徐嘉瑞：《中古文學概論》（上海：亞東圖書館，1924），頁 174。

三年後,他出版《唐詩研究》(1930),他認為「軍事背景所形成
的社會狀況,乃造成唐詩內容的偉大。……自開元之後的唐代完
全是由不斷的戰爭支配著」[2],接著列出唐代二十八場戰役,以證
其論點。在此書,他將王昌齡、高適、岑參等人稱作「隸屬李白
一派」,指出「他們長於作氣魄宏大抒寫英雄懷抱的長篇古風;他
們都長於描寫邊塞,風調悲壯的七言絕句詩」,「就大體說來,我
們可以稱這派詩人為邊塞派。……很多的閨怨,閨情的描寫就其
意義講,還是邊塞詩的意義」[3]。胡雲翼的界定,擴大了邊塞詩的
幅員,從戰爭主體、邊塞地理、英雄意識,延伸到因其而生的(戰
地以外的)閨怨之情,這是他對戰爭層面的全方位思考,由此確
立了唐代邊塞詩的範疇。

　　差不多同時出版的另一部專著,是羅根澤(1900-1960)的《樂
府文學史》(1931)。他是純粹的學院中人,經歷過清亡以降的多
場戰事,特別重視邊塞詩的戰爭本質,因而沿襲了胡雲翼《唐代
的戰爭文學》的看法,直接將邊塞詩界定為「動的征戰文學」,跟
「靜的田園文學」兩相對立[4]。後來又有劉經庵《中國純文學史綱》
(1935),他道出邊塞詩命名上的一個重點:「古無所謂邊塞詩,
到了盛唐,岑高輩大概受了北朝民歌的影響,乃用北地的風物,

[2]　胡雲翼:《唐詩研究》(上海:商務印書館,1930),頁 28-29。
[3]　《唐詩研究》,頁 71-72。
[4]　羅根澤:《樂府文學史》(北平:文化學社,1931),頁 219。

邊塞的情況，詠為邊塞詩」[5]，彷彿在提醒 1930 年代的讀者，邊塞詩是一個今人的詮釋結果，什麼東西該納入或不該納入，是有彈性的。

可是民國時期影響最為深遠的文學史鉅著——劉大杰《中國文學發展史》（1949）——卻以「岑高詩派」來命名，稱之「作風豪放雄偉，以氣象見長，絕無恬靜淡遠之趣」，而且「他們的題材，集中於邊塞風光的描寫與戰爭的歌詠」[6]。劉大杰（1904-1977）個性膽怯軟弱[7]，抗壓性低，軍國大事對他而言可能沒什麼吸引力，他在上海孤島時期完成此書上卷，戰火給當時上海人的感受是屈辱，要是遙想大唐盛世，就更洩氣了。所以這一節寫來平平無奇，亦無突破性的見解。

上述幾位文學史家在撰述邊塞詩的時候，忽略了漢—唐國土面積的變化，從以下取自《維基百科》的〔左圖〕漢代武帝時期（141-87 BC）和〔右圖〕唐代（AD 618-907）的國土地圖，可對照出大唐帝國開疆闢土的驚人成就，如此更能理解為何唐代的邊塞戰爭如此頻繁，光是一個「安西大都護府」[8]的面積就遠遠超出今天的新疆自治區：

---

[5] 劉經庵：《中國純文學史綱》（北平：北平著者書店，1935），頁 95。

[6] 劉大杰：《中國文學發展史〔上卷〕》（北京：中華書局，1941），頁 354。

[7] 相關事蹟的陳述，詳見＜http://www.bbtpress.com/homepagebook/3047/a06.htm＞，檢索：2017/11/07。

[8] 「安西大都護府」，在不同時期也稱作「安西都護府」，是唐朝管理西域的一個軍政機構，有點類似中共建政初期的「軍區」概念，統轄安西四鎮，最

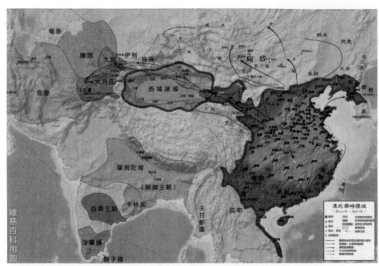

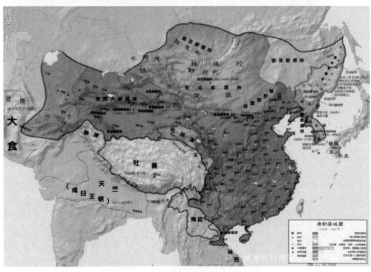

　　一名唐代詩人出塞之後，車馬要走的路何止千里，中原視野
被自然地理的「數理雄渾」（the mathematically sublime），以及大
唐國力的「動力雄渾」（the dynamically sublime）不斷衝撞，內心

的激蕩絕非壯遊或出塞二詞所能涵蓋，雄渾之力造成偉大心靈的迴響，下筆成詩便有了「黃沙百戰穿金甲，不破樓蘭終不還」的風雷之聲。

文學史家沒有特別留意到的另一件事是——當高適（706-765）加入軍旅成為淮南（兼代西川）節度使之際，大唐最輝煌的征戰年代已經過去，疆土已定，西域留存的是英雄傳奇，已無傳奇英雄。不過，那些已經完成的軍事大業，正是盛唐氣象的基石，帝國鞏固的前奏，儘管都過去了，大唐的帝國榮光依舊在巔峰。763年，吐蕃攻取隴右，高適率兵出征南鄙，兵敗。岑參（715-770）在749-757年間兩度出塞，先後擔任過幕府書記和判官，駐守安西四鎮（焉耆、龜茲、于闐、疏勒）共六年，未遇大戰。王昌齡（698-756）在724年赴河隴，出玉門，壯遊西域，面對宿敵環伺，他堅信「但使龍城飛將在，不教胡馬度陰山」，因此寫下多首不朽的邊塞詩。三人皆未親歷「大漠風塵日色昏」的西域大戰，安史之亂（755-763）發生在他們的晚年，在長安東北開打。換言之，籠罩在「盛唐氣象」[9]底下的詩人，從軍、壯遊西域是受到「昔日」

---

[9] 「盛唐氣象」的概念原出嚴羽《滄浪詩話》：「盛唐諸公之詩，如顏魯公書，既筆力雄壯，又氣象渾厚。」林庚在1958年針對「盛唐氣象」展開論述，提出時代性格的影響理論，非常能夠說明這個「帝國子民」的心理現象：「盛唐氣象正是憑藉著生活中豐富的想像力，結合著自建安以來詩歌在思想上與藝術上成熟的發展，飛翔在廣闊的朝氣蓬勃的開朗的空間，而塑造出的那個時代性格的鮮明的形象。那末這個藝術形象的藝術特徵，就不可能離開那個時代而存在，它的藝術特徵與時代特徵因此是不可分割的。盛唐氣象最突出的

盛唐邊塞戰爭「魅力」的吸引，一方面可滿足英雄史詩般的「出塞」想像，去實地感受雪山‧大漠、草原混紡的雄偉地理，另一方面也希望獲得邊戰「軍功」，成為真英雄（大唐已經是多元種族文化的熔爐，故赴西域見識異族文化景象，應該不在出塞的動機之內）。正是一種「時代性格」讓他們的邊塞詩讀起來，如此雄渾。

總的來說，民國初期的學界正式建立了「邊塞詩」的概念，其範疇大致侷限於唐代「安西（大）都護府」的戰爭寫作。雖然部分學者重視「邊戰」，但他們沒有特別強調它的必然性，試想——若無「邊戰」，中國所有與外國或海洋鄰接的省份都成了邊塞，豈非到處都是邊塞詩？邊塞詩未必要描寫戰爭，但一個地方被界定為邊塞，離不開戰爭或戰爭的威脅。「邊塞詩」這個概念，有利於今人去臆想大唐帝國的無敵鐵騎、開闊雄偉的塞外地理、渺遠時空的生離死別、入幕邊庭或率軍出征的軍功心理，如此方能準確地讀出唐代邊塞詩無可取代的藝術成就。

隨著中共建政初期所面對的國際局勢，邊塞詩研究起了新的變化。

1950 年代，中共解放軍的邊境戰場不在西北，而在福建（台海）和東北（韓戰），緊張的軍事狀態讓學界對戰爭議題特別敏感。他們「運用馬列主義文藝理論，重新觀照、審視包括邊塞詩在內的文學遺產。學者們用階級觀點分析詩歌，並與民族矛盾結合起

特點就是朝氣蓬勃。」詳見林庚：〈盛唐氣象〉，《北京大學學報》1958 年 02 期，頁 95。

來研究邊塞詩，……人民性成為測試詩人思想傾向的含金指標。
這是本時期邊塞詩研究的指導原則。對戰爭性質的探討仍是本期
研究的主線。研究者用毛澤東正義非正義的戰爭哲學觀武裝自己，
以戰爭性質來檢驗詩人的傾向性，判斷作品的價值。影響深廣的
『戰爭性質決定詩歌價值』的批評模式開始形成」[10]。從胡大浚
的觀察來看，1950 年代的主流論述是肯定了那些頌揚帝國武功的
唐代詩人，他們認為主張以戰爭保衛國家利益，是正確的態度。

　　跟大唐鐵騎頻頻征伐西域剛好相反，剛解放的新疆並無戰事，
只有一場以哈薩克人烏斯滿為首的武裝叛亂，很快就被王震將軍
平伏了（1950 年 3-6 月），其後的小叛亂都成不了氣候，緊張的是
境內治安問題。新疆畢竟是一個地處偏遠的軍區，北京政府每週
派飛機運送銀元來購買十九萬名解放軍的糧食，實在吃不消，除
了沿用歷朝的屯墾政策實無他法可行。毛澤東在 1950 年 1 月發布
了大生產命令，要求將十一萬軍人轉移到農業生產線上；兩年後，
新疆部隊整編成國防軍和生產軍，由後者負責屯墾。1954 年 12
月，成立「新疆軍區生產建設兵團」，十七萬五千人，在邊防平靜
的無戰火年代，王震只需鎮壓境內維吾爾族在南疆的零星叛亂，
兵團農業生產功能得到很好的發揮，可以從各種官方數據看到漂
亮的農業產能，像流水帳一樣的收糧多少萬噸、造林數百公頃、
牧畜數十萬頭、修渠和建水庫，到輕工業投產多少資金等等，彷

---

[10] 胡大浚、馬蘭州：〈七十年邊塞詩研究綜述〉，《中國文學研究》2000 年 03
期，頁 89。

彿原本一片荒涼的新疆大地，這時才活了過來。可能有些學者懂得遙想中國歷代屯墾的事蹟，但大部分新疆在地詩人只懂得歌頌祖國的新風貌，對他們來說那是比什麼都來得迫切的大事。

鐵衣甫江・艾里也夫（1930-2001）是著名的維吾爾詩人，在1950年代一口氣出版了《東方之歌》（1951）、《和平之歌》（1956）、《唱不完的歌》（1957）等三部詩集，他的〈心裡話〉（1955）是這麼說的：「我是維吾爾族的兒子／我熱愛我的民族，勝於熱愛我自己／然而，與維吾爾族這個民族成份相比／更使我感到驕傲的是／我站在我們的黨和階級隊伍裡／就是這支無堅不摧的大軍／／戰勝過一切頑敵／我們還要勝利地挺進。斬關奪隘／用如椽的彩筆／把民族團結的新生活描繪得更加壯麗」[11]，這串文字裡頭只剩下黨，新疆地理風貌和維吾爾民族文化都不見了，甚至連詩也不見了，只見自覺性服從與歌頌的文字。另一首據稱「從1956年發表至今，一直為廣大讀者喜愛、傳誦，並被譜成各種曲調的傳唱」[12]的〈唱不完的歌〉，前半首是這樣唱的：「每個夜晚，我都徘徊於這條小巷／唱著同一支歌，在這兒躑躅徜徉。／我朝著一座山峰不斷跋涉攀登，／但至今依舊盤旋在崎嶇的山徑上。／／今晚我又用這支歌，／去輕輕叩擊那窗櫺。／不知哪兒『吱呀』

---

[11] 轉引自夏冠洲等編：《新疆當代文學史》（烏魯木齊：新疆人民出版社，2014），頁22。

[12] 《新疆當代文學史》，頁23。

一聲門響，／傳出一個老頭兒呵斥的聲音：」[13]，過於散文化的抒情語言，在優美修辭的背後，其實很空洞，也許當一首民歌來唱的效果比較好，當詩來讀絕對不行。另一位維吾爾著名詩人克里木‧霍加（1928-1988）也好不到哪裡去，他在 1953 年發表〈故鄉的黎明〉，中譯之後的句子很平庸：「像那牧放在草原上的羊群，／白雲飄蕩在無際的高空。／晨風是趕著羊群的牧人，／不知它把白雲吹向何方？／／一輪又圓又亮的紅色球體，／從山頂向我滾來。／哦！原來是初升的太陽，／和大自然在擁抱相愛」[14]，如此簡單、具體的視覺內容，經過中譯後可能流失的東西應該不多，這個故鄉寫得太簡陋，找不到具有辨識性的地理符號或文化元素，它可以被詮釋作中國北方任何一地的牧歌，跟新疆聯想不在一塊。

　　不管維吾爾、哈薩克，或錫伯族詩人，早期的詩歌創作跟民間歌謠沒什麼兩樣，能不能稱之為詩還很難說。這些文字即使描繪大自然景物，也不會產生真正的地理性或民族性，這裡所謂的「故鄉」可以是任何有草原和羊群的地方，看不出新疆的關聯性；他們的詩也不觸碰敏感的社會現狀和政治問題，抒情是最安全的，讚美祖國更安全，說不定還有政治上的加分作用。唐代邊塞詩裡

---

[13]　鄭興富編：《新疆文學作品大系（1949-2009）‧詩歌卷》（烏魯木齊：新疆美術攝影出版社＆新疆電子音像出版社，2009），頁 21。此詩共四段，後兩段是老頭兒和「我」的對白。

[14]　《新疆文學作品大系（1949-2009）‧詩歌卷》，頁 40。

的塞外風光和人文地理，至此徹底失蹤。這現象還有一個更根本的原因：維吾爾詩人深受歌、舞、曲三合一的《十二木卡姆》（Maqam）演唱思維所影響[15]，具有人文地理學和民族學的寫作元素，大都吸納到《十二木卡姆》裡去，當代維族詩人沒有意識到再把新疆形象從木卡姆提存出來的價值，安安份份立足於抒情詩歌的傳統中；加上維吾爾詩歌既有的「堪塞旦」讚美詩傳統[16]，更容易讓解放初期的維族詩人產生對新祖國的讚美行為。

　　對 1950 年代的維族詩人來說，波瀾壯闊的西域地理，或許根本是一個陌異化的想像之物，草原是黃了又綠綠了又黃的草原，羊群是賴以維生的經濟動物和食物，日子本來就是平庸的，景物

---

[15]　每一套木卡姆都是由大曲（Naqma）、敘事詩（Dastan）和民間歌舞（Maxrap）組成，《十二木卡姆》中有部分曲目是以艾里謝爾‧納瓦依（Alisher Navoiy, 1441-1501）的格則勒（Ghazalyat）為歌詞來編曲的，他是維吾爾古典文學史上的偉大詩人和思想家，其代表作《思想寶庫》由 3,130 首格則勒抒情詩組成，內容絕大部分是讚美人格操守的優點，批判不忠行為的愛情抒情詩。經過在祁疆各地五百年的傳流，不斷擴充、豐富起來。帕爾哈提指出：「維吾爾木卡姆的唱詞中既有『古典文人詩作』又有『民間歌謠』。內容包括哲人箴言、先知告誡，民間故事、傳說，對美好愛情的追求，對生活艱辛、命運乖蹇的感歎，以及各類各樣的鄉間俚語、市井俗言。」〔詳見迪力夏提‧帕爾哈提：〈十二木卡姆的歷史與現狀（下）〉，《新疆藝術〔漢文版〕》2017 年 01 期，頁 122。〕

[16]　賽咯克是明朝時期的維吾爾著名詩人，《十二木卡姆》詞作家、作曲家，他是發展了讚美詩歌體「堪塞旦」的重要人物。《巴亞特木卡姆》的作曲出於他之手。〔詳見迪力夏提‧帕爾哈提：〈十二木卡姆的歷史與現狀（上）〉，《新疆藝術〔漢文版〕》2016 年 06 期，頁 124。〕

也是。至於漢人視野裡「所謂的邊塞」，根本沒這回事。秦時明月漢時關，僅僅是漢人的文化符號。消失的人文地理難不成只能靠「出塞／入疆」的漢族詩人來還原？偌大的新疆軍區生產建設兵團，能不能找到一個「稱職」如高適、岑參的詩人呢？

第一個浮上檯面的漢族詩人叫聞捷（1923-1971），江蘇人，曾經以記者身份參加解放西北的戰鬥，隨軍入疆後，在新華社新疆分社擔任社長。聞捷自學出身，歷經戰亂，不曾受過完整的大學教育，未必有機會讀過前文所述的幾部文學史或唐詩研究專著，頭腦裡恐怕沒有邊塞詩的概念，但起碼應該讀過幾首王昌齡的邊塞詩吧，雖然有沒有充份為此類似的詩篇是另一回事。

旅疆四年，聞捷出版了抒情詩集《天山牧歌》（1956），描繪了異族生活情景、歌頌漢人新生活，其中〈向導〉、〈獵人〉、〈蘋果樹下〉、〈葡萄成熟了〉、〈賽馬〉等被視為代表作。出了塞，入了疆，但聞捷沒有身逢大唐盛世，此時的中共政權還談不上文治武功，算不上帝國，中共開國的詩歌都雄渾不起來，只能空洞地歌頌祖國的偉大，反正當時極大部分詩人都這麼幹。少了盛唐氣象般的時代性格，聞捷的詩當然無法憑空創造出雄渾壯闊的格局。就拿〈葡萄成熟了〉來說吧，他關注的是男女情愛故事：

> 馬奶子葡萄成熟了，
> 墜在碧綠的枝葉間，
> 小夥子們從田裡回來了，
> 姑娘們還勞動在葡萄園。

　　小夥子們並排站在路邊，

　　三弦琴挑逗姑娘心弦，

　　嘴唇都唱得發乾了，

　　連顆葡萄子也沒嚐到。

　　小夥子們傷心又生氣，

　　扭轉身又捨不得離去：

　　「慳吝的姑娘啊！

　　你們的葡萄準是酸的。」[17]

毫無邊戰氛圍的新疆詩歌，構不成邊塞詩的樣子，書寫日常生活和異族男女愛情的白描詩歌，只能歸類為田園詩，田園詩沒什麼不好，它並非次貨，跟邊塞詩只是類別上的差異。馬奶子葡萄是吐魯番的特產，三弦則未必是新疆獨有，這三段詩讀不出新疆人文地理的味道，寫得太鬆，太軟，跟鐵衣甫江‧艾里也夫和克里木‧霍加的民謠風沒多大差別，若把馬奶子葡萄抽掉，可以是任何省份的詩篇。《天山牧歌》的抒情視野是淺層的，他看到的是當下，是眼前百步之內的風馬牛和牧人，自然跨不過異族的宗教樊籬，不得其門而入。《天山牧歌》確實是一本道道地地的「牧歌」，田園詩之一類。

---

[17] 聞捷：《中國當代名詩人選集‧聞捷》（北京：人民文學出版社，2006），頁13。

　　聞捷在 1958 年出疆到了蘭州，寫下跟新疆無關的山水詩〈沙嶺晴鳴〉（1958）、〈古城晚眺〉（1958）和〈夜過玉門〉（1958）。翌年，聞捷終於寫出富有哈薩克民族文化色彩的長篇敘事詩《復仇的火焰〔第一部〕：動盪的年代》（1959），描述的是解放初期中共平伏哈薩克族在新疆東部巴里坤草原的叛亂。暫且不論聞捷的詩歌語言一貫鬆散、冗長，帶有頌唱味道的毛病，故事從大風雪中一支乃曼部落的獵隊展開，鏡頭捕捉的是哈薩克族作為遊牧民族的各種思維細節：「雪浪隨著馬蹄滾滾翻捲／／馬鞍後吊著雪雞野兔，／那些野物來回地撞擊馬鞍」、「哈薩克人愛護自己的馬匹，／應像愛護自己的兩眼」、「『巴哈爾！我們只要跟著你，／胸中便長出十顆虎膽』」、「銅茶炊輕輕地唱著歌，／……／松枝薰烤的馬肉流著油脂，」、「『有我們出色的巴哈爾帶路，／風雪草原像大路平坦」[18]，聞捷在長篇敘事中相當細緻地勾勒了牧民的職業性動作、族人的生活飲食習慣、對胡大（蒼天）的信仰和儀軌、頭人（奴隸領主）的財產觀念，並非僵硬置入，而是透過具有畫面感的人物念頭與行動，讓情節逐步演變，鋪展出具有新疆性的故事輪廓。這是他離開新疆之後，才寫得出來的新疆少數民族故事，可說是 1950 年代新疆最有份量的詩作，屬於社會敘事詩。

　　入疆漢人未必能夠成為成功的邊塞詩人，聞捷成不了，比他早了一百八十餘年入疆的紀曉嵐（1724-1805）也成不了。1768 年，紀曉嵐被遣戍烏魯木齊贖罪，離疆返京路上完成《烏魯木齊雜詩》

---

[18]　《中國當代名詩人選集・聞捷》，頁 174-181。

（1771）一百六十首，成為後來考察清代新疆風土民情的重要文
獻，未成邊塞詩經典。在清朝，新疆邊境和省內發生的戰役還真
不少，整個清代至少有七十七位詩人寫下兩千首以西域為題的古
詩[19]，卻未能形成文學史上的「清代邊塞詩」浪潮，量有了，質
不足，故大器難成。即使追溯至宋、元、明三朝，國力詩力皆遠
不及大唐，亦無可觀的成就。

　　1959 年 11 月，艾青（1910-1996）受王震之邀到烏魯木齊，
寫了一部報導文學《運輸標兵蘇長福》，翌年他轉往石河子市，其
詩歌創作開始專注在新疆軍區生產建設兵團的建設成果，以及各
族人民艱苦創業的精神，比較敏感的事物，一律不碰。1962 年 4
月，新疆伊犁、塔城、阿勒泰等地數萬邊民，受蘇聯政府煽動和
誘騙，大舉棄家逃亡，塔城、額敏、裕民三縣人口總數腰斬了一
半，周恩來為了穩定邊境秩序，緊急實行「三代」（代管、代耕、
代牧）。「伊塔事件」後，蒙古軍隊在蘇聯的慫恿下，多次騷擾阿
勒泰東部的中蒙邊境鄉鎮，但未引發真正的戰爭（同年 10 月，西
藏和印度邊境發生歷時一個月的自衛反擊戰，不過與新疆無關）。
此時新疆雖無戰火，境內局勢卻動盪不安，直接影響了學界的戰
爭意識，研究唐代邊塞詩的學者對「邊戰」的正義性討論成為主
流，高度肯定了戰爭寫作，而鞭撻詩人的反戰意識（除了文革期
間暫時休止幾年，這個議題化的論爭一直持續到二十世紀末）。艾

---

[19] 星漢：《清代西域詩研究》（上海：上海世紀出版社＆上海古籍出版社，
2009），頁 11。

青的詩對當時的政局與動亂視而不見，埋首寫他的〈燒荒〉、〈墾荒者之歌〉、〈帳篷〉，這些水平不高的田園詩，加上聞捷之前寫的牧歌，初步構成田園詩的討論基礎[20]。

　　劉大杰在 1941 年為極盛時期的唐代田園詩下過定義：「在唐代的浪漫詩歌中，有一些人專注於自然山水的歌詠，鄉村生活的描寫；用疏淡的筆法，造成恬靜的詩風的，是王維代表的田園詩派。這一派人的人生觀與生活動態，是浪漫的，但同那些享樂縱慾的徹底浪漫主義者又大有不同。他們只是失意於現實的人世，或滿意於富貴功名以後，帶著閑適清靜生活的追求的慾望，避之於山林與田園，想在那裡找到一點心境上的慰安。……他們並不反抗禮俗與規律，只寂寞地避開煩擾的現世，社會上一切的民生疾苦，戰影烽煙，都無法引起他們的注視與描寫」[21]，這番話其實是他的內心寫照[22]。劉大杰在孤島時期所寫的《中國文學發展史》即是他自己的田園詩，感觸特別深，對田園詩的形成和界定

---

[20]　賀敬之、郭小川、田間等人在 1963 年出塞，在路上寫了一些詩，賀敬之〈西去列車的窗口〉、郭小川〈西出陽關〉、〈雪滿天山路〉、田間〈雪白的畫冊〉都曾被學者納入新疆邊塞詩的討論。這些作品都寫得空洞，比較像旅遊隨筆，或政治文宣的斷句。

[21]　《中國文學發展史》，頁 333。

[22]　這部文學史在 1941-1949 年初次出版（兩卷初），後來在 1957-1958、1962-1963 年修訂了兩次，1973 年因應文革政治環境的需求又修了一次。唯有 1941-1949 年版保留了他最原初的心境，是一次完全自由的創作。此書一出版即大受歡迎，也因此成為大躍進時期的重點批判對象，它被批判後影響反而更大。目前廣泛流通的是 1962 年版。

寫得比邊塞詩來得豐富，見解獨到，不會過時。聞捷和艾青的田
園詩，部分特徵符合劉大杰的界定。

　　聞捷的詩歌寫作沒有政治壓力，也沒有銜接邊塞詩偉大譜系
的企圖，他寫的是眼前的、異族異域的人事物，皆是富有創作價
值的素材。過於抒情的筆調和情懷，嚴重侷限了他的視野，僅僅
架構起一個恬靜的世界，現世政治的雜質、真實人生的煩惱和紛
擾，完全排除在異族男女情愛的繪圖之外；由於恬靜，連塞外山
水也雄偉不起來。無憂無慮的《天山牧歌》自然成為「孤島文人」
劉大杰心中的田園詩的一種款式。當然他不能比肩王維（701-761）
的田園意境，比較近似儲光羲（706-760）那種「努力於鄉村農民
生活的觀察與描寫，然而他所看到所寫的，只是和平與快樂的一
面，對於農民的疾苦與窮困的另一面，作者完全放過了」[23]。艾
青則是另一種。

　　艾青是逃避主義的田園詩類型，他的政治恐懼症候群是一具
製作精良的篩子，儘量濾除有疑慮的元素，打造一座有利於審查
或批鬥的田園世界，讓他可以安心的在田裡獨自「燒荒」（「小小
的一根火柴，／劃開了一個新境界──／／好大的火啊，荒原成
了火海外」[24]），然後一邊唱「墾荒者之歌」（「我們都是軍墾戰士，
／荒原就是我們的戰場──／改造自然是我們的理想，／我們為

---

[23]　《中國文學發展史》，頁342。

[24]　艾青：〈燒荒〉，收入《新疆文學作品大系（1949-2009）・詩歌卷》，頁49。

祖國開闢糧倉」[25]），一邊搭建屬於自己的安穩「帳篷」（「換一個工地，／就搬一次家，／帶走的是荒涼，／留下的是繁華。」[26]），這三首詩除了「避之於山林與田園」和「寂寞地避開煩擾的現世」，它也是非常典型的「牧羊人視野」，是歐洲文藝復興時的田園詩模式。艾青的墾荒者即是田園詩的牧羊人，他們對應大自然的關係是一樣的，企圖把自己和讀者一起陶醉其中，他（們）即是田園世界的虛構者、中介者，也是敘事主體，牧羊人永遠不觸及畜牲的殺戮，不揭露農村生活的醜陋面目，牧羊人的美麗世界懸浮在現實之上，同時又努力偽裝成一個真實的存在物，或可稱之為「精神性的風景畫」。

沃爾夫岡・伊瑟爾（Wolfgang Iser, 1926-2007）在討論古典田園詩時曾說過：「使這個世界具有『詩意』，便是從其所發源的農村生活的日復一日的單調性中解脫出來。能指（牧羊人的世界）從其習慣性的所指（鄉間世界）中分離出來，以便創造詩歌想像中的新奇之物」[27]。前述的維族詩人便是深陷於「日復一日的單調性中」，沒有辦法解脫出來，遂損失了詩意。聞捷對「邊民」的

---

[25] 艾青：〈墾荒者之歌〉，收入《新疆文學作品大系（1949-2009）・詩歌卷》，頁 51-52。

[26] 艾青：〈帳篷〉，收入《新疆文學作品大系（1949-2009）・詩歌卷》，頁 53。

[27] 沃爾夫岡・伊瑟爾著，陳定家等譯：《虛構與想像：文學人類學疆界・第二章・作為一種文學虛構範式的文藝復興時期的田園體》（長春：吉林人民出版社，2011），頁 35。本文所述的歐洲田園詩概念，主要借用、轉化、修訂自此書（第二章）的論述觀點。

情愛描述，除了哈薩克人稱之為「姑娘追」的賽馬遊戲之外，也沒什麼文化獨特性，抒情語言中的詩意也較單薄。艾青的「軍墾主題詩歌」更脆弱，但有一點值得關注——自我保護機制。艾青的現實世界被政治網絡糾纏著，每一個文字的動靜都是跟政治世界的對奕，他比聞捷更需要軍墾生活，他的詩篇裡的牧羊人（墾荒者）是個安全角色，墾荒對祖國有利，所以是安全的，他把自己融入「我們」的共同行動，就更安全了。可惜這田園異常空洞，墾荒完全缺乏細節（沒有地理位置或地質感，沒有植物和栽種的舉止），只聽見口號在段落間迴盪，他將「能指從其習慣性的所指中分離出來」之後，沒有創造出新的東西，任憑田園懸浮在土壤之上，意念之中，成為一個逃避主義者的小小虛構世界，對伊塔事件自然視若無睹。細讀艾青即可發現：他每一個很努力偽裝成墾荒者的動作，都在繪製一幅遁逃者的內心風景畫，適合隱喻式的閱讀，但經不起審美層次的分析。聞捷和艾青先後在 1950 和 1960 年代新疆留下的田園詩，恬靜愉悅，山退水隱，牛馬失聲，格局雖小，卻無風險，可在掌上把玩，或可稱之為「方寸田園」。

唐代邊塞詩的偉大傳承，難不成就這麼斷了嗎？

被文革虛耗掉十年之後，新疆漢語詩歌寫作隨著新時期的改革開放有了起色，此刻登場的漢族詩人是周濤（1946-）、楊牧（1944-）、章德益（1946-）三人。周濤出生於山西，1955 年新疆維吾爾自治區成立，九歲的周濤隨父母的工作調動而遷居烏魯木齊，在伊塔事件發生時，才十六歲，錯過一次直面時局動亂的寫作契機。1965 年他考進新疆大學中文系，隔年因文革而停課，但

這短短一年間，應該有機會讀到中國文學史課本裡的邊塞詩和田園詩論述，甚至讀到劉大杰在 1962 年新修的《中國文學發展史》，那可是當年最風行的文學史教材。周濤的父親擔任自治區黨校圖書資料室主任，二十幾萬冊的藏書，成了周濤的文學寶庫。後來他到南疆喀什工作，接著在北疆伊犁住了一陣子，將生活經驗轉化成讓他一舉揚名的〈天山南北〉（1978），從這首詩開始，周濤很認真地思考新疆人文地理在創作上的價值和意義。

翌年，周濤發表了〈新疆的歌〉（1979），企圖把──被中原視野冷落在祖國角落的──新疆推到舞台中心：「我們這裡，聚居著十三個民族，／每個民族的語言，都像一道不深不淺的溝塹；／我們這裡，彙集了五湖四海的人，／每個地區的方言，都像一條不大不小的溪河。／／在草原上問路，有時連最簡單的對話呵，／也需要通過手勢來傳播；／在冰山上作客，有時連最深沉的感情呵，／也只能通過目光去理解。」[28]，雖然這段文字有點像旅遊指南，不過他還是比聞捷和艾青略勝一籌，他抓到較多文化差異的細節，也能夠用具有典型性的畫面來勾勒四大民族的形象（譬如：「吹著鷹笛的塔吉克」、「驅趕馬群的哈薩克」、「葡萄架下花毯上，維吾爾人在舉行婚禮」、「柯爾克孜人彈起了考木孜琴」[29]），

---

[28] 周濤：〈新疆的歌〉，《詩刊》1979 年第 12 期，頁 70。此詩在《周濤詩編年》（北京：解放軍，2005）裡的年份為 1980 年，此年份有誤，但詩句並無更改。本文以《詩刊》為準。

[29] 《詩刊》1979 年第 12 期，頁 71。

進而往異族人物身上挖掘新疆文化的味道。策略不錯，但語言太稚嫩，周濤的眼光只停留在人物的表面，四大異族人民的內心想法沒能刻劃出來。周濤對建立自己的新疆圖象是有野心的，他兵分四路，一路探勘多元文化的族群，一路尋覓西域的自然野性，一路素描地貌之盛，第四路是揭竿起義。

先說揭竿起義。1982 年 2 月 7 日，周濤在《新疆日報》上發表〈對形成「新邊塞詩」的設想〉，正式提出建立「新邊塞詩」的構想。3 月，新疆大學主辦「邊塞新詩」的研討會，會後由雷茂奎等人編選了《邊塞新詩選》（1983）。這裡有兩個大問題：（一）就詩歌創作的質量而言，這群新疆詩人果真兵強馬壯足以揭竿起義了嗎？（二）其詩歌的人文社會學及地理學特質，是否稱得上邊塞詩？以號稱「新邊塞詩」三大主將在起義前夕（1981）的詩篇為依據，當可輕易找到答案。

北疆的楊牧和南疆的章德益都是 1964 年入疆（即「支邊」），到 1981 年為止，整整生活了十七年，不算短，應該有相當程度的在地化。楊牧以一首擺出搖旗吶喊姿態的抒情詩〈我是青年〉（1980）一獎成名，到了翌年的〈我驕傲，我有遼遠的地平線——寫給我的第二故鄉準噶爾〉（1981），他用同一款詩歌語言來陳述對準噶爾的土地感情，理所當然的，也用上時下最流行的排比修辭技巧來開頭：

> 我常想，多難的人生應當有張巨傘，
>
> 這張巨傘應該是一片遼闊的藍天；
>
> 我常想，鄭重的生命應當有只托盤，

這只托盤應該是一片堅實的地面；

我常想，靈魂的宮殿應當有個窗口，

這個窗口應該是一雙明哲的銳眼；

我常想，生命的航船應當有條長纜，

這條長纜，應當是遼遠的地平線……

我得到了。從我親愛的準噶爾，

從我的嚮往，從我的思念，

從那一條閃爍迷離的虛線之中，

從這一片滄桑變幻的天地之間。[30]

偏向張揚、頌詞式的感情，仍然是十七年時期的老樣式，應該很合當時讀者的口味。重要的是：楊牧的「我」擺脫了艾青筆下的墾荒群體（「我們」），自我獲得明顯的地位提昇，然而在本質上，「我」跟田園詩的「牧羊人」毫無差別。看不到地理規模的準噶爾只是一個述說的對象，一個異域地理的偽裝符號，從功能上來講，它更是一片提供成長故事的「方寸田園」，所以才要「感謝你哺育了我的視力」[31]。牧羊人是田園世界的創造者和解說者，他的成長史必然遮蔽了準噶爾的「現實」，只剩下供他搬運意象的有限幅員，諸多意象都是他獨自放牧的羊群。牧羊人楊牧，很「驕傲」地述說著自己跟準噶爾田園的關係。嚴格來說，現實的準噶

---

[30] 《上海文學》1981 年 03 期，頁 54。

[31] 《上海文學》1981 年 03 期，頁 55。

爾是不存在的，誠如伊瑟爾所言：「牧羊人的世界不是規定的現實，而是──如同他們自己被他們的詩歌所創造的那樣──一個詩歌的世界」[32]，它的詩意是虛構性的，懸浮在現實之上。懸浮可以容許最大值的抒情，以及詩人對土地最大值的傾訴，這樣的詩特別好寫，它不必有所本。

　　隔沒多久，章德益發表了〈地球賜給我這一角荒原〉（1981），對地球（其實是命運）讓他有機會來到這片南疆萬里大漠，充滿感恩之情，所以此詩一開始就試圖把個人情感融入意象化的南疆，連大氣都不喘一口的一路押韻下去：

　　地球賜給我這一角荒原。

　　賜給我一個──大漠萬里的鐵鑽，

　　托起我赤心的鍛件，燃燒在鑽面；

　　賜給我一個──天地欽合的鍋爐，

　　容我血汗的蒸汽，迴旋其間；

　　賜給我一個──華蓋般覆地的圓天，

　　供我思想的轉車驅譴；

　　賜給我兩張──太陽與圓月的唱片，

　　把時間的進行曲，播放於人生的途間。[33]

絕不落人後的章德益，當然也用上「時下最流行的排比修辭技巧來開頭」（所以本文重覆使用了這個──曾在分析楊牧頌揚準噶爾

---

[32] 《虛構與想像：文學人類學疆界》，頁 35。

[33] 《詩刊》1981 年 08 期，頁 6。

時用過的——辭句),這兩首詩相似之處還不止排比,完全可以將
上一段「牧羊人」和「方寸田園」的論述複製下來,再把章德益
代入牧羊人的角色位置,便完工。這兩首詩(連同二人在此時期
的其餘詩作)要成為「所謂的新邊塞詩」開疆之作,實在太過脆
弱。

　　脆弱的鏡頭轉向周濤〈長鬃烈馬〉(1981)之前,得先提一提
周濤對馬的鍾愛。周濤打從〈伊犁馬之歌〉(1980)開始,一連幾
年寫了以馬為題的詩,逐漸成為他的第三路奇兵——「尋覓西域
的自然野性」。值得關注的是〈伊犁馬之歌〉跟前述二人的田園詩
水平相當,也使用相同的技術:「哦,好雄烈的伊犁馬喲,/聳身
直立,不是騎手不敢摸!/哦,好腳力的伊犁馬喲,/長驅百里,
大氣不喘汗不落!」[34],所幸,此等拙劣的「公共技術」沒有沿
襲到翌年的〈長鬃烈馬〉,周濤借由小型敘事詩的概念改變了他的
語言慣性,只殘留一些不太礙眼的句構模式,把故事從牧羊人身
上移轉到敘事對象,擺脫說教,或公式化的寓意,交給生動的、
有故事性的畫面來陳述他想說的事情:

　　　老山拜在花氈上盤腿而坐,
　　　機智的目光顯得異常活潑,
　　　故事裡包含著生活的道理,
　　　像一把鑰匙打開人們心靈之鎖。

---

[34]　《上海文學》1980 年 10 期,頁 38。

> 鞏乃斯的老牧人都清清楚楚記得：
> 大庫什召的草場有過一匹神馬，
> 美麗的脖頸和勻稱的身軀，
> 宛如一隻剛剛飛落的白天鵝。
>
> 駿馬！那才是一匹馬中之王，
> 渾身銀子般閃亮，如同山巔白雪，
> 神奇的長鬃拖在草地，
> 沒有人敢試著把牠摸一摸。[35]

此詩雖非佳構，題旨也淺顯，卻見證了周濤在技術層次上的銳變。在花氈上盤腿而坐的老山拜，其內斂的心靈形象在同期新疆漢語詩歌中比較罕見，老山拜以靜述動，他要述說的是眾人真實記憶中的傳奇之馬，虛實莫辨的描述蘊含著草原牧民對良駒的崇拜，此詩很自然的承接了傳統民族史詩的筆法。周濤愛馬，深情寫馬，非關政治的純粹的馬，激活了周濤的純粹詩意，從而超越了所有同輩的新疆詩人，也預見自己即將迅速崛起的道路，他比誰都有把握打出一支「新邊塞詩」的旗號，與主流詩壇的各流派一起逐鹿中原。不過，在 1982 年 2 月揭竿起義的當下，這一夥新疆詩人是構不成任何新興流派，他們的創作思維依舊是田園詩模式。大唐邊戰志士與新疆牧羊人之間，存在著巨大的差異。

---

[35] 《人民文學》1981 年 08 期，頁 86。

　　從揭竿之手勢，即可理解此刻周濤的內心是如何憧憬著唐代邊塞詩的輝煌，在起義後的一個月，他寫下追憶前人「永恆遺產」的〈荒原祭〉（1982），自此脫離行之有年的「四句成段」模式，詩歌語言的吐納變得更自由。「新邊塞詩」的大旗帶來阻力[36]，也使他產生自信，1982 年成為周濤個人詩歌藝術的轉捩點，在其「探勘多元文化的族群」的一路，出現了〈轉場〉（1982），從具體的捲起氈房、收起樑條、拉緊馬肚帶，到轉場的各種細節、路線、環境的經驗談，歷時大半個月，百萬牛羊的千里轉場，「馬鞍是候鳥起落的孤島」[37]，哈薩克人的生活辛勞和意識力在此有良好的掌握與詮釋。

　　在這一路「尋覓西域的自然野性」的周氏奇兵當中，〈縱馬〉（1982）、〈野馬群〉（1982）和〈鷹之擊〉（1982）都是有名的詩篇。周濤縱馬所釋放的是激情，「暫且讓理智的繩索勒住激情的駿

---

[36] 周濤在最近的一次訪談中提到：「『新邊塞詩』出來以後在新疆和全國都受到壓制，這個壓制是明顯的。在新疆，首先是文聯主席劉蕭無就反對，理由是邊塞詩原來是征戰西北的，現在新疆是祖國的一部分，你征戰誰去？所以他反對，他是新疆文壇最高領導，他反對你就沒戲了。我到北京給《詩刊》送稿子，楊金亭當時是詩刊編輯部主任，……他就跟我說裡面有一首〈蒙古人唱起古歌〉，政治傾向不對。……所以新邊塞詩並不是官方捧起來的，官方首先是反對的，這一點是明確的。『新邊塞詩』後來叫做『西部詩』，新邊塞詩成了氣候，大家都進入裡面擴大成西部詩，後來《新疆文學》也改名《中國西部文學》了。」〔詳見盧一萍：〈真理像光一樣，它很難謙虛——周濤訪談錄〉，《青年作家》2017 年 03 期，頁 14-15。〕
[37] 《周濤詩編年》，頁 33。

馬／任憑牠打著旋子，揚鬃直聳……／但激情是勒不住的，也不
該被勒住」[38]，只能盡其性而狂奔；周濤奮力形塑的野馬群，固
然是一個重要的野性象徵，但馬的野性在詩裡很難展現出來，光
是著重於外觀的直觀式白描──「那拖曳於灌叢之上的粗尾／披
散胸頸額前的亂鬃／未經梳理和修飾／落滿塵沙的背脊／不曾備
過鑲銀的鞍具／強健的臀部／沒有鐵的烙印／在那桀驁不馴的野
性的眼睛裡／很難找到一點溫順」[39]──無法超越普通讀者對野
馬的想像或認識，唯有野性才能形塑野馬。倒是另一首花了百餘
行來描述一隻鷹襲擊一隻老邁孤狼的〈鷹之擊〉，富有戲劇性和細
節性的獵捕過程，讓周濤的詩歌語言得到完全自由的舒展，特別
是那隻老狼，遠比上一首的野馬群來得有神，步伐和眼神中藏有
故事：

> 一隻狼，正從通向牧場的山凹處走過來
>
> 穿過那片投著陰影的松林，
>
> 遠處，暴怒的吠犬正在搜索山叢。
>
> 這個在逃犯，是隻老狼了。
>
> 　灰色的皮毛像秋草那樣雜亂，
>
> 　蹣跚地走在佈滿石片的乾涸的溪底。
>
> 　牠垂著頭，目光冷漠而暗淡，
>
> 　彷彿是掩蓋在灰爐中的兩粒火星；

---

[38] 《周濤詩編年》，頁 72。

[39] 《周濤詩編年》，頁 167。

> 一條蹣跚的前腿像挨過狼夾子，
>
> 那破布般的尾巴
>
> 正無精打彩地拖在身後，
>
> 像敗兵倒拖在身後的破旗。[40]

這段文字呈現出西方田園詩油畫的構圖，山勢林相溪床布置出荒野故事需要的舞臺，「正從通向牧場的山凹處走過來」的行動路線，加上即將追來的暴怒吠聲，老狼沿著去路敗退回來的原因已經了然，意象語言非常貼切的打造出老狼的肉體狀態，形象一如人類戰爭中的敗兵亡卒，走在畫布中央，狼狽卻不失危險性，在戰鬥力完整且強大的老鷹眼裡，牠竟成了一頭值得冒險一搏的獵物。如此一來，「鷹之擊」才能激發出凶悍和血性，才能構成動感十足的田園詩畫面。狼和鷹，雙方的肉體與精神狀態，被周濤的詩筆寫出了令人矚目的野性，和狩獵心理[41]，不再沉溺於慣常的隱喻式寫作模式，周濤自此開創了自己的田園世界。

　　除了野性書寫，「素描地貌之盛」對他來說同樣是遊刃有餘。1982 年 5 月他寫下〈我屬於北方〉（1982），11 月再寫下〈大西北〉（1982），雄性思維統治了描繪地理的形象語言，他對北方呼喊著：「我是你多墳的曠野上／以祖先最古老的音調／開始學語／以祖

---

[40] 《周濤詩編年》，頁 131-132。此詩在不同的書刊中有不同的排版版本，經比對，此版本最為可靠。

[41] 三年後周濤將此狼鷹之鬥，改寫成散文〈猛禽〉（1985），完全釋放此詩高度壓縮的細節與獵食者思維。〔詳見夏冠洲編：《新疆文學作品大系（1949-2009）‧散文卷》，頁 300-306。〕

先最原始的姿態／開始學步／並從墳墓般的窰洞裡／滿懷信心走
向地平綫的／你勇敢的子孫」⁴²，他非常引以為傲，這是漢族祖
先打下的江山，「張騫車騎行過的道路猶在／使節的旄頭，在山野
間／長成妝點秋色的叢叢茅草」⁴³。這些詩篇有一股渾沌的大氣，
朝上承接了漢唐西域想像（僅止於讀者想像，並非邊塞詩法統），
借由淺顯易懂的歷史畫面，將複雜地貌轉化成鮮明、簡單的人格，
在改革開放初期特別容易虜獲漢語讀者。這是「田園詩世界」與
「社會史世界」的聯結，「田園詩只有通過把另一個世界寫入田園
詩的老套陳規、傳統的隱喻和文學類型中，才能表現它的在場，
而田園詩的基本構成是兩個世界的再現」⁴⁴，越來越老練的牧羊
人正向詩歌讀者展示他邁入成熟期的技藝。

　　周濤的新疆寫作基本上是高蹈的，空間感上的「開闊」其實
是一道樊籬，把不想碰觸的事物（現實社會中的族群政治）排除
在遠方，幾十首詩寫下來，偌大的新疆大地居然沒幾個異族登場，
北疆哈薩克族的鷹和馬所佔的鏡頭比例竟然遠大於哈薩克人。由
蒼鷹野馬統治的田園詩世界，明顯的景深固然十分迷人，但人群
卻落單在成像範圍之外，成為陪襯的小黑點。章德益的新疆世界
比周濤更高蹈、更虛無、更概念化，他喜歡以地球之名來寫詩，
或以大漠的意象讓自己的感覺肆意飛奔，又喜歡把大自然概念化

---

⁴² 《周濤詩編年》，頁 102-103。

⁴³ 《周濤詩編年》，頁 141。

⁴⁴ 《虛構與想像：文學人類學疆界》，頁 49。

或符號化，往往詩中除了第一人稱和第三人稱之外，不見其他人類蹤影[45]；至於他慣用的——先天荒涼、人煙罕至的——大漠意象系統，其實也是一種「清場手段」，他的田園是「唯我獨處」的。惟有楊牧認真寫過〈維吾爾人的黧色幽默〉（1982），從外貌上的民族特徵寫到簡單的生活態度：「眼珠，呈狡黠的黧色／鬈髮是機智而曲折的歌／分不清哪個是阿凡提／上翹的鬍髭／挑著一千個小幽默／／世界對他們全是笑料／平淡的水，加幾滴鹽／還有就地採摘的薄荷／便成了一杯／多味兒的生活／／所有的語言都安著滑輪／所有的談吐都抽著陀螺」[46]，這絕對算得上是一首形象鮮活，飽含詩趣的生活小品，一首晶瑩剔透的田園詩，並且（有限度的）擴充了漢人的「阿凡提想像」。不過，這首百分百漢人本位視野的詩，正好暴露了漢人對維吾爾人在宗教哲學和日常生活認識上的表徵化，陀螺般迴轉的趣味性徹底遮蔽了一連串南疆的維吾爾人的生存問題。在三劍客埋首書寫田園詩的當下，「新疆民族分裂勢力、宗教極端勢力製造了至少六起暴力恐怖事件，這就是 1980 年阿克蘇的『4‧9』事件；1981 年葉城的『1‧13』鬧事騷亂事件；1981 年喀什的『10‧30』事件；1985 年烏魯木齊的『12‧12』事件；1988 年烏魯木齊的『6‧15』事件；1989 年烏魯木齊的

---

[45] 章德益處女詩集《大漠和我》（1983）的十八首詩當中，就有〈在地球的大綫團上〉、〈地球的譯員〉、〈地球賜給我這一角荒原〉三首地球詩，另有大漠兩首；荒野兩首半、天山兩首，佔了一半。

[46] 《新疆文學作品大系（1949-2009）‧詩歌卷》，頁 188。

『5‧19』事件，其中，發生在南疆的三起事件，具有典型宗教極端主義特徵。1980 年的阿克蘇『4‧9』事件，起因為一少數民族群眾意外受傷，導致三千多人參與衝擊黨政機關、非法遊行、毆打黨政幹部和公安幹警，暴亂中打出的口號是，『把伊斯蘭革命進行到底』『打倒異教徒』『伊斯蘭共和國萬歲』」[47]，在新邊塞詩揭竿起義到持續發展的幾年間，至少遇上前三事件。這些現象背後累積的社會問題，絕非一日之寒，在沒有邊戰的年代，身為因應社會歷史條件而蛻變的「新邊塞詩」，豈能全面忽略這些內部的宗教紛爭？當詩人遮蔽了現實新疆的問題，即使把天山大漠鷹馬牛狼在「淨化後的安全區域」裡寫得再出色，都承接不了大唐邊塞詩的傳統血脈。

1982 年的新疆詩歌界可不管這些學術分類上的細節，也不管在 1981 年 12 月恢復的「新疆生產建設兵團」強調以經濟建設和改革發展為宗旨（這意味著新疆不必面對強大外敵，暫無邊戰的危機感，可以專注在內部經濟的發展），他們需要一面鮮明獨特的旗，去對抗以朦朧詩為主流的北京詩壇。一時間，新邊塞詩的討論熱了起來，先後有余開偉〈試談「新邊塞詩」的形成及其特徵〉（1983）、沈貽煒〈粗獷遒勁的邊塞雄風——讀新疆新邊塞詩和北大荒小說〉（1984）、余開偉〈對發展西部詩歌運動的看法——兼談新邊塞詩的建設〉（1985）、周政保〈新邊塞詩的審美特色與當

---

[47] 賈友軍：〈20 世紀 80 年代以來新疆宗教極端主義的嬗變研究〉，《實事求是》2015 年 03 期，頁 73。

代性——楊牧、周濤、章德益詩歌創作評斷〉（1985）等文章面世，
全是空泛之言[48]。真正專攻唐代邊塞詩的學院中人思考的層面比
較複雜，且以1984年8月在蘭州召開的「中國唐代文學學會第二
屆年會暨學術討論會」來說，近百篇論文當中，邊塞詩研究約六
十篇，其中以胡大浚〈邊塞詩之涵義與唐代邊塞詩的繁榮〉的兩
段見解最為精闢：

（一）「所謂邊塞詩，就是我們對特定時代（唐代）大量出現
的描寫與邊疆軍旅生活相關之人事情景的詩歌所建立的一種整體
的、多層次的認識。它是特定時代的文學現象，而並不排斥其他
時代有性質相類的詩歌，<u>它是邊疆戰爭的產物，卻並非以寫邊戰
所能局限</u>。」[49]

（二）「舉凡從軍出塞，保土衛邊，民族交往，塞上風情；或
抒報國之志，或發反戰呼聲，或借詠史以寄意，或記現實之事件；

---

[48] 余開偉從四個重點界定了新邊塞詩：「（一）以描寫新疆的山川風物、風土
民情、鬥爭生活和抒寫新疆各族人民的胸懷襟抱為題材。（二）以具有與新疆
遼闊、蒼茫地域特點相適應的粗獷、豪放、剛健、沉雄的藝術風格為主流，
同時包括其他藝術風格，形成多種多樣的藝術綜合體。（三）充溢著熱愛邊疆
土地、熱愛邊疆人民，維護民族團結和祖國統一的強烈的愛國主義精神。（四）
閃耀著絢麗多彩的民族特色和鮮明的時代精神。」但這些論點無關乎新疆作
為「邊塞」的角色，「軍旅」內涵被忽略，比較像是「在地」寫作的呼籲，而
且後兩點十分空洞。〔詳見余開偉：〈試談「新邊塞詩」的形成及其特徵〉，《當
代文藝思潮》1983年01期，頁90-91。〕

[49] 胡大浚：〈邊塞詩之涵義與唐代邊塞詩的繁榮〉，《西北師大學報》1986年
02期，頁52。〔此論文在會議後兩年正式刊載於學術期刊。〕

上自軍事、政治、經濟、文化，下及朋友之情、夫婦之愛、生離之痛、死別之悲，<u>只要與邊塞生活相關，統統都可歸入邊塞詩之列</u>。」[50]

　　「邊戰」是邊塞詩的成立依據，一個地方因「邊戰」而產生「邊塞」意義之後，所有與之相關的一切，都可視為「邊塞詩」。換言之，太平盛世的中國疆界（從北到南，自東而西）都不符合邊塞概念，只能叫「邊疆」或「國界」。再加上周濤等人努力創造的高蹈之作，有意識的放棄了邊塞生活的現實性和社會性，無論從哪個角度來衡量，都不能稱之為邊塞詩，都承接不了唐代邊塞詩的偉大譜系。田園詩才是他們的真正依歸。

　　或許有人以為邊塞詩不是一個僵化的定義，當代新疆為何不能獲有重新界定的「新邊塞詩」？這想法沒有不對。但命名本身需要有客觀條件上的資本額和說服力，前者是高質量的同類型詩歌，後者是學理上的合理分析。假設，「所謂的新邊塞詩」在內緣和外緣條件上都足以直追大唐邊塞詩，自然獲得繼承大統的地位。反之，他們的當代新疆詩歌創作，明顯比較符合田園詩的條件，何不歸入田園詩的譜系，兩者沒有境界高低之分，只有關照層面和格局上的差異。從現實政治環境來看，田園詩更適合當代新疆漢語詩歌的發展，伊瑟爾即指出：「在其全盛期，田園羅曼司（pastoral romance）曾經被當作一個二維符號系統來閱讀，它最初被視為黃金時代的一個意象，有時甚至被看作烏托邦的意象，

---

[50]　《西北師大學報》1986 年 02 期，頁 52。

但是田園詩已經顯露出歌唱的牧羊人甚至在它的鏡像中，也不準備充當現實的反對者，田園羅曼司如今發展到極致的恰恰便是這一點。牧羊人的藝術世界，確實有誘導讀者將田園詩的世界看作黃金時代的避世主義傾向」[51]，這番見解正好說明了當 1950 至 1980 年代新疆詩人因「避世」心理而走向田園詩的宿命，在內緣和外緣條件上，都成不了邊塞詩。

聞捷和艾青的「方寸田園」是政治避世心理的必然產物，三劍客的田園詩的避世心態與前人無異，但寫作格局和企圖較大，地理上的空間感更為遼闊，應該有一種「田園詩的新疆模式」，成為中國傳統田園詩的演化版，或許可以稱之為「曠野田園」──曠有空曠之意，野乃野性之闡發，曠野一詞同時暗示了「唯我獨處」的無人狀態，略帶幾分淨土寫作的意味，而且是雙重淨化──同時對自己和讀者一起進行中原文化思維的淨化，用象徵著自由奔馳的駿馬和曠野來釋放長期遭受都市文明空間囚禁的靈魂，〈縱馬〉即是一次非常直接、粗糙的，「人馬合一」的表達。在眾多「曠野田園詩」當中，絕不容錯過的是周濤〈策馬行在雨中的草原〉（1983），此詩共三十行，節奏舒緩、情感收斂得不像是周濤會寫的詩：

> 原野驟然間
>
> 被風和雲團擠得不空曠了

---

[51] 《虛構與想像：文學人類學疆界・第二章、作為一種文學虛構範式的文藝復興時期的田園體》，頁 49-50。

遠山像滲水的乾墨塊

漸漸洇進宣紙般潮濕的天空

我們從馬鞍後取出雨衣

像披著尖頂斗篷的十字軍騎士

雨下得真大

我們在馬背上承受，不想說話

也不想吹口哨或哼歌

因為這世界此刻全在沉默

靜聽天空對大地的傾訴

馬兒在泥濘裡走

牠的腳越洗越不乾淨

打濕的鬃毛貼在頸上很淒涼

這時候，有人可能在家裡看書

或者有位姑娘立在陽台賞雨

嘩嘩的雨聲使讀者體會出幸福

也使多情的女子思緒變得濃郁

哦，他們該是有福的了

然而他們不可能想到我們

正在雨中的草原策馬而行

可是我們很容易想起他們

在馬背上不說一句話

能想起很多人，很多事情

何況我們不認為自己有多苦

在馬背，在草原，在雨中

很像在書裡，在詩裡

可惜這空曠的地方沒看見

我們在雨中的草原策馬巡行[52]

新疆原野一貫以遼闊無垠的視覺想像、雄偉宏大的修辭在詩歌裡粉墨登場，說穿了，那不過是詩人（或牧羊人）在田園詩必使的招牌動作，也可說是對現實生活情境的一種「遮蔽的再現」。缺乏豪情與熱血的雨中野原，應該是眾多詩人優先放棄的部分，此詩卻背道而行，「反遮蔽」的再現了不夠詩意的日常，這行動很有挑戰性。若將此詩跟——以激情掛帥，因而寫得過於粗淺的——著名詩篇〈縱馬〉併讀，一靜一動，更能讀出雨中策馬的心境描寫，實有其過人之處。周濤決定撤換雄偉的曠野想像，讓它「被風和雲團擠得不空曠了」，再向適應中的讀者描述寧靜的「遠山像滲水的乾墨塊／漸漸洇進宣紙般潮濕的天空」，人在雨中的馬背上，馬在泥濘中行走，只用上十字軍[53]的鮮明形象來撐住沉悶的畫面。沉悶是「反遮蔽」的真實，不管是讀者或當時安住家裡的新疆百

---

[52] 《新疆文學作品大系（1949-2009）‧詩歌卷》，頁 250-251。此詩在《周濤詩編年》裡將第二段再拆分成兩段（共三段），但此詩很難找到第三個版本來校正，若根據語言節奏來判斷，兩段式比較可靠，故本文採用大系版。

[53] 十字軍是宗教、政治、軍事三合一的符號，與周濤策馬新疆原野的情境不符；況且十字軍抵達中東之後，就很難出現穿著斗蓬在雨中策馬的畫面。更符合周濤一行人的對照組合，應該是美國西部牛仔。

姓，「他們不可能想到我們」，這行人，被雨勢孤立在田園詩之外，在讀者的世界之外。唯有借助外在世界的沉默，方能逼現出內在心念的躍動，「在馬背上不說一句話／能想起很多人，很多事情」，這寫法特別有意思，沒把事情內容說出來，更有感觸。他們的內心世界不存在於讀者預期的田園世界當中，反而引起關注、沉思，細細咀嚼箇中的苦澀滋味——原來那才是（慣常虛構的）田園詩以外的（真實）曠野世界。雨中心境的闡述，寧靜，悠遠，不圖邊塞之名，反而渾然天成。

　　周濤的「曠野田園詩」走在一條跟「邊塞詩」保持平行、永不交集的路上，越走越開，信馬由韁的結果，在日後的「遊牧散文」中得到印證。有研究周濤散文的學者指出：「在周濤長達數十年的文學創作中，遊牧文化精神始終使其作品生氣灌注，從詩歌到散文，從感性的抒發到理性的思辨，從描寫雪山冰河大漠孤煙的雄渾之氣到刻畫蒼鷹老狼牧人細狗的生命具象，遊牧文化的精神底蘊是作者不變的依託」[54]，沒錯，遊牧才是周濤等人骨子裡的田園羅曼司，他們走的即是牧羊人之路，詩中景物再怎麼雄偉都不會成為邊塞詩，最大的原因是——他們全面遮蔽了不敢觸碰的現實，徹底迴避了政治局勢的描述，而且毫無半點邊戰的成份。在諸多論述中崛起的「新邊塞詩」，其實是海市蜃樓，這類型詩歌的定位只能是田園詩，或可稱之為「田園詩的新疆模式」。

---

[54] 何清：〈游牧：一種精神言說的方式〉，《當代文壇》2004 年 05 期，頁 91。

引文書目：

何　清：〈游牧：一種精神言說的方式〉，《當代文壇》2004 年 05 期，
　　　　頁 91。

余開偉：〈試談「新邊塞詩」的形成及其特徵〉，《當代文藝思潮》1983
　　　　年 01 期，頁 90-91。

沃爾夫岡・伊瑟爾著，陳定家等譯：《虛構與想像：文學人類學疆界》
　　　　（長春：吉林人民出版社，2011）。

周　濤：〈新疆的歌〉，《詩刊》1979 年第 12 期，頁 70。

周　濤：《周濤詩編年》（北京：解放軍，2005）。

林　庚：〈盛唐氣象〉，《北京大學學報》1958 年 02 期，頁 87-97。

星　漢：《清代西域詩研究》（上海：上海世紀出版社＆上海古籍出版
　　　　社：2009）。

胡大浚、馬蘭州：〈七十年邊塞詩研究綜述〉，《中國文學研究》2000
　　　　年 03 期，頁 88-92。

胡大浚：〈邊塞詩之涵義與唐代邊塞詩的繁榮〉，《西北師大學報》1986
　　　　年 02 期，頁 47-55。

胡雲翼：《唐詩研究》（上海：商務印書館，1930）。

迪力夏提・帕爾哈提：〈十二木卡姆的歷史與現狀（上）〉，《新疆藝術
　　　　〔漢文版〕》2016 年 06 期，頁 113-127。

迪力夏提・帕爾哈提：〈十二木卡姆的歷史與現狀（下）〉，《新疆藝術
　　　　〔漢文版〕》2017 年 01 期，頁 115-128。

夏冠洲等編：《新疆當代文學史》（烏魯木齊：新疆人民出版社，2014）。

夏冠洲編：《新疆文學作品大系（1949-2009）‧散文卷》（烏魯木齊：新疆美術攝影出版社＆新疆電子音像出版社，2009）。

徐嘉瑞：《中古文學概論》（上海：亞東圖書館，1924）。

賈友軍：〈20世紀80年代以來新疆宗教極端主義的嬗變研究〉，《實事求是》2015年03期，頁72-76。

聞　捷：《中國當代名詩人選集‧聞捷》（北京：人民文學出版社，2006）。

劉大杰：《中國文學發展史》（北京：中華書局，1941）。

劉經庵：《中國純文學史綱》（北平：北平著者書店，1935）。

鄭興富編：《新疆文學作品大系（1949-2009）‧詩歌卷》（烏魯木齊：新疆美術攝影出版社＆新疆電子音像出版社，2009）。

盧一萍：〈真理像光一樣，它很難謙虛——周濤訪談錄〉，《青年作家》2017年03期，頁4-21。

羅根澤：《樂府文學史》（北平：文化學社，1931）。

［原載《江漢學術》2018年04期，此為完整版］

重述歷史、城市書寫與個性標識
——周濤《西行記》的藝術與思想價值

艾　翔

（天津社科院天津歷史文化研究中心副研究員）

作為最早經歷經典化、甚至嚴苛一些說是唯一完成經典化的新疆作家，周濤已經在詩歌和散文兩個領域做出了巨大的貢獻，相關的代表作貫穿整個 1980 年代，不斷向文壇拋擲著各種驚喜。進入 1990 年代，尤其是《遊牧長城》（1992）、《兀立荒原》（1993）之後，周濤作品從活躍的文學現場進入文學史範疇，更多是對作家及其作品進行價值評估和歷史定位，不再作為「熱點」出現。事實上，這兩部作品的影響力尚不如《中華散文珍藏本‧周濤卷》（1998），尤其是《遊牧長城》的重要意義沒有被充分挖掘，與周濤研究的轉向及整個時代變遷都不無關係，加上作家在 1990 年代中期以後主要精力從文化大散文遷徙到各種選本、選集、文集的編訂，造成跟蹤批評的弱化。如果從周濤的創作脈絡來看，從格律體詩歌、半格律體詩歌到自由體詩歌，散文節奏的不斷增加是

其詩歌探索的主要動力，一定程度上回歸古典的後期詩歌的出現，與大散文的嘗試同步發生，即其基於強化敘述性的「大詩結構」轉化為了敘述性更具空間的大散文[1]。2018 年末推出長篇小說新作《西行記》，正是在這一藝術線索上的發展結果，擁有更多敘述性、虛構性以及敘事技巧的小說，承接周濤之前的豐厚經驗，進一步開拓言說空間，必定會有值得關注的亮點。

一、新穎和果敢的時代再敘述

　　《西行記》的故事時間在 1972-1979 年（部分插敘涉及到更早的 1971 年），其中內含三個階段，即 1972-1976 年的「文革」後半期，之後是 1976-1978 年的「前三年」時期，最後是 1978 年 12 月以十一屆三中全會為標誌開啟的改革開放時代。1972 年周濤結束在伊犁的「再教育」被分配到喀什，直至 1979 年調回烏魯木齊進入軍區創作組，1970 年代幾乎都是在喀什度過的，同時選取這一時段也是講述一段完整故事的需求。「1968 年後，群眾在政治上沉寂了，但政治局的情況正好相反。1970 年代，文化大革命未解決的問題，在這裡演變成激烈的階級鬥爭，把所有的參與者都捲入充滿政治陷阱的拜占庭世界中」[2]。經歷了各種政治運動和

---

[1] 艾翔、陳瀾：〈論周濤詩歌中的格律因素——兼論周濤詩歌創作分期問題〉，《新疆師範大學學報》2013 年 06 期，頁 119。

[2] [美] 莫里斯‧邁斯納著，杜蒲譯：《毛澤東的中國及其後——中華人民共和國史》（香港：中文大學出版社，2005），頁 345。

突發事變後，許多人的情緒已經厭倦，如何將一個靜默甚至死寂的年代故事講述得引人入勝，自然是一個難題，但很明顯周濤對這個難題毫不在意。

小說很多細節都頗具時代感，這是進行時代書寫的基礎。姬書藤想給王鐮和柳司理送佛像，從莊元興下屬小蘇處得知，幾乎都被融化重鑄了彈殼；姬書藤的短篇小說被《新疆文學》錄用，需要乘飛機去烏魯木齊參加改稿會，機組人員都是空軍裝扮，甚至還有乘客和乘務員不適嘔吐；將醉酒的阿不都克里木送到家裡又被邀請繼續喝，並談論著民族關係，認為「美帝」、「蘇修」造成外部世界不安定，各民族更要團結。周濤一邊構造著真實可信的背景，一邊用他自己的方式講述著時代故事。1970 年代的知青文學多會塑造一些「英雄典型」，為了公社財產奮不顧身，甚至毫無顧慮地獻出生命，產生了廣泛而強烈的社會影響。新世紀初王松創作的〈雙轤記〉、〈事蹟〉等「後知青小說」曾引起爭論，出現了冷眼看待狂熱力爭成為英雄人物的知青主角，《西行記》更進一步，不但自己冷靜清醒地厭惡著時代的荒謬，周圍的人也很少狂熱分子。姬書藤眼看著馬車夫錯誤驅趕轅馬，導致車毀馬亡，令馬車夫痛苦不堪。整個過程固然短暫，但主角從沒有一絲想要力挽狂瀾的念頭，這首先是基於對局面失控和個人能力的理性判斷，也不能不說保全自身的人性真實。所以從精神脈絡上，周濤和作為「小資」源頭的 1970 年代地下小說有著深層的關聯，他自己在書中也這麼說：「姬書藤屬於缺點和優點都比較明顯的那類，自由主義、個人主義在他身上都像烙印或者族徽似的成為標誌，

因而一定程度的自戀必定是難以避免的，他孤芳自賞有時也顧影自憐，對人挑剔渴求，對自己任性放縱，但他隨和，並不強求一致」[3]。當然這種自由的個人主義是根植於當時的政治教育之上的，因此姬書藤才會「自戀」卻不瑣碎，關注的仍是社會、政治和歷史這種大範疇。作為詩歌創作「前史」的《西行記》，解釋了其英雄情結心理，在伽師遇到了全國摔跤冠軍瑪里柯回憶起在南門體育館擺擂臺，連敗多人，頗有古時江湖武士之風，是徹底的「在人間」的英雄，而不是經過特定目的包裝出的「典型」。也就是說，英雄事蹟並不必然產生敬意，只有身份和思想處在自主狀態，才是他眼中的英雄。即使是被姬書藤嘲諷為「機關油子」、「政治動物」的同齡人上級成志敏，也不是愚蠢的一腔熱血，而是用精密的經驗和演算法計較成敗利弊。姬書藤與屈銘的順暢交流中，後者讚賞前者的寫作時也告誡不可有「小文人心態」：「不要崇拜什麼人，可以敬佩，可以學習，不要崇拜，五體投地。崇拜使人變小。」無論 1970 年代的這次談話是不是新邊塞詩的美學思想源頭，確實與周濤後來的宣言氣息相通：立誓不做「前人腳下香客」，而要自信於「偉大前輩當之無愧的偉大後人。」[4]

周濤的早熟與個人經歷關係密切，他的父親先後在華北軍政大學、自治區黨校任職，政治運動開始後沒有參加任何組織，還是被無緣無故開除黨籍、下放農村，令作家憤懣不平。同時，因

---

[3] 周濤：《西行記》（廣州：花城出版社，2018），頁 21。

[4] 周濤：〈對形成「新邊塞詩」的設想〉，《新疆日報》1982/02/07。

為父親的黨籍問題，也影響到了子女們的命運，周濤高中、大學未受牽連，但提幹卻遭遇阻礙，這也是日後從文的重要原因之一。同樣令人無奈的是被毫無緣由地分配到了周濤並不喜歡的南疆喀什，貫穿了整個 1970 年代的負面情緒成為《西行記》主基調。由於家庭和個人的一系列非理性、非邏輯的變故，令青年姬書藤看破了時代的荒謬感。在作家筆下，時代敘述充滿了令人啼笑皆非的荒誕戲謔。「人間英雄」摔跤冠軍瑪里柯被縣體委主任隨意支使；北大地球物理系學生在公社端茶倒水；青島海洋大學學生被分別絞盡腦汁分配到一處帶「湖」的地方，卻是與戈壁沙漠毗鄰的嶽普湖；姬書藤和地委書記疲於奔命於普及「大寨」，卻不理解自己和大寨有什麼關係，作為紅軍時期老幹部的地委副書記面對大寨郭鳳蓮卻緊張到不知所措。敘述者毫不諱言，當時整個國家就是一座瘋人院。甚至獨處之時會產生一雙眼睛在頭頂監視他的幻覺，讓他的舉止和思想完全暴露、無法隱藏，更無法獲得真相。這種敘述因為反對極權而有《1984》的感覺，又因為產生出了被迫害幻想而帶著〈狂人日記〉的影子。一方面符合事實層面的真實，高層鬥爭是普通民眾無法理解更難以知曉的；另一方面又是心理真實，生動勾畫出了遭受精神戕害的一代人。更有趣的是，面對這種壓抑、憋悶、使人焦慮的社會氣氛，作者不斷使用笑的技巧。或許帶有這些年散文中不斷透露出的灑脫、達觀，《西行記》雖然力圖呈現時代的悖謬，卻始終是在用歡快的語調推進敘事。這些笑有一部分使用辛辣的嘲諷暴露、批判時代的荒謬，還有一部分單純是身邊人生活中的趣事，單純青春的快樂。而且這些笑並不

全是敘述者居高臨下的洞若觀火，也有不同人的自嘲與自我滑稽
化。普遍的超然或許不免讓人疑心這是作家浪漫主義抒情主人公
的內宇宙泛化，但造成的閱讀效果是有效的，即很多人都是在機
械地配合著時代的荒謬，內心早已疏離，更顯出特殊時代的滑稽。
並且，周濤明確無誤地將這種時代感和社會氛圍同「青春歲月」
綁縛在一起，較之年輕一代曾經的「殘酷青春」更有一種超脫的
笑的境界。

　　《西行記》中對傳統模式中處在對立面的人物的刻畫也引起
了一些觀察者的注意。如果說姬書藤和屈銘還屬於精神交流的莫
逆之交，因此前者拒絕了後者批判大會發言的機會，那麼對程牆
的態度就能顯示出作者的藝術態度和人格境界了。程牆是一個標
準的造反派同情者，雖然自己沒有參加暴力運動。姬書藤曾與之
發生過較為直接的思想交鋒，也引起了後者鮮明的對立情緒，但
後來面對審訊，程牆守住了人性底線，並以果斷尋死結束拷問，
反而獲得了姬書藤的尊重。客觀來說，程牆式的思維模式和思考
結果對暴力運動無疑具有推波助瀾的作用，但周濤沒有簡單地將
其推向歷史和道德的審判席，匆忙下結論，而是深入人心理解其
境遇，努力做到歷史的同情。由是，《西行記》超越了傷痕文學的
格局與深度，呈現了更為接近真實的歷史和人性，他對極端年代
是極度失望甚至絕望，但並沒有喪失對美好人性的希望。程光煒
教授認為，囿於各種原因傷痕文學的範疇過小，沒有真正容納進
歷史，未能實現其應有的歷史責任，後來的反思文學、改革文學

又壓制了傷痕文學深化的可能[5]。《西行記》不僅重啟並延續了傷痕文學的歷史使命，更是對自身創作的某種回應。

周濤在書寫時代上體現出的求真的勇氣不僅體現在重寫傷痕，還廣泛涉及到了新中國成立前的歷史，以及極端年代結束後的時段。屈銘對部隊敗仗的回憶，莊元興對甄別鎮反的講述，體現了姬書藤與其交流的深入，也表明冷靜不亢奮並不只是針對時代現時刻的荒謬，也是對整個歷史的態度，當然這種求真講真的態度也是以各自親歷者身份為基礎。極端政治年代被宣告結束，但歷史沒有結束，人們不是開始忙於新生活，而是延續舊生沽，與屈銘私奔到喀什的葉秋在街上看到了掛牌遊街的「犯人」，在獄中的程牆也是被拳打腳踢審問，完全是暴力運動的順延。在「粉碎四人幫」緊接著開展的揭批查、「三大講」運動中，一向豁達樂觀的姬書藤也惶惶不可終日，產生了濃烈的末世感，甚至心理影響到了生理，呼吸局促、滋生幻覺、恍如隔世，最荒誕卻依然傳神逼真的是全身蛻皮，在莊延的幫助下從後背撕下一塊厚且大的表皮，於其上寫下表忠心的話，頗具現代派意味，有一種深層的心理恐怖風格。之後開始表演，表面痛心疾首，內心明顯疏離，帶著冷眼旁觀和惡作劇式遊戲精神，又有了後現代的感覺。與《堅硬如水》（2009）挖地道的奇崛想像頗為相仿，不同的是後者具有鮮明的狂歡化色彩，《西行記》則較為節制，同周濤 1980 年代初

---

[5] 程光煒、邱華棟等：〈重審傷痕文學歷史敘述的可能性——閻連科新作《四書》、《發現小說》研討會紀要〉，《當代作家評論》2011 年 04 期，頁 52。

的詩歌風格形成對照。在周濤看來，時代荒謬雖被終結，時代悲
劇尚未結束，歷史的強大慣性讓微不足道的個體更顯無力。小說
行將結束的部分裡，程牆自盡、文遠之被害、柳司理遇刺，連一
向雄心勃勃的成志敏也低落彷徨，一度後悔沒有「在工學院當個
老師」。小說結尾是周濤自己著名的一首詩〈人生沒有陸地〉，它
向讀者宣告著周濤對待歷史和時代書寫的謹慎態度，有傷痛，也
有希望，永不止步，永不放棄，不是淺薄浪漫主義，而是負重的
樂觀主義。

二、活著的城市與民族

在周濤的詩歌寫作中，牧場和邊防無疑是最重要的地點，再
往後六篇重要的大散文分別對應著六個地點：〈哈拉沙爾隨筆〉的
巴州焉耆、〈吉木薩爾紀事〉的昌吉吉木薩爾、〈伊犁秋天的箚記〉
的伊犁、〈蠕動的屋脊〉的阿里、〈博爾塔拉冬天的惶惑〉的博樂、
〈和田行吟〉的和田，在周濤生命中有重要意義的地方，還有喀
什。《西行記》的出現，也正好完成了重要一環。

周濤筆下的喀什並不是一座寄託了深厚情感的美好城市，狂
風和沙塵，宛如世界末日的壯闊悲涼景象，刺激著他對大自然偉
力的喟嘆，同伊犁共同影響了其後詩歌創作。在姬書藤眼裡，喀
什的問題不僅是窮困破舊，且缺乏統一規劃而顯凌亂，自然環境
也不容樂觀，河流只是「日夜流淌的泥漿」，半池渾濁的澇壩養活
了半座城市。沒有禮堂，只是深坑加蓋頂棚形成了聚集空間。如

果比較周濤和王蒙兩位與新疆血脈相連的兩位重要作家，雖然周濤的性格更偏向哈薩克人的奔放豪爽與勇武，他自己也說跟伊犁哈薩克人更親近，雖然不可否認二者身上都有濃重的樂觀幽默的維吾爾人性格。但是作品呈現出來的卻有明顯分別，王蒙是輕鬆中有沉重，《西行記》是沉重中有輕鬆。《王蒙自傳》也提到伊犁的條件相較喀什更好些，周濤從小居住在烏魯木齊，先去伊犁接受再教育，又到喀什生活了近八年，物質條件上是越走越低，情感牽掛上也是逐漸遠離情深之地。王蒙決心來新疆，是出於政治敏感的躲避行為，是自主選擇的結果，但周濤則是在毫不知情也無力改變的情況下被指導員分配到了喀什，完全是不情願的被支配角色。王蒙曾回憶過一件趣事：「維語的『萬歲』的說法是『亞夏松』，而『打倒』的說法是『喲卡松』，略有相近。我親耳聽到在批判鄧拓大會上喊口號時，大隊貧下中農協會主席毛拉・庫圖洛克把該喊萬歲亞夏松的地方喊成打到喲卡松。急得大隊書記阿西木面紅耳赤，連忙竭盡全力用正確的口號把他的錯誤叫喊壓下去。還好，在厚道的伊犁農村，沒有人抓辮子整人。人們寧可非禮勿聞，誰也沒聽見。大家明白，如果誰也沒有聽見，那麼誰聽見了就說明誰思想反動」[6]。王蒙從危及自身的政治漩渦中心出走，來到這麼一片民風淳樸的地方，心情自然輕快。相反周濤沒有這種比較，對他而言政治壓力和社會氛圍維持在同一頻度，不變的

---

[6]　王蒙：《王蒙自傳〔第一部〕：半生多事》（廣州：花城出版社，2006），頁287。

壓抑憋悶。另外，周濤的貴族氣和精英意識幾乎沒有發生過改變，細數《西行記》中姬書藤的朋友圈，都是有頭腦、有能力的精英，日後不少成為副國級、省部級、大軍區級、正軍級領導幹部，也有普通民眾，但出鏡次數少於王蒙作品。邊疆民眾對政治的反應顯然沒有精英那麼敏感和強烈，參與政治運動也有不認真的成分。

王蒙和周濤的創作都是基於深厚的生活滋養，有活靈活現的民俗風情畫，區別是前者的敘事空間與時代呈現某種程度的若即若離，後者的城市空間則緊貼著時代。姬書藤對時代的厭惡和對城市的疏遠從一開始就並行著，1972 年春天坐著開往南疆的班車就在抱怨時代的無理可講，同時不滿環境的簡陋，1979 年將要調回烏魯木齊又反覆默念「對喀什噶爾沒有絲毫留戀」、「這本來就不是我的地方」，「一點也沒有傷感，絲毫也不曾留戀，他對那個時代厭惡透了」。厭惡這個南疆小城，並不是因為人的原因，姬書藤與妻子關係融洽，與各民族也都情同手足，厭惡的是城市的整體氛圍，或者叫城市性格——憋悶不自由，閉塞境界小，這也恰恰是主角對那個時代的體驗。通過時空合一，綁定了時間範疇的 1970 年代與空間範疇的喀什噶爾，彼此都強化了各自特徵，不失為一種特殊的為城市賦形的方式。同時，按照邁斯納「文化大革命是一場典型的城市運動」[7]觀點，這種寫法也有利於真實展示時代。如果用城市文學的視角來看，《西行記》無疑是一種頗有價值的實踐。

---

[7] 《毛澤東的中國及其後——中華人民共和國史》，頁 330。

　　時代和城市帶來的傷害，姬書藤從人際關係中獲得了很大彌補。小說勾勒出的人物關係譜系，以親人和同學以及相關的人為核心。父親戰友屈銘與岳父莊元興與姬書藤坦誠的談心，同學和朋友與其親密的交往，即使是不相識的人，也會拉著路人到家裡喝酒，也會因為雪多路窄互相扶著側身換位。尤其是主角的家庭生活，平淡中有很多樂趣，也有關心和扶持，同 1960 年代政治運動風暴中心的家庭形成了鮮明比對。家庭生活中，作者格外側重兩個方面，首先是吃，多次寫到烹調、聚餐、飲酒，不厭其煩地描述細節，充滿了人間煙火，不知是否有作為理想文人模式的蘇軾的影響，也容易聯想到李贄的「穿衣吃飯即是人倫物理」。其次是性，周濤寫得比較委婉文雅，但絲毫不避諱私生活，並且積極歌頌，十分美好有趣，姬書藤也喜歡講葷段子。小說提到：「所有管制中最成功的莫過於性管制。歷史學家們看到的只是饑餓引發的造反，他們沒有注意到，性壓抑同樣是叛逆的原因」[8]。性和身體作為人性的基本需求，在特殊時代裡帶有了身份政治和文化政治的意涵，因而不僅僅是簡單的個體需求。姬書藤聲張身體的權利，也就是希望時代有所變革，他強調人無分貴賤皆是產生於身體需求，乃是破除森嚴等級秩序，表達人生而平等的理念。此外，也有一些人物透露出宿命感，不但同時代氛圍和城市性格若合一契，也散發出民間氣息，令這座城市具有了鮮活的生命，而不僅僅是一個場所。成志敏的妻子出身農村，做派談吐都很鄉土化，

---

[8] 《西行記》，頁 212。

但即使如此，她也依然時常不屑丈夫的一套從政經驗和職位，「兜裡一掏都是趙莊的土」，略微有些地母形象，表明政治還是要依託於民間。

　　同樣為城市書寫增色的是小說對民族的描摹和議論。姬書藤有哈薩克人的豪爽和維吾爾人的達觀，即使愛恨分明性格爽直也仍然結交甚廣，給自己的女兒也用維吾爾方式打扮，對民族的風俗和藝術更是讚不絕口，足見對他族文化親近與熱愛。在艾提尕爾大清真寺見到蓄著長須的阿訇，「心中也生出一些敬畏」。與親近的維吾爾朋友在一起，則是親切隨和，不忘調侃對方漢語學得南腔北調。《西行記》傳達了這樣一種理念，即民族關係的建設並不僅僅意味著熟悉和尊重對方的歷史和文化，更在於熟悉和尊重雙方或多方的文明交流史，在這種交流史中各民族互通有無、互惠互利，事實上就建立了平等的族群關係。此外，在具體的相處過程中，知識只是基礎，以誠待人而不是以民族知識待人，才能自然而融洽。這種真誠不僅僅體現在尊重和瞭解，更可貴的是在於直言，姬書藤在喀什體委帶過一個民族小女孩，他毫不諱言女孩看起來瘦弱，如果不是具有體育天賦就不會費心培養，「鮮花和雜草不能講平等，不能一視同仁」，在訓練這樣的專業問題上深受民族文化薰陶的姬書藤反而「去民族化」了，足見中肯與坦誠，一定意義上也是對對方的全面尊重。周濤的詩文可以互訓，1987年的〈人傑〉就鮮明體現了這種超越性的民族觀，相比個別「漢左」的媚態或俯視感，他待民族朋友真如親人一般，無不敢言，無論是玩笑、批評或是發自內心地讚嘆。同時看到民族之間即使

細微的差異在特殊情境下也可能演化為矛盾衝突，這是人類文明發展至今也難以解決的一大癥結。但他並不諱疾忌醫，而是正視分歧與差異，毫不畏懼書寫北疆伊犁人和南疆喀什和田人的顯著差異，反過來說，和平相處的差異正體現了包容性，這也是一種真實性。提取出包容性，也就有了差異和矛盾擴大的解藥。可以說，周濤作為一個藝術家，提供的藝術性文本在將時代、城市、民族這些複雜的範疇用鮮活靈動的形式展現給世人的同時，也貢獻了關於「邊疆學」等議題很多富於啟示的思想性成果。這些卓然的思考成果，反過來強化了包括《西行記》在內的周濤作品的「在地性」，讓文本深深扎入特定的土壤無法分離，是「此城」而非想像性或浪漫化產物。艾光輝在比較周濤、王族和劉亮程時認為後者「在其詩意化的描寫中遮蔽了鄉村生活的艱辛和閉塞，從卑微的生存環境和動植物中，發現偉大昇華的哲理」[9]。與主流話語共用話題，確實可以更直接地提升地方文學認同感，但周濤的意義則在於強化自身主體意識、提供獨特話語方式，構成新疆文學多樣性。

三、風格標籤鮮明的個人文本

可以設想，完成《西行記》是周濤長久之願，一方面固然是其詩歌、散文這一系發展的必然歸結點，更重要的是對他自己的

---

[9] 艾光輝等：《多元與融合》（成都：西南財經大學出版社，2013），頁 134。

重要意義，即完成喀什階段的大型敘事，實現時代、城市與個人
的完全結合。只有天、地、人通過敘事合一，才是對生活過的最
好證明。

　　這部小說是關於作家青春記憶的記錄，通過小說的方式真實
描繪了姬書藤和他身邊的朋友們在時代和城市中，經歷生活的歷
練不斷成熟的歷程，從而寫就了一代人的成長。初到喀什，因為
具體的崗位分配促成的短暫交談中，地區體委吳幹部很快看出了
年輕的男主角的青澀：「眼前這個身高一米八，風度翩翩的大學畢
業生，其實什麼也不懂，對他正在跨入的社會，一無所知。但他
卻那麼自信、相當驕傲，以後他很可能免不了要吃些苦頭的。」
不妨說，老吳為代表的上一代人對青年姬書藤的觀察，也就是當
下的周濤回顧自己青蔥歲月時的感慨，另一方面姬書藤及其朋友
們又多少帶有作家記憶分身的意味。與姬書藤過從甚密的柳司理
在阿圖什發展更順利，入黨提幹，還總結出了一套官場哲學。姬
書藤對此不但沒有表示出之前的不屑，可能因為是摯友，也引起
了前者的正視。再到後來，對於起初看不上眼的成志敏，姬書藤
的態度也有了改變，形成了「機關油子」＋「能人幹才」的印象，
認為日後必是人生贏家。對於工作領域，姬書藤潛移默化中受教
於成志敏不少，雖然他並沒有因此動搖從文的決心，但也豐富了
自己的思維模式和對世界的認知角度，畢竟只有更多元的視角，
和對世界複雜性的感知，才能更深刻地理解人類文明發展演變的
邏輯，而這恰恰是後來周濤散文突破傳統散文概念的重要一面。
另外包容體現著氣度的養成，假設沒有這段生活，以後的周濤散

文少了氣度則必定不能構成「周濤散文」。只有理解才能同情，只有同情才意味著真正走入了人的內心。當姬書藤一面嘲弄、一面不禁懷有敬意的時候，他對成志敏人生歷程和內心冷暖的觀察才會令讀者覺得可信，才會對小說「講真話」的風格有所增益，也才體現出年輕的主人公在生活和社會的歷練下走向成熟。對程牆的態度也經歷了這樣的過程，區別是與成志敏關係和態度的轉變極盡鋪陳、不惜筆墨，與程牆的認知則蜻蜓掠水、跳躍前進，令小說整體的情節線索詳略有當。通過當時青年一代的成長，將「極端政治」從一般健康的「政治」分離出來，使認識水準變得立體化，這對客觀公正地辨析特殊時代的性狀具有推動作用。這種成長必須經過生活的淬煉，如作者所說：「人不是讀書讀出來的，人事經歷歷練出來的。」小說結尾，姬書藤已經歷練地通透練達，便不難理解接下來的一個十年裡周濤迅速實現了詩歌的爆發和散文的蘊藏。因此，成長小說的模式不但更有閱讀體驗和代入感，也同小說反思時代的主旨相得益彰，同時由於「城市」和「時代」被融為一體，也就有利於更好地理解城市。周濤寫作《西行記》，也就相當於帶領讀者進行一次關於時代和城市的導讀，成長小說的外殼恰好令這種導讀充滿了說服力。

　　稱《西行記》是一部「講真話」的書，不僅僅在於對時代的發聲，也在於作家的「挾心自食」。的確，說周濤「狂狷」，雖然準確，但也失之簡單，他是一個批判和自省同樣都不留餘地的人。從某種程度上說，姬書藤能夠迅速成長，與其強大的自省與調整密不可分。見賢思齊，見不賢而內自省，見說不上賢或不賢者進

行比較。即使在與程牆進行思想交鋒的時候，也毫不畏懼承認自己的弱點。《孫子兵法》有「怯生於勇」的說法，周濤為人雖然剛烈，卻並不是一猛到底，《游牧長城》裡就曾多次「示弱」，表明自己的有限性，《一個人和新疆》（2013）一如既往，同他的自信一樣令人印象深刻，所以「示弱」一方面也可以視為「示強」或自信的強化，另一方面也是警醒和激勵。由此，《西行記》也可以視為兩本書的交融，即作為正本的成長小說和作為副本的懺悔錄，前者客觀記錄，後者主觀剖析；前者同時代和城市難捨難分，後者則不依附任何事物，不尋求任何托詞，完全歸咎自身。也就是說，這部小說同時包含了作家的兩面：重新解釋時代的壯志，與整理柔軟內心的願望。既為時代、他人而寫，也為自己、親人而作。

小說透露出來的個人因素不算少，可以直接作為周濤研究資料去分析包括這部在內的各類作品。比如作家強烈而鮮明的愛憎就多次顯示了他的經典譜系，馬克思、恩格斯和魯迅鑄造了他的精神底色，傾慕獨立自由精神的蘇軾，崇尚李白並視之為文采斐然、不可超越的思想家，認為胡風詩歌因為不自然而尚不如魏巍早期的〈黎明的風景〉和蔡其矯的短詩，不認可帶有特殊時代風格的語錄歌、領袖畫像和《金光大道》的藝術價值。還發古人雅趣，集句作詞：「我欲乘風歸去，旋抹紅妝看使君；東望山陰何處是，重過閶門萬事非。」四句分別出自蘇軾〈念奴嬌〉和〈浣溪沙〉、陸遊〈漁家傲〉與賀鑄〈半死桐〉，無一例外的豪放派詩人，當然情感類型是多樣的。放在小說情節即將結束的 1979 年，不但

與將要離開喀什回到烏魯木齊時的心境貼合，更令人產生聯想，這四句即將引出的正是周濤在 1980 年名聲大噪的新邊塞詩的主要風格與創作資源。殷實認為《西行記》是作家「動用畢生練就的武藝」創作而成，這並不是一句簡單的稱頌，確實這部小說充滿了「不可遏制的詩思」和「固執的詩語」[10]。小說中時常可見相同字數、大致押韻、充滿意象和意境的短句，應該是創作到會心處引發了作家的詩情，但基本上出於文體的考慮被儘量壓制。但是散文的筆法則不同，幾乎是以很高頻率出現無情節、無描寫、夾敘夾議的段落，充滿了美感和哲理，大氣雄闊，與被書寫的時代與城市形成強烈反差，甚至有些片段精美得令人拍案叫絕，足以同周濤一些代表性散文相提並論，以致結尾終於難耐爆發，直接使用了自己的詩作。可見如果從興趣而言，周濤更稱手的兵刃無疑是詩意和哲理兼具的大散文，《西行記》採取小說體式，不是為了填補文體的空白，而是為了更好地實現創作意圖，即真實再現並思考時代、記錄時代中西部小城裡鮮活生命的成長歷程、通過回憶實現歷史與自我雙重反省。此外，以大比例的真實素材，不選取更熟練的散文形式，實為一種勇氣，被限定的虛構空間如同半步崩拳，尺寸之間見天地。

　　在這樣的理解基礎上，再回看小說題目，自有其深意。在一個不完滿的時代走向一座不完滿的陌生城市，在那裡最真實地生活、歷練、成長。首先是敘述者自己說的向西即遠離溫暖、遠離

---

[10] 殷實：〈《西行記》的閱讀方法〉，《西部》2019 年 01 期，頁 201。

眷意、步入荒涼，這正是時代、城市和青春的共同特徵。但這種認知是建立在不斷行走的基礎上，勇敢探索、勇敢生活、勇敢堅持內心的善良，不然很難真正把握特殊時代的特質。另一方面，「西行」攜帶的明確方向感，也意味著不忘出發地，即一種明確的身份意識，因此姬書藤最終找到屬於自己的道路從而成功調回烏魯木齊。並且，這也是一種歷史和人性隱喻，即歷史如何波折仍要回到變亂前的正途，人心如何浮動仍要回到真善美的赤子之心，由此可見經歷時間沉澱的青春書寫中越品越香的魅力。

［原載《中國當代文學研究》2019 年 04 期］

跨文類混紡的新疆敘事

鍾怡雯

（元智大學中語系教授）

前言

新疆漢語作家劉亮程（1962-）以散文集《一個人的村莊》。[1]
（1998）揚名全國之前，身份是詩人，成名後三年才結集出版的詩
集《曬曬黃沙梁的太陽》[2]（2001）才是他創作生涯的真正起點，
這裡有八十八首詩從 1981 寫到 1993 年的詩篇。1993 年，默默無
聞的詩人劉亮程轉換文類去寫散文，最早完成的兩篇是〈狗這一輩

---

[1] 《一個人的村莊》（1998）最早的版本只有十六萬字，2001 年改寫後變成
二十萬字，同年，獲第二屆馮牧文學獎的文學新人獎，同年獲得該獎的有小
說家畢飛宇。本論文引用的版本四十萬字，乃是劉亮程於 2005 年精選過的
全本，包含《風中的院門》（上海：上海文藝，2001 年）。

[2] 《曬曬黃沙梁的太陽》由新疆青少年出版社於 2001 年出版，2007 年再出
新版，但內容不變。本論文所引述的是「精裝典藏版」，由浙江文藝出版社於
2013 年 10 月出版，內容相同。

子〉（1993）和〈通驢性的人〉（1993），那是《一個人的村莊》的開端。《一個人的村莊》描寫新疆一個偏僻小村「黃沙梁」[3]，風格獨特，引起文壇注意，並獲得第二屆馮牧文學獎。詩是劉亮程文學的起點，至於奠定他文壇地位的，則是散文。

　　《一個人的村莊》出版時正值二十世紀末，瞬間暴紅之後，劉亮程被稱為「90年代最後一位散文家」、「鄉村哲學家」，論者譽之為「鄉土哲學」，或者「鄉土哲學的神話」[4]。他的散文確實辨識度高，風格獨具。以散文成名之後，劉亮程一度把寫作空間跨出黃沙梁，寫了庫車（古稱龜茲），描定的地理一如書名《在新疆》，均以新疆風土為主。散文之外，他也寫小說，計有《虛土》（2006）和《鑿空》（2010），前者的現實世界指向黃沙梁，後者指向庫車。

　　二十世紀末的大陸文壇以詩和小說為文類主流，劉亮程則以散文出線，同時被歸入「西部作家」或「鄉土作家」。這類從外部特徵來歸類的論述方式，很容易導引出城鄉對立，或抵擋文明入侵的普世結論。事實上，在全球化時代，不論西部或鄉土，都難以抵擋「鄉土」流失，或「西部」文明化的大時代浪潮；更何況，劉亮程的散

---

[3] 黃沙梁位於新疆准噶爾盆地，在落瑪納斯河邊，靠近古爾班通古特沙漠，是一個漢族移民的村落。詳見劉子超：〈黃沙梁故事〉，《南方人物周刊》（ 2009/07/16 ） ＜ http://news.sina.com.cn/c/sd/2009-07-16/112918234584_4. shtml ＞，檢索：2013/12/01。

[4] 詳見林賢治：〈五十年：散文與自由的一種觀察〉，《書屋》2000 年 03 期，頁 66-67，以及賀雄飛：〈鄉村「哲學家」劉亮程〉，《書屋》2001 年 05 期，頁 78。

文並非傳統意義的鄉土散文，第二節將進一步討論。其次，「歸類」
最大的問題是抹除異質性，輕易把不同的個體同質化。類型化的論
述固然有助於得出一般性見解，也仍然具有一定的參考價值，不過，
對於「發現」作家和作品，並非最好的途徑。

　　劉亮程寫詩的十二年間，正逢新疆漢語文學的第一個浪潮，
1980 年代以楊牧（1944-2012）、周濤（1946-）、章德益（1946-）等
三人為代表的西部詩歌，獲得文壇的關注，然而劉亮程的詩並未在
這波浪潮裡獲得重視。評論家們把目光聚焦在楊牧、周濤、章德益
等三人的「新邊塞詩」，著重詩歌對少數民族文化的注視，並冠上
拓荒、遼闊、粗獷、雄偉等精神層面的溢美之詞，但是這些元素在
詩裡多半局限在表層述敘和風景描繪，失之於空泛。新疆的文化意
涵和形神，並沒有獲得突出的創造。這期間的小說和散文創作乏善
可陳，以新邊塞詩為主打的第一個浪潮只算略有小成，西部小說也
只是題材上的表層經營[5]。1990 年代初，詩人周濤在散文裡刻劃的
「伊犁」土地形象，受到相當大的討論，劉亮程的散文《一個人的
村莊》在 1998 年面世，立即掀起第二個浪潮，而且是全國矚目的
大浪潮。《新疆日報》、《烏魯木齊晚報》、《新疆經濟報》先後增闢
了散文專欄，散文刊物也增加了，許多漢族作家的散文舊作紛紛重
新出版，沈葦（1965-）等詩人的散文創作也備受關注，散文創作的
陣容急速膨脹。新疆的風土人情、民俗文化、土地經驗吸引眾多讀

---

[5] 詳見汪娟：〈論新疆改革開放三十年散文創作的基本現狀〉，《新疆大學學
　報》2009 年 01 期，頁 131-135。

者和評論者，也帶動了旅遊業，可說是引爆了「西部文化熱」，新疆學界稱之為「散文的盛宴」[6]。劉亮程是這波文學浪潮的重要旗手，除了創作，他的編輯工作也挖掘了不少新人[7]。

　　近十年來，有關劉亮程散文的相關論述可說是數量驚人，但論者之間的觀點經常重疊，甚至相互因襲，總是聚焦在「村莊」、「詩意」、「自然」上面。對「村莊」的討論是免不了的，因為那是劉亮程散文的根據地，所謂「詩意」卻是非常武斷而且孤立的概念，探究其「散文之詩意」的論文往往不涉及詩，屬於一種沒有根源的封閉性論述[8]，同樣的情況也出現在劉亮程小說的討論上。劉亮程的村莊敘事跟詩意是相輔相成的，其根源在劉亮程早期的詩，是詩的句法、意境、構圖模式往散文的移轉，不是憑空

---

[6]　這場「散文的盛宴」從 1998 年開席，一直延燒至今，劉亮程出版了一本詩集《曬曬黃沙梁的太陽》（2001）、三本散文《正午田野》（2001）、《庫車行》（2003）、《一個人的村莊》（2013，四十萬字增訂版），兩本小說集《虛土》（2006）、《鑿空》（2010）。同時崛起的散文作家還有：葉爾克西、李娟、駱娟、蕭雲、黃毅、孤島和王族。

[7]　譬如新一代的散文作家以李娟（1979-）。李娟 1999 年開始寫作，作品受到在烏魯木齊當編輯的劉亮程肯定，四年後出版第一本散文《九篇雪》（2003），開始在文壇崛起。她的「羊道系列」深獲中國文壇肯定，也屢獲大獎。同名的《羊道》三本系列散文於 2013 年獲台灣《中國時報》年度十大好書獎。

[8]　最顯著的例子是：李曉華：〈原始思維・詩意地棲居・現代焦慮——劉亮程心態散文淺析〉，《當代文壇》2004 年 03 期，頁 55-58、張國龍：〈關於村莊的非詩情畫意的「詩意」寫作姿態及其他——劉亮程散文論〉，《中國文學研究》2007 年 04 期，頁 100-103。

而降的詩意。這個極為重要的事實居然被長期忽視，劉亮程詩作完全沒有獲得討論[9]，亦未見詩、散文和小說的合論。這個研究視野上的缺失直接影響了劉亮程村莊敘事的論述。

劉亮程的詩、散文和小說在題材與視野上的關係是「三位一體」的，詩是散文的根本，小說則是散文的延伸。套用劉亮程的詩性用語來描述，那是「從黃沙梁村莊→到虛土→再鑿空」的過程，這句抽象的敘述使用劉亮程的詩、散文和小說形構而成，也同時展示了文類轉換的創作歷程，以及風格特質。如此一來，若要討論劉亮程，僅從單一或兩種文類切入，是無法看到他的創作脈絡，也難以把握他的風格。而貫穿這個創作脈絡的，是在「一個人」這個強大的敘述主體觀照下的「村莊」概念。

本文擬探究的是：劉亮程筆下「一個人」和「村莊」兩者之間如何產生聯結，又如何在文類混紡中運作，以及「村莊」如何被劉亮程「鑿空」，最終成為「虛土」。

一、「一個人」的村莊：自行設限的經驗書寫

在《曬曬黃沙梁的太陽》可輕易讀到一個獨行或守候的人影，一片的荒涼村莊，以及沒有起點沒有盡頭的歲月，一成不變的盤踞在詩裡面。「一個人的村莊」，這念頭在〈一個人的村莊〉裡表

---

[9] 至 2016 年 12 月為止，在《中國期刊網》有三百多筆關於劉亮程的研究資料，未見其詩歌的討論。

露無遺，他沒有明言究竟是什麼因素斷絕了人與人的主要聯繫，甚至塗銷了眾人的存在，把一整片麥地和村莊，留給極少數的人（包括敘述者和零星的敘述對象），然後全心全意的刻劃出漫長、遼闊、沒有盡頭的孤寂：

> 有時我走到自己的遠地
> 看看無法守住的遼闊一世
> 沙子啊　草啊
> 蔥郁之後一切蔥郁皆是荒蕪
> 〔略〕
> 更多年月我守在村裡
> 一個人的村莊空空寂寂
> 人去哪裡　我關死所有的門
> 在每間房　點一盞油燈
> 我加滿燈油　它們亮到哪一年算哪一年
> 反正　我再不去管它們[10]

村莊在這裡不僅僅是一個居住的所在，它更像命運的獨居囚房，直徑是那麼的小，又那麼的清晰，讓人絕望或認命，「關死所有的門」去等候下一任接班人。都市人視為珍寶的土地，在新疆卻不是一種令人振奮的財富，究竟是人擁有土地，抑或是土地奴役了

---

[10] 劉亮程：〈一個人的村莊〉，《曬曬黃沙梁的太陽》（杭州：浙江文藝，2013），頁 57。

人，還真難說。〈天是從我們村裡開始亮的〉有更為直接的描述：
「老父親說　在我們村裡／隨便種一塊地／就夠你種一輩子／隨
便一個女人／就夠你愛一輩子／隨便一堆土／就埋掉你一輩子」
[11]，老父親不但預告，也在預演兒子的未來人生，一個人的一輩
子就被腳下的土地死死困住了。當他〈經過一個村莊〉，總是看到
「這些村莊的人們／似乎一輩子　漫不經心／邊幹活邊等一些人
一些事情」[12]，平平淡淡的敘事口吻，反而加深了村莊歲月的蒼
涼和絕望。這本詩集刻劃的是 1960 和 1970 年代的黃沙梁，舉目
望去盡是單調的黃沙，人的存在價值很容易被極簡的事物結構放
大，年輕的詩人劉亮程在詩裡行間隱隱抓到一些感覺，卻點到即
止。黃沙梁在其詩裡，受到文類形式掩護——這掩護更準確的說
法，其實是一種遮蔽——很多人事物停留在隱喻之內、意境之中，
沒有真正釋放開來，必須等到後來進入幅員廣大的散文，黃沙梁
才獲得全面性的改造。

　　有關黃沙梁的詩，寫於 1988 至 1993 年間，那是 1978 年劉亮
程舉家遷離黃沙梁後，在縣城裡寫的。1993 年，劉亮程到烏魯木
齊當編輯，開始寫散文。當年沈從文從湘西到北京，是真正的離
鄉。劉亮程只是「離村」，再怎麼離，畢竟都還在新疆的範圍之內，
文化和精神的衝擊必然沒有從湘西到北京那麼激烈。離村的劉亮
程十六歲，農村的記憶和體驗停留在青少年。十六年的生活體驗

11　劉亮程：〈天是從我們村裡開始亮的〉，《曬曬黃沙梁的太陽》，頁 61。
12　劉亮程：〈經過一個村莊〉，《曬曬黃沙梁的太陽》，頁 17。

再豐富深刻，村莊畢竟只有一個，故事也有限。等到他用散文之筆回身去寫黃沙梁已是十五年之後，這裡而必然有「時間」和「記憶」，再加上情感的發酵，以及更多的細部描述，更多的情節，才能完成四十幾萬字的《一個人的村莊》。

從詩跨入散文，「一個人的村莊」意識不變，但我們不能忽視「一個人」的歧義，劉亮程重新設置了一個比「詩版」強大數倍的敘述主體，為讀者敘述「他的」黃沙梁。黃沙梁是「故」土，故者，從時間上來說，是從前的土地，也意味著這村莊屬於從前，非當下的存在。其次，故土者，乃是有「故事」的「土地」，至於故事如何又為何，我們就要仰賴，以及信任「一個人」的敘事方式。

劉亮程的村莊有一組固定的意象群，簡而言之，動物、植物、風景是主角，人則是配角，四組意象群構成的村莊，收攏在劉亮程「一個人」的敘述視野／視角之下，於是，村莊就不僅是現實的存在，或者普遍意義下的村莊概念，它被一個強大的敘述主體所觀照或統攝，成了浸透劉亮程意識的村莊[13]。他能通驢性，通物性，進入物的靈魂，更準確的說法，人畜（驢、狗、馬、豬、牛、羊、雞、貓等）之外，飛鳥、螻蟻、蟲子，昆蟲等，一棵樹，幾株草，全被劉亮程的敘事推極到宇宙和無限，真正寫到了林語堂所謂「宇宙之大，蒼蠅之微」。

---

[13] 當然，這也可能是遮蔽，詳見本文第二節。

劉亮程表示，「我全部的學識是我對一個村莊的見識」[14]，這句話透露出他對村莊的情感，看似自謙，實則自信。黃沙梁的一切事物都極為簡單，在百無聊賴的生活裡，人民只好反反覆覆的對僅有的事物注入大量的觀察，看得格外透徹，在極其有限的生活事物中催化出細微的體驗。劉亮程習慣把每一個「物」切割得異常細微，每一個切片再以細刀精雕劃出紋路肌理，同時反覆寫某幾棵樹、幾枝草乃至一堵牆，並且從中悟出哲思和玄想，也就是把村莊的學識和見識寫到極致。進一步延伸，這「見識」是主觀的認識。敘述主體投射的客觀現實被主觀化，常常是散文風格來源之一。在這個前提之下，客觀現實是什麼，精不精彩，是否獨特，儘管是關鍵，個人觀照的方式，更為重要。關於這點，劉亮程有以下的見解：

> 作家寫作，和平常人生活一樣，是需要一個家鄉的。你出生時，有一個地方用她的陽光、空氣、水、人聲風聲、鳥語蟲語以及雞鳴狗吠迎接了你，這就是你進入世界的第一站：家鄉。你最初認識的世界是家鄉的樣子。家鄉用她的氣息造就了你，使你以後無法再成為別的地方的人。家鄉給了你一些難以改變的東西：長相、口音、口味、看人看事物的眼神、走路的架勢、笑和哭的表情等。家鄉用她給你的這些使你區別於別處的人，也區別於別人。[15]

---

[14] 劉亮程：〈黃沙梁〉，《一個人的村莊》（瀋陽：春風文藝，2013），頁 62。

[15] 劉亮程：〈文學：從家鄉到故鄉〉，《曬曬黃沙梁的太陽》，頁 191。

以上引文說明了劉亮程的文學觀非常「土地決定論」，也相當宿命，家鄉給了作家「看人看事物的眼神」，換而言之，一個作家觀看的方式是被出生地先天地決定的，也決定了他的風格。這段話純屬作家的一家之言，也是非常「一個人」的詩性描述，不是放諸四海皆準的規範，特別是這篇後記寫於 2012 年，基本上，劉亮程的風格已經定型，文壇對他業有定論，只能看成是已經成名的劉亮程，再回頭對自身風格的「自我詮釋」，不能排除這是他成名後，調解了各種正反意見而成的「後見之明」——我寫成這樣，完全是家鄉賦予我的[16]。由此可見，劉亮程不是叛逆型或批判性的作家，他對土地的過度的依戀和皈依，使他受限於現實的鄉土，然而黃沙梁積累的寫作資本不夠豐厚，也讓他的散文走向詩性和抽離的飄渺美學[17]。換而言之，「一個人」的視野之下，黃沙梁不必完全具備現實地理的意義，那是被「詩意」加工、內化乃至變形的「黃沙梁想像」。當然我們也可以反過來說，正是現實黃沙梁的荒蕪，形塑了詩性和抽離的視野，再被劉亮程當成方法論。然而，無論孰先孰後，這兩者都構成了他的風格。

---

[16] 這些批評如虛空鄉村情感的包裝，矯情時代的散文秀，美學隱身衣等。至於「土地決定論」這種論點或許也限制了劉亮程的散文視野，詳見第三節。

[17] 朱崇科在〈鄉村的漫遊者——重讀劉亮程《一個人的村莊》〉指出，劉亮程的散文寫的是鄉村是桃花源，認為他的鄉村書寫有「提純」的危機，過分昇華了農民的生活，對人性和農村作簡單化白描。朱肯定劉亮程的散文成就，然而對他的「詩化惡聲」頗有批評，詳見朱崇科：《華語比較文學——問題意識及批評實踐》（上海：上海三聯書店，2013），頁 272-273。

〈狗這一輩子〉這最早完成的篇章，「一個人」的主導敘述已經成形。〈狗這一輩子〉敘述鄉村最普遍的動物，狗。這個普通到不能再普通的動物，在劉亮程的筆下，卻跟人一樣，在生命的不同時期有不同的任務，也跟人一樣，接受時間和命運的支配。年輕的狗看門，有其看門訣竅，稱職的狗是任打任罵，睜一眼閉一眼，不論對錯完全臣服於主人，且為了看門不能與任何陌生人混熟；狗老了，來到了生命的晚年，卸除了工作不再咬人，終於可以跟人一樣，成為村莊的一部份，也終於可以不必夜裡看門，可以安然入睡。這幾乎是一個老人的晚年心境，劉亮程寫狗，其實在寫世道人情。就散文而論，這是意在言外的高招。「一條狗」的一生跟「一個人」的一生，無論在心靈和精神上，同樣都是孤獨的。這個孤獨有兩重意涵，一是指劉亮程讀出了人與動物共有的孤獨，二則指向黃沙梁的荒蕪。狗的孤獨其實是人的孤獨，也就是劉亮程的孤獨。這是劉亮程的散文特質之一，他總是很快抽離了現象，跳到另外一個聯結。這個聯結點，應該指向劉亮程自己，而劉亮程的敘事方式往往是跳過自己，直接聯接到普遍意義的，大寫的人。也因為這層聯結，所謂的鄉土哲學，基本上是可以成立的，簡而言之，劉亮程為讀者講述黃沙梁，同時也在建構一種農民的生存方式和價值觀；鄉土哲學者，無非是跟城市對照下的生活態度。這種充滿土地生命力而素樸的價值觀，無所事事到處轉悠的閒散，既逆反時代潮流又充滿邊緣的陌生魅力。

所講的鄉土哲學，簡單的說，即是「唯物論」。此唯物論非彼唯物論（materialism），也無關笛卡兒。這裡僅諧擬其唯物哲學，

展示的是農民的視野和思考方式，向土地和大自然學習。物質是
唯一存在的實體，也是認識世界的途徑與方式，劉亮程的唯物論
也十分原始，簡單的說，物性即人性，被「物」啟發，向「物」
學習，以此參悟生命和人生。〈通驢性的人〉和〈逃跑的馬〉都有
這樣的特質，作者既寫牠們的生活，也從驢和馬那裡獲得生命的
啟發，驢馬和人一樣各過各的，牠們跟人一樣役於命運。譬如〈通
驢性的人〉就驢我不分：

> 驢不會把牠的東西白給我，我也不會將擁有的一切讓給
> 驢。好好做人是我的心願，乖乖當驢是驢的本份。無論乖
> 好與否，在我卑微的一生人，都免不了驢一般被人使喚，
> 放棄自己想做的事，想住的房子，想愛的人乃至想說的
> 話。……必要時，還要學一點「拉著不走打著後退」的倔
> 犟勁。驢也好，人也好，永遠都需要一種無畏的反抗精
> 神。[18]

這種動物性即人性的寫法，是劉亮程的風格，同樣的手法也見諸
〈逃跑的馬〉。他寫驢馬的交配和繁殖，寫牠們的性器官寫得赤裸
而坦然，文字毫不儉省，甚至給個特寫鏡頭細描，也毫不避諱拿
牠們的來跟人相比，甚至寫人如何幫馬交配。〈英格堡〉寫公羊如
何擇偶，羊群如何繁殖，這些粗野的西部風光，成了劉亮程的散
文特色，包括他寫農村的殘忍，譬如〈剩下的事情〉裡寫宰牛的
場面，以及〈兩條狗〉寫童年時他們家活活讓一條狗餓死，都比

---

[18] 《一個人的村莊》，頁 12。

個人的冥想更貼近新疆，也更有說服力。

　　劉亮程對家畜心理的理解力，早在〈賣掉的老牛〉就有過一番演練，他嘗試用散文式的思維來敘說牛的一生：「牛的一生沒辦法和人相比／我們不知道牛老了會怎麼想／這頭牛跟我們生活了六七年／我們呵斥牠　鞭打牠／在牠年輕力盛的時候／在牠年邁無力的時候／我們把太多生活負擔推給了牛／即使這樣　我們仍活得疲憊不堪」[19]，在詩裡「不知道牛老了會怎麼想」，可是到了散文，就得設法揣摩家畜的心思，說出一番道理來，人性自然成為動物性的依據，兩者便有了互通的需要。家畜密布的生活經驗，是劉亮程的寫作資產，即使在詩裡，那些家畜往往形塑成村莊味十足的符號，好比這首〈遙遠的黃沙梁〉：

> 在遙遠的黃沙梁
>
> 睡一百年也不會　有人喊醒你
>
> 雞鳴是最寂靜的一部分
>
> 馬在馬的夢中奔跑
>
> 牛群骨架鬆散走在風中[20]

黃沙梁的蒼茫地景還真的少不了家畜，那是突破孤寂並產生詩意的核心要素，有了家畜才有生氣，也才能衍生出故事。家畜、麥田、種地人，把劉亮程對土地的感受約束在一個村莊範圍之內，長出強韌、安定的根柢，這也意味著劉亮程的黃沙梁不會出現漂

---

[19] 《曬曬黃沙梁的太陽》，頁 24-25。

[20] 《曬曬黃沙梁的太陽》，頁 52。

泊感，或流浪意識。劉亮程也沒有往西部粗獷的特色深掘，相反
的，他走了一條相對保守而溫和的路，強化「一個人」的主觀視
野，人畜難分，萬物有靈，一種既原始又詩性的思維——把背景
模糊化，而突出靜觀的詩意感受，不處理外部的事件，把散文當
詩來寫，把小說當散文來寫——受制於黃沙梁的現實，因此在寫
實與抒情之間擺蕩，在再現與表現之間猶豫。也因此，在現實短
暫停留之後，總要往抽象處寫。在現實輕輕一點，就往虛空處盪
去。這使得他的散文往往剩下情思飄渺，只要把握到劉亮程這個
特點，我們可以很快就進入「一個人」的核心：

> 一頭溫順賣力的老牛教會誰容忍。一頭犟牛身上的累累鞭
> 痕讓誰體悟到不順者的罹難和苦痛。樹上的鳥也許養育了
> 嘰嘰喳喳的多舌女人。臥在牆根的豬可能教會了閒懶男
> 人。而遍野荒草年復一年榮枯了誰的心境。一棵牆角土縫
> 裡的小草單獨地教育了哪一個人。天上流雲東來西去帶走
> 誰的心。東蕩西蕩的風孕育了誰性情。起伏各遠的沙梁造
> 就了誰的胸襟。誰在一聲蟲鳴裡醒來，一聲狗吠中睡去。
> 一片葉子落下誰的一生。一粒塵土飄起誰的一世。
>
> 誰收割了黃沙梁後一百年裡的所有收成，留下空蕩蕩的年
> 月等人們走去。[21]

以上不厭其煩引用了大段〈我受的教育〉這篇晚出的散文，乃是
因為它涵括了劉亮程筆下大部份的農村事物，可以進一步說明「唯

---

[21] 《一個人的村莊》，頁 196。

物論」哲學，以及人與物在村莊的關係。同時，這段文字也印證了散文的高度詩性和抒情，以及太過依戀土地。因此，物永遠是教育者，啟示者，人則處於相對卑微的地位，僅是村莊的一部份。或許，這種對萬物謙和的態度，是一個人長久地面對大自然，面對孤獨的結果，在這個意義上，黃沙梁確實形塑了劉亮程。其次，我們必須注意劉亮程的散文大量使用「一」，一聲蟲鳴一聲狗吠一片葉子一粒塵土，當然，還有一個人。這種一字式的句形形成了孤獨和空靈，同時也是美感的、武斷的。它完全不容讀者質疑，因為這是作者的主觀感受。套句大陸的用詞，這是唯心。唯物和唯心在劉亮程筆下得到了調和，從牛到塵土，從具象到抽象，都在「一個人」的心靈與意識的作用之下，產生了飄渺悠遠的美感，形而上的朦朧意義。

這種寫法，基本上是詩的，非常詩意和概念，他把意象和情感無盡的推演，換而言之，我們要嘛不同意這種極端個人的觀照方式，要嘛就借著劉亮程的文字，重新認識他極具個人主觀色彩的黃沙梁與新疆。其次，黃沙梁是以「現在」的時空出現，然而劉亮程敘述的是青少年時期的黃沙梁，這兩者的時間距離在「一個人」的敘事視野下，被刻意模糊掉了，時間被抽離，黃沙梁成為永恆的詩意空間。

劉亮程的散文極少書寫生活的艱難。他的解釋是，文學是夢學，寫作是向夢學習：

> 我的童年遇到了不幸。父親在我八歲時死去，那是「文革」
> 後期，母親帶著五個孩子艱苦度日，我是家裡的老二，我

> 大哥那時十二歲，最小的妹妹不滿一歲。這樣的童年誰願
> 意回憶。可是，《一個人的村莊》裡看不到這些苦難，《虛
> 土》中也看不到。當我在寫作中回到小時候的村莊，這些
> 苦難被我忘記了，我寫了這個村莊的草木和動物，寫了風、
> 夜晚、月光和夢，寫我一個人的孤獨和快樂，希望和失望，
> 還有無邊無際的冥想。[22]

這段文字出自〈向夢學習〉（2011），收入《在新疆》，離第一本散
文的出版時間已經十年。劉亮程突出了散文的「冥想」特質，也
就是本文強調的核心「一個人」的視野。因為冥想，意識可以不
斷往外攀緣，附著，也形成了不著邊際的思想漫遊。他把《一個
人的村莊》看成是一個人的無邊白日夢[23]。《一個人的村莊》因此
常常出現似曾相識的感受，以及重複被描寫的事物，無論狗或牆，
驢或塵土，以及一棵樹一枝草，予人題材窮盡之感，徒留情感的
強勢運作，以及文字的空殼。劉亮程的白日夢，常常「鑿空」黃
沙梁，以致於發生意象衍生意象的現象，譬如〈一場叫劉二的風〉：

> 每一棵樹都是一場風，每個人都是一場風，每堵牆都是一
> 場風，每條狗每隻螞蟻都是一場風。在這一場場永遠颳不
> 出去、颳不到天上、無人經歷的弱小微風中，有一場叫劉
> 二的風，已經颳了三十二年了。[24]

---

[22] 劉亮程：《在新疆》（瀋陽：春風文藝，2012），頁 293。

[23] 《在新疆》，頁 292。

[24] 《一個人的村莊》，頁 220。

這篇散文由牆、風和樹構成，老牆會扎根土地，就像人跟樹一樣，按照劉亮程的寫作邏輯，老牆就像老人，牆終究要倒就像人終究要死。可是結尾一段把樹、人、狗和螞蟻都變成風，甚至最後，連他自己（劉亮程排行第二）都變成風，便是「無邊無際的冥想」、「白日夢」的結果。

劉亮程的散文另一特點，是時間感模糊。黃沙梁是作者小時候的村莊，卻被他「嫁接」到現在，成了當下。所謂的黃沙梁時間，其實是重構過的詩性時間，充滿田園式的寧靜美感。這種推離現實的美感，早在《曬曬黃沙梁的太陽》時即已建立。「散文的黃沙梁」開始，象徵了「詩的黃沙梁」結束。從另外一個角度說，詩的黃沙梁並沒有消失，只是以散文的形式繼續存在。要是少了《曬曬黃沙梁的太陽》，我們很難解釋《一個人的村莊》的敘述視野與詩性氛圍從何而來。

在劉亮程的村莊敘事當中，「一個人」的視野與冥想特質可在〈小村〉獲得印證：

我知道小村就是一個人的一生

一個人　始終在他一生的某個角落打盹

人們找不到他　幾十里外全是夢境[25]

短短三行詩裡用了兩次「一個人」和兩次「一生」。小村跟一生是可以相互指涉的一組意象，這個小村便是作者做白日夢的黃沙梁，換而言之，黃沙梁就是他的一生。就詩而言，「小村是一個人的一

---

[25] 《曬曬黃沙梁的太陽》，頁6。

生」在邏輯上並無不妥，它的詩性表述讓這句詩自動脫離事實的陳述。然而在散文裡，它與指涉的現實不符，便會產生混淆。劉亮程的方法是，用「一個人」置換了「我」，產生意義的分歧和模糊。不妨再次回到前述那首〈天是從我們村裡開始亮的〉：

> 天是從我們村裡
>
> 開始亮的　亮到極遠處黑回來
>
> 就是一天
>
> 草也是從我們村裡
>
> 開始綠的　綠到天邊枯回來
>
> 就是一年[26]

這首詩的節奏和意象都處理得乾淨而準確，沒有人會質疑天從村裡亮，草從村裡綠起的主觀判斷，這悖反的判斷在詩是允許的，且比事實的陳述更有效地表達他對村子的情感。散文不然，它必須建立在「事件」與「經驗」上，詩的表述不能成為主體，過份倚賴詩的思維，就會「鑿空」現實，寫成飄渺空靈，抽離現實和時間的形而上存在。

　　這暴露了散文的殘忍，它依附著生活和現實。十六年的生活體驗再豐富深刻，村莊畢竟只有一個，故事也有限。以《在新疆》為例，當劉亮程離開黃沙梁，脫離了冥想，而回歸到風土人事，就能在情感與事件中獲得較好的平衡，呈現迥異於《一個人的村莊》大量冥想的寫作方式。這也就是為什麼，劉亮程在《一個人

---

[26]　《曬曬黃沙梁的太陽》，頁 62。

的村莊》之後，得走出黃沙梁離開一個人的視野，去寫黃沙梁以外的地方，更後來，他寫起小說。

二、從村莊到被鑿空的虛土

《一個人的村莊》出版後，電視台要拍這個沙漠荒村，劉亮程把跟拍記錄寫成小書《正午田野》（2001）。兩年後，他到庫車，完成近五萬字的庫車風土誌《庫車行》（2003），透過一個漢族作家的眼光，去寫新疆另一個以維吾爾族為主的地區，以及維吾爾族人的生活。《庫車行》配上大量的照片和插圖，性質接近旅行文學。劉亮程坦言，他並不熟悉這個小鎮，也不懂維吾爾語，但是他熟悉那緩慢而古老的生活氣息，以及農村的所有事物。[27]

這時候劉亮程忽然便從白日夢醒來，回到充滿喧囂氣息的人間，去寫巴札（市集）和麻札（墳地），譬如〈逛巴札〉：「巴札上更多的是熱鬧，是有意思的事情，我隨便寫了幾件，有興趣你就看看。就像公驢上巴札主要不是為拉車而是為了看年輕母驢，誰在巴札上都有自己的興趣，別人並不十分清楚」[28]。離開黃沙梁，他的筆回到人間，更突顯黃沙梁是詩意的存在，作者內心世界的投影。

---

[27] 引文見劉亮程：《庫車行》（石家莊：河北教育，2003），頁 117。《正午田野》和《庫車行》大部份篇章收入《在新疆》，這本散文集粗估至少三十萬字。

[28] 《庫車行》，頁 91。

《庫車行》是一本充滿聲色氣味，熱鬧異常的散文。一個男人的割禮，女人的眉毛，日常生活的吃食和蔬菜瓜果，維吾爾族人生活的小細節，他寫下大部份讀者陌生的維吾爾族人世界。這個古代叫龜茲的老城，一半是墳，一半是居民。天天到麻札守丈夫墓的女人，一個九十七歲的老父親和另外一個八十九歲的老母親，他們守著剩餘的生命等待死亡，對比出劉亮程黃沙梁時期「被詩化的」孤獨。

同樣寫驢，〈龜茲驢誌〉比〈通驢性的人〉來得更現實更具體。他寫龜茲（即庫車）和驢子的歷史，驢子不只是交通工具，驢子也是文化的傳輸者，駄過佛經也駄過古蘭經，「我們不知道驢最終會信仰什麼」[29]。挪開「一個人」的視野，觀照更廣闊的世界和歷史長河，散文也因此有了時間的縱深和文化的紋理。維吾爾族人喜歡小毛驢，因為不用花錢。牠嘴嚴，不會亂傳話。不喊累，累極了也仍然把人駄回去。這種對驢的幽默觀察完全是因為他從黃沙梁出走，再一次證明，散文強烈依附生活的特質，生活則決定了散文有多大可能，多少的變化。

劉亮程對這點並非完全沒有自覺：

> 對於黃沙梁，我或許看不深也看不透徹，我的一生侷限了
> 我，久居鄉野的孤陋生活又侷限了我的一生。[30]

這句話純屬劉亮程式的「文學性陳述」，黃沙梁是劉亮程成年前的

---

[29] 《庫車行》，頁 66。

[30] 《一個人的村莊》，頁 61。

生活記憶，看不深和不透並非關鍵，而是他的「一個人」主導敘
述太強，黃沙梁經過詩意的重塑，成了他內心的投射。劉亮程並
未經歷文學史上的鄉土作家離鄉又回鄉的過程，或者離鄉之後再
也無法還鄉，因此透過文字重構鄉土[31]。他的黃沙梁時間並不長，
不應該構成局限他一生的理由，除非他願意受局限。《一個人的村
莊》獲得太高的讚譽，「黃沙梁」既是豐富的資源，同時也是束縛
和框架，《虛土》（2006）便成了小說版的黃沙梁，或者小說版的
《一個人的村莊》。

　　《虛土》講的是虛土莊的故事，敘述者是一個五歲男孩，這
個男孩一直處於夢的狀態，懷疑自己並未出生，或者並未長大。
這個不清楚自己究竟是否長大的小孩，敘述他跟宇宙孤單的對話，
這個宇宙，完全就是黃沙梁村莊。小說由二十二段構成，開頭是
「我居住的村莊」，結尾只有四個字「樹葉塵土」。《虛土》只有敘
事，沒有情節，沒有小說意義下的「人物」，只有「人」。換而言
之，我們讀不到人物的性情、個性，這部小說完全由感覺構成，
可以任意搬動一段，也可以任意添加或減少幾段，並無損閱讀效
果。劉亮程把《一個人的村莊》的事物全部移入小說，連同「一
個人」的主觀視野，把小說拆解成詩意片斷，只是換了一個敘述
視角。如同劉亮程在〈向夢學習〉裡說的，或許，《虛土》是他的
另一場夢[32]。這部更詩意更「一個人」的小說，把村莊寫化成夢

---

[31] 詳見陳德錦：《中國現代鄉土散文史論》（北京：中國社會科學，2004）。
[32] 《在新疆》，頁293。

的虛土，就令讀者更難以把握了。

四年後，劉亮程完成另一部小說《鑿空》（2010）。小說寫新疆阿不旦村兩個人挖地洞的故事。一個是從河南搬到新疆的漢人張旺才，一個是回民包工頭玉素甫。張旺才想在自家地底挖個洞通到從前的房子，玉素甫則想挖出被掩埋的村莊，以及值錢的東西。這兩人在挖洞的時候，一個更大的挖洞工程在進行著，那是準備在新疆開挖石油的現代化工程。村民到鐵鋪打了很多坎土曼（傳統挖土的鐵製手工農具），準備參與工程大賺一筆。村民的發財夢始終沒實現，因為挖石油靠的是器械，不靠傳統的土工具。這是新疆現代化的徵兆之一，同時也諷刺了村民的無知。採油工程開始，巨大噪音嚴重干擾了村莊，也干擾了人與動物的生活。某天趕集的時候，突然萬驢齊吼，震動大地，連帶狗雞牛羊全都跟著叫。叫聲驚動了縣政府，於是縣政府想把這批驢全製成阿膠，把阿不旦村變成無驢村，他們認為那才叫真正現代化。然而真正的現代化卻不是滅驢，而是鑿空村子。最後村子挖出石油，村民卻什麼財富都沒撈到，只有噪音，至此，鑿空的寓意終於有了現實的寄託。

小說寫的是新疆的現代化寓言，帶點魔幻的意味，可以看出庫車行對構思這部小說產生了影響。劉亮程把庫車的行旅經歷，加上黃沙梁生活經驗，變形成一個荒誕的西部寓言。巴札、麻札、割禮以及在人驢共居的阿不旦村，在《庫車行》都可以找到相對應的原始材料。他在庫車看到許多鐵匠，鐵匠打出的手工坎土曼沒有市場，完全被工廠的量產所取代。這個重要的靈感成了《鑿

空》的構思基礎，部份轉換成《鑿空》的小說情節，譬如小說裡寫了一個村長，為了村民的生計奔波，逢人便問可有坎土曼的活。

《鑿空》的部分人物和故事情節，乃至細部的文字，有相當的一部分是直接由散文改寫過來的，以此書的序文〈紅色〉為例，主要文字來源是另一篇名為〈驢叫是紅色的〉的散文，原文的開頭兩段是這樣寫的：

> 驢叫是紅色的。全村的驢齊鳴時村子覆蓋在聲音的紅色拱頂裡。驢叫把雞鳴壓在草垛下，把狗吠壓在樹蔭下，把人聲和牛哞壓在屋簷下。狗吠是黑色的，狗在夜裡對月亮長吠，聲音悠遠飄忽，仿佛月亮在叫。羊咩是綠色，在羊綿長的叫聲裡，草木忍不住生發出翠綠嫩芽。雞鳴是白色，雞把天叫亮後，便靜悄悄了~~除非母雞下蛋叫一陣，公雞踩蛋時叫一陣。人的聲音不黑不白，人有時候說黑話，有時候說白話。~~
>
> 也有人說~~驢叫是紫黑色的，還有人說黑~~驢的叫聲是黑色，灰驢的叫聲是灰色。都是胡說。驢叫剛出口時，是紫紅色，白楊樹幹一樣直戳天空，到空中爆炸成紅色蘑菇雲，然後向四面八方覆蓋下來。~~那是最有血色的一種聲音。~~驢叫時人的耳朵和心裡都充滿血，仿佛自己的另一個喉嚨在叫。人沒有另一個喉嚨，叫不出驢叫。村裡的其他人也叫不出驢叫。~~人的音色像雜毛狗，太碎太雜，在狗和驢耳朵裡人發出的聲音最難聽，但又不得不聽人的，這是沒辦法的~~

~~事情。好在還有比人更難聽的聲音，就是拖拉機的突突~~
~~聲。~~[33]

刪去了以上一百四十二字之後，就成了新書的序文開頭，其後的
段落比照辦理，將散文舊作大規模移植到小說裡去。其實，劉亮
程從散文移轉到小說的不只是文字，還包括現實生活的閱歷，書
中寫到驢子對於即將到來的滅亡預感，則是浸透劉亮程意識的散
文寫法：「人睡著時驢在黑暗的驢圈想事情，驢馱著人拉著車時眼
睛瞇著想事情，驢交配時閉住眼睛想事情。驢認為自己把好多事
情想清楚了。驢想到自己要從這個世界消失，驢的鳴叫早就透出
悲哀的聲音。一個沒有驢的世界是什麼樣子，驢不知道」[34]。〈通
驢性的人〉或〈龜茲驢誌〉都有過人驢共通的經驗。《鑿空》再次
賦予驢子重要的地位。不過，驢子的聲音有各種顏色的寫法，在
魔幻寫實已經呈現疲態的當代小說裡，已無新意。

雖然如此，《鑿空》在小說的層次處理西部的現實和現代化困
境，仍然有可觀之處。至少它不像《虛土》那樣，是《曬曬黃沙
梁的太陽》加上《一個人的村莊》的複製版，是一個人的感情和
詩意的膨漲。劉亮程嘗試從一個人的視野走出來，去觀照新疆的
現實，雖然這小一步跨得不大，卻是很重要的一步。

---

[33] 劉亮程：〈驢叫是紅色的〉，《在新疆》，頁 210。
[34] 劉亮程：《鑿空》（北京：作家，2010），頁 232。

結　論

　　劉亮程以《一個人的村莊》奠定文壇地位，他的敘事魅力有二，一是來自現實和想像混合的黃沙梁，二是「一個人」的主導敘事，也就是他觀照事情的獨特視角。所謂「現實和想像的黃沙梁」，乃是一種把客體詩化的過程，這種敘事方式來自他早期的詩，當它成為散文的風格，固然成就了鄉土哲學的美名，卻也現出它的窘境。散文依附生活與經驗，而不棲居在詩意上，當詩意在被當成散文的主體，往往剩下抽離的飄渺美感。在小說裡，有限的經驗可以成為無限之源，《鑿空》即是一例。散文卻很現實，有限的經驗在詩意的加工下，只有暴露經驗的匱乏，以及視野的侷限，以下引文即是證明：

> 這個村莊隱沒在國家的版圖中，沒有名字，沒有經緯度。歷代統治者不知道他的疆土上有黃沙梁這個村子。這是一村被遺漏的人。他們與外面世界彼此無知，這不怪他們。那些我沒去過的地方沒讀過的書沒機會認識的人，都在各自的局限中，不能被我了解，這是不足以遺憾的。我有一村莊，已經足夠了。當這個村莊侷限我的一生時，小小的地球正在侷限著整個人類。[35]

從以上引文判斷，劉亮程的詩意邏輯讓他落入村莊的局限，也讓他缺乏局外人的視野。如果一個人滿意於一村莊，那麼，創作高

---

[35] 《一個人的村莊》，頁 63。

度恐怕也被局限了。劉亮程沒有意識到這是局限，卻反而美化了它。雖然如此，《一個人的村莊》卻是具有指標性的，這本散文示範了一種寫作方法，它的出現和得獎引領了新疆文學熱潮。2000年以後，新疆文學量產至今，勢必與當前的中國文學版圖形成對話[36]。論述劉亮程，除了他的創作之外，必須把他置入當代新疆漢語寫作的文學史脈絡，才能給予較全面而合理的評價。

[原載《東吳學術》2017 年 03 期]

---

[36] 在二十世紀中國文學史論述的範疇內，新疆的發聲機會很少，在各版本的文學史專著裡所佔的版圖非常有限，原因有三：其一，新疆地區漢語創作人口不及其他省份，其餘八個少數民族的創作又有語言上的障礙，很難獲得全國性的關注；其二，新疆地處偏僻，在資訊流通較緩慢的年代，無論是五四運動、朦朧詩和先鋒文學的崛起，它都來不及回應或參與，因此錯過了浪潮；其三，應該是最重要的一個因素，新疆九大民族作家群在二十世紀尚未找到一個獨特的發聲姿態，未能建構出西藏漢語文學般的特殊形象。唯一稱得上取得全國性能見度的創作成果，是 1980 年代以楊牧、周濤、章德益等三人為代表的西部詩歌。2000 年以後，除了散文以外，詩、小說也都產量大幅攀升，停筆不寫的中年作家紛紛續筆，新人輩出，均創作量驚人。目前這個現象仍未見有人討論。

多重文化視域下的新疆漢語散文

鍾怡雯

（元智大學中語系教授）

前言

　　新疆漢語文學在 1980 年代中期進入二十世紀中國文學史的視野，真正進入文學史的論述範疇，已經到了 1990 年代[1]。新疆文學是西部文學的一部份，收攝在西部文學的版圖裡，並不是以獨立的姿態被看見。「西部文學」的版圖涵蓋新疆、西藏、青海、甘肅和寧夏，更廣泛的西部概念甚至延伸到陝西，乃至於湘西[2]。在西部文學這面大旗底下，西部文學以「邊疆」的姿態獲得中原關注的眼光，新疆文學當然也不例外。

---

[1] 新疆漢語文學以下簡稱新疆文學。

[2] 把湘西納入討論西部文學範疇的是范培松，詳細的討論見范培松：《中國散文史（下）》（南京：江蘇教育出版社，2008），頁 764。

　　以文化的獨特性而言，新疆和西藏一樣地處偏遠，但兩者的文化累積完全不同。新疆乃絲綢之路，自古以來就是異族文化交流與經貿資訊匯通的重要渠道，它既開闊又開放，朝著多元文化的發展軌跡，文化累積是橫向的。西藏在地理上是封閉的，但是西藏文化以佛教密宗金剛乘的宗教思維體系，融合了以泛靈思想為中心的本土原始苯教，成為獨樹一幟的藏傳佛教，宗教是西藏人的生活道德規範，同時也形塑了西藏的文化結構，成為西藏文學的特色。佛苯合一的宗教文化思維，跟拉美魔幻寫實主義一拍即合，在尋根浪潮中躍升為 1980 年代的重要文學地景，建構出辨識度很高的西藏圖象。

　　相形之下，新疆文學的聲勢相對弱。在二十世紀中國文學史論述的範疇內，新疆的發聲機會很少，在各版本的文學史專著所佔的版圖非常有限，原因有三：首先，新疆地區漢語創作人口不及其他省份，少數民族的創作又有語言上的障礙，很難獲得全國性的關注；其次，新疆地處偏僻，在資訊流通較緩慢的年代，無論是五四運動、朦朧詩和先鋒文學的崛起，它都來不及回應或參與，因此錯過了浪潮；第三，應該是最重要的一個因素，新疆作家群尚未找到獨特的發聲姿態，未能建構出西藏漢語文學般的特殊形象。

　　這個現象的轉變從 1983 年崛起的「新邊塞詩」開始。以楊牧（1944-）、周濤（1946-）、章德益（1946-）等三人為代表的「新邊塞詩」，乃是新疆文學的第一個浪潮。不過，「新邊塞詩」高舉

的旗號仍然是「西部」詩歌[3]。1990 年代初，詩人周濤在散文裡刻劃的伊犁土地形象，引起文壇的注意，成為新疆散文的第一位大家。他在散文裡建構如詩如畫的田園詩，形塑了山水，營造了意境，但是，這個田園風景跟新疆在地的人文風土保持了一個距離，讀不到真實的血肉。劉亮程（1962-）的散文集《一個人的村莊》（1998，初版約十六萬字）面世，掀起第二個浪潮，新疆文學界頓時陷入「散文熱」。劉亮程看似強大的敘事魅力，其實也是硬傷，他的黃沙梁其實是建立在「一個人」的主導敘事視角上，而且是一個現實與想像的混合體。他在敘事裡排除了人文與地理，進入一種「客體詩化」的過程。這種敘事方式來自他早期的詩，當它成為散文的風格，固然成就了鄉土哲學的美名，卻也現出它的窘境。散文依附生活與經驗，而不棲居在詩意上，當詩意被當成散文的主體，往往剩下抽離的飄渺美感。詩意的黃沙梁便懸浮在新疆土壤和人民之上[4]。跟前輩作家周濤一樣，他的散文成為新一代的田園詩。

---

[3] 雖然評論家們都喜歡為新邊塞詩冠上拓荒、遼闊、粗獷、雄偉等精神層面的溢美之詞，談論它對少數民族文化的呈現，但是這些評論的論述根據都失之空泛，新疆的文化意涵和形神，並沒有獲得突出的創造，多半處於風景描繪的表層述敘。關於新邊塞詩的討論以及發展脈絡，詳見陳大為：〈田園詩的新疆模式——對當代「新邊塞詩」的重新命名〉，《江漢學術》2018 年 08 期，頁 40-51。

[4] 相關論述，詳見鍾怡雯：〈跨文類混紡的新疆敘事〉，《東吳學術》2017 年 03 期，頁 68。

在周、劉二人的田園詩之外，另有一支絜根土地的寫作隊伍，由張承志、黃毅、王族、李娟為代表，他們的散文深入新疆多元族群文化與人文地理學的內部，由此形構出來的新疆圖象，其複雜性遠遠超過田園詩。

新疆文學最主要的作家隊伍以漢語寫作，主要是漢族（黃毅是壯族），多半沒有宗教信仰[5]。然而由於久居當地，跟當地非漢民族相處日久，漢人文化加上在地視野，使得他們作品的「感覺結構」，也就是「思考和生活的方式」，帶著至少雙重，乃至多重視文化視域[6]。「散文熱」之後，新疆散文開始走向「有意識、目

---

[5] 2011 年劉亮程主編了一套十本「家住新疆」系列散文，這系列散文的作者除了葉爾克西《永生羊》（2011）和帕麗古蒂《羊兒分享的秘密》（2011）是在地人的在地書寫，其他八本都是外來的漢人作家寫新疆的居住經驗。他們的散文證明族群文化和土地認同其實是一個不斷交互影響、不斷深化的過程。外來作家久住之後，也會產生跟本地土生作家不同程度的「在地」視野和「內部」視域。哈薩克族漢語作家葉爾克西・胡爾曼別克和維吾爾族漢語作家帕蒂古麗是土生土長的新疆作家，她們都是穆斯林，但是宗教精神在她們的散文裡十分稀薄。伊斯蘭精神均被強烈的地方感所稀釋，甚至取代，兩位女性作家以描寫新疆日常生活見長，從微物敘事見出新疆非漢民族的社會特色。

[6] 雷蒙・威廉斯（Raymond Williams）的「感覺結構」指出，在特殊地點和時間之中，一種生活特質的感覺；一種特殊活動的感覺方法，結合成為「思考和生活的方式」，是一種幾乎不必特別去表現的特殊社群經驗，它是一種深刻而廣泛的情感。感覺結構把社會和歷史脈絡納入，討論它對個人經驗的衝擊。因此感覺結構是民族、地方文化形成過程中不可少的思考。新疆的作家的人文地理特質，正符合詳雷蒙・威廉斯的觀點。「感覺結構」論點詳見艾

的性的寫作」，在「書寫新疆」的思考之下，地域和族群文化成為新疆文學的特色。

「族群文化」是一個多層次的修辭和實踐。新疆境內不同時代的族群融合程度，以及關係的緊張程度不同。早期漢族和維哈等族之間通婚率極低，加上語言不通，族群之間不相往來，嚴重的隔閡造成各族文化的孤立式發展。到了近期又有新的變化，尤其「東突厥斯坦獨立運動」所造成的族群敏感議題都是不可忽視的變化[7]。這個議題在新疆散文並沒有得到及時的反映，倒是在新疆詩歌略有觸及。

新疆散文所「理解」的新疆，以及所呈現的「地方性知識」（local knowledge）十分歧異多元，「文化持有者的內部眼界」（the native's point of view）亦十分駁雜。這篇論文擬從土地與人文，以及宗教的角度取徑，討論新疆散文多重文化的視野。

蘭・普蘭特：〈結構歷程和地方：地方感和感覺結構的形成過程〉收入夏鑄九、王志弘編譯：《空間的文化形式與社會理論讀本》（台北：明文出版社，1994），頁 86-95。

[7] 宗教議題在中國大陸一直是敏感議題，針對維吾爾族發起的疆獨，中共推出「維穩」政策。這兩年最引起西方世界關注的是新疆再教育營，根據「路透社」的統計，2018 年 9 月計有 1200 座再教育營，每座足球場大，而且持續增加中。2017 年新疆的公安新增七萬人。相關報導見劉致昕，〈現代集中營——來自新疆「再教育營」的證言〉，《報導者》2019/07/25，＜https://www.twreporter.org/a/xinjiang-re-education-camps-truth＞，檢索：2020/03/01。

（一）落筆生根：融入新疆大地的漢語

新疆、西藏、青海、甘肅和寧夏五省加總起來，佔中國土地面積的 43%，五省之中又以新疆佔地最大[8]。新疆以天山為界，分為肥沃的北疆和貧瘠的南疆，長久定居北疆的是原住民哈薩克族；維吾爾族在唐朝中葉後遷入生活條件較惡劣的南疆，雖然人口迅速繁衍，但生活益加困頓，當前疆獨（東突厥斯坦）運動主要是維吾爾族的主張。在歷史上，新疆稱為西域，中共建國後將它納入版圖，1955 年成立新疆維吾爾自治區，佔全中國總面積的六分之一，也是民族構成最複雜多元的一省。從西漢開始屯墾戍邊，至今仍設有新疆生產建設兵團[9]。

目前新疆常住人口約 22,643,000，以維吾爾族（47.4%）和漢族（38%）居多；其次是哈薩克族（7%），以及蒙古、回、柯爾克孜、塔吉克、錫伯、滿族（共 7%），如果再加上境內世居和流動

---

[8] 新疆土地面積 1,660,000 平方公里，西藏土地面積 1,228,000 平方公里，詳見＜ http://www.360doc.com/content/13/1214/21/101214_337191409.shtml ＞，檢索：2020/03/01。

[9] 新疆生產建設兵團的設立起於軍事考量，卻意外改變了新疆文學的面貌。近年來屢見新作的散文家李娟便是因為父母是新疆生產兵團的一員，而落腳新疆。新疆生產建設兵團的官方資料見中共國務院新聞辦公室編：《新疆生產建設兵團的歷史與發展》（北京：人民出版社，2014）。更詳細的研究可參考包雅鈞：《新疆生產建設兵團體制研究》（北京：中央編譯出版社，2010）。

的俄羅斯、達斡爾、塔塔爾、烏孜別克等族，多達五十五族，是中國民族構成最複雜多元的一省。[10]

從宗教的角度來看，雖然境內有藏傳和漢傳佛教、道、薩滿、基督教、天主、東正教，但是信奉伊斯蘭教的人口超過半數（以維吾爾、哈薩克、柯爾克孜等十餘個民族為主），扣除宗教信仰比例極低的四成漢族，新疆基本上算是一個相對開明的伊斯蘭社會，雖然法律沒有禁止穆斯林與非穆斯林通婚，但是穆斯林的習俗（包括婚慶和喪葬）和飲食等生活習慣跟非穆斯林差異甚大，伊斯蘭教徒與漢民族通婚的例子不多。[11]

以上的敘述主要說明新疆在種族和宗教上的複雜性。其次，在新疆的漢語作家多半跟屯墾或軍事的背景有關。這一節論述的

---

[10] 新疆各民族的比例，依據「新疆維吾爾自治區統計局」的官網在 2015 年 06 月 23 日發佈的《2014 年新疆統計年鑑・主要年份分民族人口數》換算而來。詳見：＜http://www.xjtj.gov.cn/sjcx/tjnj_3415/2014xjtjnj/rkjy_2014/201506/t20150630_471951.html＞。人口統計五年一次，最新人口統計資料（2020）尚未發佈。又，全中國民族數目是五十六族，新疆總共有五十五族（少了布朗族），可見它的民族組成之豐富。

[11] 新疆最大民族維吾爾族和第三大民族哈薩克族均為伊斯蘭教徒，《古蘭經》教律明文反對穆斯林與非穆斯林通婚。除此之外，兩族跟漢人語言不通，跟漢民族通婚的比率因此向來不高。公元兩千年公佈的人口普查，維族和漢族通婚比率是 0.62，哈族和漢族的通婚比率更低，只有 0.21。近年來維族的民族認同興起以及疆獨運動，再加上維族社會對異族婚狀往往施予極大的壓力，通婚比率於是愈加節節降低。詳見孜給力・吐松江：〈新疆（維族）族際婚姻影響因素分析〉，《時代報告》2013 年 03 期，頁 467-468。穆斯林的生活習俗詳參拜學英：《回族習俗探源》（北京：民族出版社，2012）。

三位作家黃毅、王族和李娟，他們或他們的父祖輩均為新疆生產建設兵團的成員，常住新疆後，或自許為「土著」，或對新疆產生認同，進而成為新疆的重要創作者。

　　黃毅（1961-）是壯族，出生於新疆石河子下野地，父親原是新疆生產建設軍團的一員，他在五歲時隨父親到南疆，就一直定居於此，從未離開過新疆。他在〈一個土著的自述〉裡自稱是新疆「土著」，提倡「新疆精神」，對新疆有以下陳述：

> 新疆於我是一種背景，一種象徵，一種底色，一種潛台詞，我所要努力做好的就是如何在我的筆端呈現一種疏朗的氣韻，陽光的顆粒，藍天的純粹，山風的力度，戈壁的質感，草原的曠達，冰峰的冷峻，沙漠的熱烈，總之一切能代表新疆精神層面的東西，都應該集合在我的文章中，我所真正追求的就是當下中國較為罕見的、非病態的朗健、真實、陽剛的精神，也就是當代的新疆精神。[12]

黃毅認為陽剛和硬朗是新疆的地域特質。所謂的地域色彩，是陽剛大氣，開闊硬朗的，山川草木和四季風土，在黃毅形象化的語言下，具有極致、不妥協的氣質和神采。黃毅把個人風格跟新疆的人文地理結合，地理與創作主體融而為一，形成黃毅散文的陽剛、硬朗風格，如同他在〈骨頭的妙響〉所描寫的鷹笛。那是用鵰的腿骨製造的、帶著生命力的陽剛笛聲：「似在肉體的深處，被

---

[12] 黃毅：《亞洲甜蜜之心》（烏魯木齊：新疆美術攝影出版社，2013），頁231。

激發出的歌聲，底蘊深遠而聲波亮麗」[13]，在他看來，竹子、白銅的聲音來自人們的技巧，鷹笛則是骨頭發出的聲音，是有靈性的，當鷹笛迴盪在高原上，天空中，如同鷹在。

　　除了街道歷史的探源，新疆地理的知識性敘事之外，黃毅的散文深入市井的生活圖景，或者微小者如哈密瓜、石榴、葡萄等在地物產的敘事，都充滿趣味的細節追索，所謂的陽剛新疆精神，在他筆下仍然充滿生活感。譬如〈亞洲甜蜜之心〉寫新疆特產哈密瓜：

> 從綠洲的顏色、戈壁的顏色、天山的顏色、湖泊的顏色都能找到與哈密瓜似曾相似的地方，哈密瓜無疑是新疆大地色彩的總和，特別是沙漠與綠洲，它們和哈密瓜與英吉沙小刀，有著驚人的相似。你看突進沙漠的綠洲，多麼像一刃閃耀著青光的刀鋒，它齊齊剖開了沙漠，裸露著黃燦燦如哈密瓜瓤般的質感。[14]

哈密瓜在鹽磧化的乾澀土地長出甜蜜，在黃毅筆下，它成為新疆的隱喻，不同顏色的哈密瓜能在新疆的特殊地理裡找到對應色，生產哈密瓜的山川地理，把它的色彩全灌注到物產上，連切哈密瓜的、閃著青光的英吉沙小刀，都可以找到跟它相對應的綠洲。英吉沙小刀是英吉沙縣的特產，英吉沙又稱中國小刀之鄉，這種刀子既是日常用品，也是藝術品。造型精美、紋飾講究，鋒利的

---

[13] 黃毅：《骨頭的妙響》（烏魯木齊：新疆青少年出版社，2001），頁165。
[14] 《亞洲甜蜜之心》，頁76。

刃口適宜切羊肉。黃毅把金黃的哈密瓜喻為沙漠，切瓜的英吉沙
小刀喻為伸進沙漠的綠洲，以近取譬，既有色彩的美感，復結合
物產跟地理。

　　黃毅對新疆顯然非常有感情，這種抒情與知識並重的文字描
繪充滿「地方感」，是新疆人文地理學最好的範例，人文地理學者
邁克‧克朗（Mike Crang）指出，能帶給讀者真正地方體驗的是文
學，不是地理學，「人文主義地理學者們很快意識到，文學作品中
的描述同樣涵蓋了對地區生活經歷的分析。在這一方面，我們可
借助小說描述中的地方的感受，或領略用文字描繪出的地方」[15]，
這段引文確實以文學性陳述為我們概括了新疆的物產和地理，帶
給我們詩意的聯想。

　　黃毅意不在介紹新疆的地理，卻因為要寫新疆物產指標物哈
密瓜，意在言外的寫下這段濃縮了新疆物產與風土的神來之筆。
黃毅的散文技術，其關鍵乃在於超越經驗，加入「想像的技術」，
聚焦新疆風物／風土。他是漢人，在這多元文化的邊緣成長，既
是在地人，也兼有他者的視野，他對新疆的土地和文化認同，帶
有居間性：

　　　在認同過程中，自我和他者其不是連接認同始末的兩個絕
　　　對化的端點。一則他者可以是自我內部的他者，亦即他者
　　　作為自我的一個屬性內化在自我的身上，他者和自我之間

---

[15] 邁克‧克朗著，楊淑華、宋慧敏譯：《文化地理學（修訂版）》（南京：南
京大學出版社，2007），頁41。

> 沒有距離，他者不是自我的對象化，而就是自我本身的一
> 部份；一則在自我和他者之間不存在絕對的關係真空，有
> 眾多「你中有我」、「我中有你」的「中間物」橫亘其中，
> 我們或可稱之為「居間性」的他者。[16]

新疆的多元民族和文化特質，在黃毅身上呈現的便是這種「居間性」，他的散文常常出現一種既「內」又「外」的混雜視野：內者，當地人也；外者，作為外來者的第二代，在地既久，因此很自然的融入了異文化，他的筆下也常常帶著雙重視角，這個雙重視角形同引文所謂「你中有我」、「我中有你」。同時作為新疆人跟旁觀者，他者在黃毅身上往往是內化屬性的一部份，例如〈不喝酒的日子〉以新疆人的口吻談喝酒的哲學：在新疆這個地方，喝酒已經不是喝酒，而是人跟人親近的一種方式。在新疆而不喝酒，「是一件不光彩的事」[17]。因此，當醫生告誡他得戒酒，他的人生跟社交生活立刻產生了變化，甚至背負了惡名。

黃毅的散文確實常常出現酒，酒往往成為他者與自我的融合媒介，例如〈和布克賽爾走筆〉寫他造訪塔里本縣的和布克賽爾，當地人飲用的馬奶酒，又稱「地皮酒」，黃毅形容它「溫熱而酸，塑料味混合動物的羶腥」[18]，味道並不好，可是他喝了一碗又一碗，「從此你既是他們的客人，又是他們的一員」[19]。在家門迎送

---

[16] 趙靜蓉：《文化記憶與身份認同》（北京：三聯書店，2015），頁215。
[17] 《骨頭的妙響》，頁127。
[18] 《骨頭的妙響》，頁13。
[19] 《骨頭的妙響》，頁13。

客人的漢人常被譏為「你們漢族人最虛偽」[20]，熱情好客的蒙古人卻跑了六十公里來迎客，他們同時帶來馬奶酒，用一只滿是污痕和指印的大瓷碗輪流喝。喝了酒之後，主客的界線消除，他者和自我的距離拉近。

　　除了提倡「新疆精神」，黃毅也以「新疆時間」象徵一種特殊的視野：

> 我總認為新疆時間不是一般意義上的時間，而是涵蓋包容了諸多方面、諸多因素諸多想像、諸多理由以及諸多不可知細節的大概念；抽象的時間在新疆往往不是以抽象的面目示人的，而是以具體的、看得見摸得著的模樣出現的。[21]

新疆跟北京有兩小時的時差。這兩小時的時差，既是地理的間距，更指向文化的差異。作為邊疆，它的身份無疑跟自居（文學）中心的北京、乃至中國其他地域的文化和生活方式均迥然相異。黃毅認為，過新疆時間的人才是當地人：「誰擁有了新疆時間，誰就

---

[20] 《骨頭的妙響》，頁 13。

[21] 黃毅：《新疆時間》（烏魯木齊：新疆美術攝影出版社，2013），頁 234。「新疆時間」跟北京有兩個小時時差，新藏時區為 GMT+6，中原標準時區 GMT+8。在 1970~1980 年代，新疆時間曾被多次廢除後再恢復。1986 年，中國大陸政批准了在新疆民間採用新疆時間，而在鐵路、航空和郵電等業務上繼續採用北京時間。但新疆漢人對此從來沒有執行，一直使用北京時間。黃毅以此來譬喻在地人和外來者，使用新疆時間的是非漢人，也就是在地化的作息方式。

擁有了從容和遼闊；誰習慣了新疆時間，誰就習慣了用一生去驗
證某個情景；誰適應了新疆時間，誰就適應了亞洲腹地的魔幻與
真實；誰把握了新疆時間，誰就把握了大光陰」[22]。新疆作家群
裡，黃毅對地域的感受最敏銳，新疆時間在黃毅筆下是一種隱喻，
一種獨特的視野，形成「思考和生活的方式」，它是一種深刻而廣
泛的情感，以及特殊社群經驗。無論是石頭、沙漠和河流，都在
「新疆時間」裡被看見、被詮釋，引文所謂「誰把握了新疆時間，
誰就把握了大光陰」，意義在此。

　　新疆散文作家中，王族（1972-）「有意識、有目的性」的系列
寫作，企圖心最大。王族十九歲即到新疆從軍，十二年後改業當
編輯，也仍然住在新疆。新疆的漢人多為外來人口，十個人聊天，
常有來自七八個省的，「有的是大學畢業來的，有的是帶著創業的
目的來的，還有一部份像我一樣是從軍來新疆的。時間長了，有
很多人的長相發生了變化，活脫脫地變得像少數民族。也許，地
域對人的養育在新疆可以最直接地體現出來」[23]。王族這段話可
以說明新疆的漢人多為外來者，久居之後，一方水土養一方人，
漢人開始在地化。王族曾多次產生離開新疆的念頭，最終仍然留
下。他把理由歸之於命運。仔細耙梳，命運的背後仍然跟生活、
跟寫作有關。這塊廣袤的土地是古印度、古伊朗、古希臘和古老

---

[22] 《新疆時間》，頁 234。

[23] 王族：〈我的夢，我的新疆〉，《新疆密碼》（北京：當代中國出版社，2011），
頁 5。

中國文明的融合之地，住在這裡，需要有「對豐富文化和遼闊地域的接受和消化能力」[24]，特別是奠基於生活的散文作者，新疆的多元文化、地理和風土很有誘惑力，「新疆的色彩太過於濃烈，所以初到新疆的人大多被這些色彩淹沒」、「新疆對人的眼睛有掠奪性，很多人不自覺被地域掠奪了眼睛，而且還被掠奪了心靈」[25]，王族《新疆密碼》的序用了譬喻性的說法來解釋他離不開的原因。他在序言〈我的夢，我的新疆〉還表示：

> 我的散文幾乎都是寫新疆的，由此可見，我的文學，乃至我的生活都明顯地帶有「地域」色彩。[26]
>
> 地域可以是文化，也可以是人自身，而作家的文字，有可能就是地域的延伸或再生。[27]

王族不是土生土長的新疆人，不過，從上述引文可以發現，他意識到地域的差異即書寫的差異。長久以來行走新疆各地，他對自然生態和文化景觀有很深的了解，「非虛構三部曲」──《鷹》（2008）、《狼》（2011）和《駱駝》（2011）──糅合了人類學、生態學、民族學、民俗學，以及客觀知性理解等博物學式的寫作視野，書寫不同種族跟動物之間的情感，充份展現作為在地人的地方性知識[28]。他進入哈薩克族人和柯爾克孜族人的生活，揭示了

---

[24] 《新疆密碼》，頁 4。

[25] 《新疆密碼》，頁 5。

[26] 《新疆密碼》，頁 4。

[27] 《新疆密碼》，頁 3。

[28] 非虛構三部曲的寫作概念「接近」台灣的自然寫作或自然書寫。新疆作家

人類的生活方式如何與所處環境的緊密關係，寫出這些地域的「場所精神」（genius loci or spirit of place）。

《鷹》最早動筆於 1993 年，原稿只有一萬餘字。王族在 2009 年決定完成專書，重回南疆的阿合奇縣[29]。他住在柯爾克孜族馴鷹人依布拉音家裡一個月，再度近距離觀察鷹，寫下放鷹捕獵的故事，同時也記錄獵鷹人的生活。用王族自己的說法，獵鷹文化是「地域的延伸或再生」，阿合奇縣是柯爾克孜族的主要聚居地，這個民族原是逐水草而居的游牧民族，在生活走向富裕的同時，依然傳承著從祖先那里流傳下來的馴鷹捕獵絕技。

阿合奇縣南部是喀拉鐵克山，北部是闊克夏勒嶺，塔什干河貫穿全境，這兩山夾一谷的「自然場所」塑造了獵鷹文化發展的環境特性。《鷹》固然是「鷹誌」同時也是「鷹人誌」——除了獵鷹獨特的生命型態和精神世界，生活的地理景觀，王族更著眼於馴鷹人跟鷹之間的微妙互動，「鷹性」和「人性」之間的協調和平衡。王族在此書的結尾得出以下的觀點：「獵鷹似乎是他們家的成員，人的世界是鷹的世界，鷹的世界亦為人的世界。有的時候看著依布拉音，我覺得他就是一隻獵鷹，他自己選擇的馴鷹生活就像繫在獵鷹爪子上的繩子一樣，制約或吸引著他，在一條隱秘的

不必然對自然寫作有概念，可是，在地域書寫的過程中，卻無意中完成了「接近」自然寫作的書寫模式。

[29] 阿合奇縣是新疆維吾爾自治區西部克孜勒蘇柯爾克孜自治州所轄的一個邊境縣，在天山南脈腹地，西部和北部接壤的吉爾吉斯，高山多，氣候寒冷，有中國獵鷹之鄉的稱號。

路上走了下去」[30]。長久以來在險峻的環境中求生存的卓絕意志，使得馴鷹人與鷹之間有了神秘的聯繫，鷹的精神與人的精神已經成為融為一體，形成新疆的「地方精神」以及「地方價值」。

　　《狼》是「非虛構三部曲」之二，地理背景則在新疆西北的阿勒泰的白哈巴村，這是大陸境內圖瓦人最多的聚落[31]。王族在那裡住了三十幾天，不只寫狼，也寫哈薩克人跟狼之間的相處。哈薩克人崇拜狼，也有狼與氏族起源有關的神話和傳說[32]。哈薩克族歷史敘事長詩《賈尼別克》中所歌頌的英雄賈尼別克，在保衛家園的戰鬥中出生入死，據說，他的神勇乃是蒼狼所賜。[33]

　　王族為了寫這本狼的專著，每天跟一隻被母狼拋棄的小狼一起生活，記錄真實的，而非哈薩克族傳說中的狼。大自然的狼常常被描述成孤獨而驕傲，在荒野孤絕的環境中隨時保持警戒的狀

---

[30]　王族：《鷹》（台北：龍圖騰出版社，2013），頁 179。

[31]　白哈巴村（白哈巴景區）位於中國與哈薩克接壤的邊境線上，在阿勒泰地區哈巴河縣鐵熱克提鄉境內，被譽為中國最美的八個小鎮之一，號稱西北第一村，原住民是屬於蒙古族的圖瓦人，哈薩克人乃後來遷入。

[32]　哈薩克族的圖騰崇拜中，狼是很常出現的動物。哈薩克族的乃蠻人把狼作為自己的祖母，至於哈薩克族先民烏孫人，則認為狼是民族的神靈。在《史記・大宛列傳》中有這樣的記載：「烏孫王號昆莫，昆莫之父，匈奴西邊小國也。匈奴攻殺其父，而昆莫生，棄于野，烏嗛肉蜚其上，狼往乳之，單于怪以為神，而收長之」，詳參婁紫倩、吳曉棠著：〈淺談哈薩克文學中的動物情懷〉，《伊犁師範學院學報（社會科學版）》201 年 03 期，頁 10。

[33]　詳參木拉提・海那亞提：〈近代哈薩克族圖騰文化研究〉，《西北民族研究》2001 年 02 期，頁 64。

態。然而，在王族筆下，狼跟人一起生活之後，已經類人化，牠怕地震，也怕打雷閃電，對鳥叫很感興趣。跟人良久對望時，眼神會流露出內心情緒。吃羊的狼被馴化之後，狼已經不再是天神的使者，牠跟人一樣，同樣有脆弱的一面，這讓村民重新思考人與自然的關係，也讓王族重新思考人與狼的關係：「但自從我親眼目睹了這隻狼之後，我覺得強調狼精神的人並不瞭解狼，甚至有可能沒有見過狼，他所說的狼精神有很大的人為因素，所言之狼，實際上仍然是人」[34]。狼文化在王族筆下被重新賦予新的、現實的意義，狼不再是哈薩克人所理解的、被神格化的「神物」，而是大地上的「生物」，具有「人格」特質。王族曾這樣反思作家跟地域的關係：

> 當一個作家進入地域，再從地域脫出之後，地域就變成了更寬泛、更有可能穿越的東西。這時候，地域可以是文化，也可以是自身，而作家的文字，有可能就是地域的延伸或再生。[35]

地域除了地理的意義，還等同於文化，這樣的思考使得王族總是在「在路上」，他不是書房裡的作家，而是在北疆的大地上，跟底層百姓一起生活，寫出狼文化的「實戰」作者。

哈薩克族的感覺結構同樣出現在「非虛構三部曲」的第三部《駱駝》。為了近距離觀察駱駝，王族到木壘縣的哈薩克牧民葉賽

---

[34] 王族：《狼》（台北：龍圖騰出版社，2013），頁 176。

[35] 《新疆密碼》，頁 6。

爾家，跟他們一起住進「霍斯」（帳篷）。木壘縣是中國三個哈薩
克自治縣之一，位處北疆溫帶荒漠，三面環山，不利於耕種，而
且天候惡劣[36]。他這樣形容跟這個地方的初遇：

> 下了車，感到一股乾燥的冷氣摻在空氣中，風起時，便猛
> 地抖出一聲聲響，粗硬得如刀子一般割著臉頰。舉目四望，
> 只見鐵青黑硬的礫石成攤成片地鋪向遠處。遠處，便是沉
> 寂模糊的山巒。乾旱、赤裸、蠻荒、貧瘠——該怎樣形容
> 這個地方呢？[37]

這段對木壘的文字描繪具有人文地理學的意義：特殊的地理必須
帶出不一樣的文學描繪，特殊的自然場所，也必然形塑出居民特
殊的場所精神，例如冬窩子，一種向地底挖成大凹坑的住所。這
種特別的居所可以避嚴冬的風寒，駝圈挨著冬窩子住，形成駱駝
與人密不可分的生活方式。這地方天候乾燥，地勢崎嶇，而駱駝
能夠忍受乾渴、饑餓和炎熱，可負重，牧駝便成為貧瘠的地理環
境下發展出的經濟活動。

王族寫的是哈薩克人稱之為長眉駝的一種駱駝，乃木壘縣獨
有，號稱駱駝中的美人，血統珍稀，外表奇美，眉毛又細又長，
眼睫毛有三層，顯得眼睛圓而大。牠們身上的毛也很長，細密垂
落像流蘇。在王族眼裡，牠們是柔美與陽剛的混合體，行走時昂

---

[36] 木壘縣位於天山北麓，準噶爾盆地東南緣，奇台瞭縣以東，巴里坤縣以
西，與鄯善縣隔山相望，北與蒙古交界，總面積 22,171 平方公里，離烏魯木
齊 270 公里。

[37] 王族：《駱駝》（台北：秀威出版社，2012），頁 19。

首的神韻與騎士的氣質相近。哈薩克人的語言裡有許多對駱駝的形象化觀察：母駝下崽，說成是公駝完成的任務；說駱駝耐力強，便說牠身體裡有十個駱駝的力氣；說駱駝的速度快，便說牠把身體裡的翅膀拿出來用了一下；說駱駝因為累而變得很瘦，便說牠把身上的肉交給了腳下的路[38]。這些文學性的敘述來自哈薩克人長期與駱駝為伍的聯想，也是王族近身涉入所獲得的在地知識。

柯爾克孜和哈薩克兩族均為回族，王族透過動物形象的描寫，讓我們得以進入他們的民族和文化：

> 民族文化形象的記憶，往往通過三種方法來進行：一是歷史傳記敘述形象記憶；二是民間生活的親歷性個人記憶與集體記憶；三是文學本文的語言形象記憶。這些形象記憶傳統，構成了形象作用生活的力量。沒有什麼能比形象發揮著更直接的精神生活影響力，人生活在形象記憶中，生活在形象的反思之中。[39]

王族未必具有人類學的訓練，然而他的「非虛構三部曲」可以說具有深描的人類學視野。這三本書是放在特定文化和社會背景下的脈絡化寫作，既可見出他個人的視野和觀察，同時也有自然地理的描繪和敘述。從敘事學的角度來看，王族透過形象化的語言，寫下親歷其境的個人記憶，展現多重文化的視野，既有漢人的眼光，也有在地人的視角，當然也混雜了邊緣的聲音。

---

[38] 《駱駝》，頁 26。

[39] 李詠吟：《形象敘事學》（杭州：浙江大學出版社，2012），頁 18。

　　除了黃毅和王族之外，新一代的散文作家以李娟（1979-）筆下的游牧主題獨具一格，「羊道系列」共三本：《羊道：游牧初夏記事》（2013）、《羊道：游牧盛夏記事》（2013）、《羊道：春記事》（2013）[40]，很能突出地域寫作的特色。李娟自 1999 年開始寫作，四年後出版第一本散文《九篇雪》（2003），開始在文壇崛起。在短短三年內出版了《走夜路請放聲歌唱》（2011）、《阿勒泰的角落》（2013）等多部散文集。她出生於新疆生產建設兵團[41]，在清貧和漂泊中成長，因為沒錢繳學費，連中學都沒畢業。她從小跟著開雜貨店的母親做過裁縫，卻因營生困難而放棄，曾隻身到烏魯木齊當工人，後來隨著哈薩克牧民逐水草而居，過著半定居半游牧的生活。這些豐富的經歷形塑了她的散文特色。她筆下的阿勒泰充滿大自然細微的律動，以及哈薩克民族的文化特質。

　　「羊道系列」是漢語文學的奇葩。李娟是漢人，可是因為家裡開雜貨店，從小得以觀察哈薩克民族的生活習性。及長，隨著哈薩克家庭游牧，這些來自她記憶深處的生活體驗和感動，促使她為哈薩克游牧民族發聲。推廣定居政策的結果，哈薩克人的游牧文化即將消失，李娟希望讓世人理解，游牧與自然其實是相互依存的，千百年來「控制草畜平衡」是這個族群的生存哲學。這些年來游牧與大自然的失衡，是因為文明世界對肉類的需求過度，「一隻羊辛苦地成長，到頭來只是為了滿足我們的浪費。羊群向

---

[40] 這三書在中國大陸出版於 2012 年。

[41] 請參考註 5，這裡不再重複註解。

大地勒索，我們向羊群勒索」[42]。在〈但願這世上只有我最懦弱〉的繁體版序，李娟寫下了她沉痛的控訴。

李娟跟著札克拜媽媽一家人一起游牧，就像家庭的一份子，她參與所有的勞力活，由此習得不少哈薩克語。李娟筆下的游牧文化並沒有帶著強烈的他者色彩，相反的，「異己性」被大幅度縮減，她融入哈薩克文化，游牧生活的艱困在她簡樸生動的文字底下活現。「他者」或「他性」在李娟筆下被自然地稀釋：

> 他者不是物質實在的人或物，從本質上講，他者是指一種他性，即異己性，指與自我認同的，外在於自我的或不屬於自我之本的特質……作為漢族人的一切屬性和特徵恰恰是在異己性特徵的比照中得到突顯和確定的。但問題就在於，「他者」或「他性」是個複數概念，作為漢族人，「我」的他既可以是回族人，也可以是蒙古族、苗族、哈薩克族等眾多其他民族的人。[10]

以上引文闡述的他者或他性，或者異己性，也就是漢族人的屬性和特徵，在李娟的敘述裡被大幅度瓦解，或者降低。她寫下惡劣的氣候下牧人逐水草而居、不斷遷徙的生活。那些到達與離開的故事，生存的艱困與智慧，充滿日常生活細節：趕牛、擠牛奶、做優酪乳、做飯、烤饢、參加舞會、訪客以及遷徙等日常生活，

---

[42] 李娟：《羊道：游牧初夏記事・但願這世上只有我最懦弱》（台北：時報出版社，2013），頁9。

[43] 趙靜蓉：《文化記憶與身份認同》，頁214-215。

小到揹冰煮水，砍柴生火，撿牛糞，刷洗打掃，乃至每搬家一次
的收拾準備，這種種經由他者而完成的自我實踐，已經瓦解了
「我」，而融入「他者」，她的情感乃至文化認同已經發生變化。
李娟把漢人的視域邊緣化，而以哈族的游牧文化為中心。在〈即
將離開冬庫兒〉裡，她這麼表示：「沒有羊的不走，放羊的全部要
走」[44]，另一篇散文〈路上生活〉則有這樣的敘述：

> 有一個統計，在哈薩克牧民中，遷徙距離最長、搬遷次數最
> 多的人家，一年之中平均每四天就得搬一次家！這真是一
> 個永遠走在路上的民族，一支密切依循季節和環境變化調
> 整生活狀態的人群。生活中，似乎一切為了離開，一切都在
> 路上。青春，衰老，友誼，財產……都跟著羊群前行。[45]

李娟的羊道系列三書改寫了「家」的意義，並重新定義「家」跟
「地方」的關係。家的意義不是紮根，而是移動。家跟寓居
（dwelling）無關，居家感受（homeliness）並不構成家的基本特
質。對於安土重遷的中原民族，家是記憶、想像和認同的起點，
同時也是情感依附和植根之處；至於游牧民族，家則是在路上，
地理環境和生活條件決定了家在哪裡。家不必然是家庭住宅
（family house），家是更廣袤的「地區」——它由外在的生活條件
所決定，人因應四季、水草、天候而決定家在哪兒——搬家因此
不只是離開和抵達，而是順應天時生活的本能。

---

[44] 《羊道：游牧初夏記事》，頁 294。
[45] 《羊道：游牧初夏記事》，頁 280。

　　家跟空間的關係更為密不可分，或許這可以解釋在李娟筆下，為何自然和地景的描寫和變化佔了那麼大的篇幅。在游牧的過程中，「室內」的空間比例縮小，而向「室外」大幅度延伸。即便是定點的棲息和放牧，大部份時間也都在室外勞動，自然和地景進入視野，讓人跟自然產生更大的聯結。當然，哈薩克人不斷遷徙，最根本的原因是為了生存，跟自然聯結並不是他們的目的。對李娟而言，這種「他者」的文化最能對比出漢人的「自我」：

> 搬家的頭幾天就開始收拾了，札克拜媽媽將不用的家什統統打包成垛在空曠的坡頂上，氈房空了許多。搬家的頭一天中午就拆去了氈房。媽媽和我將所有家什器具規整一處，斯馬胡力和卡西帕四處尋找放養在外的馬兒。傍晚時分，我和媽媽走遍了小山四周，把這段時間產生的所有垃圾清理了一遍，簇作一堆燒掉。玻璃瓶之類燒不掉的東西就挖坑深埋了，總之大地之上不能留有任何阻礙青草生長的異物。
>
> 我很樂意做燒垃圾的事，因為可以烤火。沙塵暴過後，緊接著就是寒流天氣，大風又猛又冷。這是冬天結束後的最後一場寒流，這樣的天氣至少得維持三到五天。我穿著羽絨服還裹著大衣，一圈又一圈地纏著圍巾，埋怨地說：「頭兩天天氣好的時候為什麼不搬呢？」沒人理我。[46]

---

46 李娟：《羊道：游牧春記事》（台北：時報出版社，2013），頁87。

李娟已經跟札克拜媽媽一家人情感形同家人，然而，從搬家這件事，我們還是可以看到在「游牧」文化中，她仍然很難避免「他性」或「異己性」的敘述。李娟抱怨搬家為何不趁好天氣，哈薩克人卻是說搬就搬，不管天氣如何。他們在意的是準備工作（拆氈房、打包、清垃圾）是否做完。在現代化的衝擊下，游牧民族面對定居的困境。李娟指出，這片貧瘠的土地只適合游牧，定居則必然造成土地的長久損壞，只有保留傳統方是長久的與大自然相處之計。這是在地經驗所作出的結論，游牧民族是跟環境共生共存的群體，所謂的夏牧場或秋牧場都發生在祖先走過的土地，帶著所有家當和牛羊駱駝的「路上生活」，是哈薩克的生活，也是傳統。

李娟的散文結合了身體、物體和流動所形塑的地方感，使得它具有「連結」時間與空間的意義，對新疆特殊的自然地理環境的描繪和敘述之餘，尚具有深層的文化意涵。她寫人寫景充滿感情，長期浸染在哈薩克文化裡，不知不覺這異文化已經內化成生命的一部份。她的散文夾雜不少哈語，形成語言雜糅的混血風格。

黃毅、王族和李娟所敘述的新疆，充滿「我」（漢人）和「他者」（異族）文化的交會和交融：黃毅在「新疆時間」裡寫作，王族的類自然寫作，李娟則進入異族的生活，他們的經驗為我們帶來多重的文化視野。透過「日常的生活」和「他者的參照」，這三位作家建構出多元的新疆圖像，那裡面有生活的厚度、情感的深度，以及地理的景深和文化的紋理。

（二）以信仰之名：對庶民與底層的觀照

張承志（1948-）祖籍山東，出生和成長於北京，是虔誠的穆斯林，母親和外祖母是回族。他畢業於中國社科院民族歷史語言系，是考古學者。歷史學碩士的學術訓練，使得他觀察事物的角度跟大部份新疆素人作家有所區隔。由於工作的關係，他常常四處行走，穆斯林的身份讓他在新疆行走時往往獲得「我族」的對待。他自稱是蒙古草原的養子，而新疆則是母族所在，對新疆這片土地特別有感情，「在新疆，我半生謳歌了——對他者的愛。是的，他者的尊嚴、他者的文明」[47]。張承志認定的「他者」，指的是伊斯蘭文化（詳後論述），是貫徹他的散文的、具有「潔淨的精神」的文明，由此反推，作為「他者」參照的「我」，則是「漢文明」。

張承志先以小說聞名，1980 年代開始寫散文，至今仍然以散文創作主力，再無小說創作。他最早的兩本散文集分別是《蒙古大草原游牧誌》（1983）和《綠風土》（1989）[48]。這兩本書在寫

[47] 張承志：《相約來世・序》（北京：作家出版社，2013），無頁碼。

[48] 張承志最早完成的散文集其實是《蒙古大草原游牧誌》，這部書的原稿是他赴日本東洋文庫進修時，以《蒙古大草原游牧誌》為書名的日文版，中文書稿他以為弄丟了，沒想到十二年後重新尋獲，詳細過程見〈折一支芨芨草做筆〉（1995）。《牧人筆記》（1996）單行本於花城出版社出版，以《蒙古大草原游牧誌》為基礎，收集了同類型的散文題材重新組合而成。《張承志文集》（1999）五卷在湖南出版社出版，並把〈折一支芨芨草做筆〉為代後記，說明這本散文的成書經過。本論文引用的《張承志文集》（2015）一套十二

法和題材上雖然有些駁雜，然而對自然地理環境的描繪和敘述，以及自然地理背後的深層文化意蘊，「場所精神」和「地方感」的創造和經營，卻可以跟小說互相對照。不論蒙古、新疆或廣義的「西部」，在張承志筆下總是帶著強烈的個性和風格，他擅長深描底層百姓的生活細節和文化，對土地的強烈情感，對大自然的深刻感應和體悟，以及深刻的批判和思考，形塑張承志知性的散文風格。

1984 年從日本回到中國大陸後，張承志在新疆、甘肅、寧夏等的農村下鄉，因此對庶民生活有深入的體會和觀察。其後，為了寫作《心靈史》（1991），他重回大西北尋訪史實，在回民家借住，鍾情於庶民生活的素樸。《綠風土》收入多篇以新疆為主題的散文集，已清楚可見宗教精神與新疆地理的結合。強烈的宗教感主導張承志觀看事物的方式，形成他的人生觀和生命底氣。這一點，在〈聽人讀書〉（1988）已有很清楚的表態：「我接受了農民的觀點——寧無文化，也不能無伊瑪尼（信仰）」[49]。這時的張承志年已四十，信仰作為核心的寫作觀早已成形，在這篇散文裡，他反思自己的西海固農村經驗，批判「漢文明教育」（孔孟之道）對回教文化和文明的改造：

冊，共有兩種組合：其中八冊各由兩本書合成，四冊則為單行本。由上海文藝出版，所收的版本經出版社略作調整，跟原書微有出入，書前均有說明調動的篇章和原因。這套十二本的文集並沒有收入《心靈史》。

[49] 張承志：《綠風土‧錯開的花》（上海：上海文藝出版社，2015），頁 221。〈聽人讀書〉收入第一本寫散文集《綠風土》。

後來我聽到了這種絕對非二十世紀的落後觀點：書嘛唸上
好是好哩，怕的是唸得不認得主哩。唸書走給的不是沒見
過哩：唸得狠的坐了個帆布棚，唸得日囊的騎著個釘鈴鈴
——可有哪一個裡裡外外是個穆民呢？哪一位你敢指望
他維護住祖祖輩輩的教門哩？咱家沒下場吵，不求那些個
虛光的事情。咱家養下的娃，哪怕他大字不識一個，但若
他守住個念想不壞了伊瑪尼，到了末日，拉上那些帆布坐
下的、釘鈴鈴騎下的比給一比——誰在那時辰是個淒惶
呢？

這是中國穆斯林反抗漢文明扎孟之道異化的一步絕路。我
在游蕩了大西北的州府山川之後，在這樣的觀點前不由得
默然了。真的，寧願落伍時代千百年，也要堅守心中的伊
瑪尼——這不是一條永恆的真理嗎？[50]

以漢語寫作的新疆作家那裡，漢文化跟伊斯蘭教原來是「我」跟
「他者」的關係，到了張承志身上，兩者的立場卻是顛倒過來的
——他者是漢文明的孔孟之道，「我」的立足點則伊斯蘭文明。兩
段引文可以歸納為以下兩點：第一，張承志的堅貞信仰，宗教精
神優於孔孟之道的思考。這兩者在其他的散文如〈金釘夜曲勾鐮
月〉（1987）、〈語言憧憬〉（1990）同樣可見。他同意農民的觀點，
寧願不讀書，也不可無信仰；第二，體現他對底層老百姓，尤其
是農民打從心底的認同。用沈從文〈我讀一本小書同時又讀一本

---

[50] 《綠風土·錯開的花》，頁221。

大書〉的「大小書」觀點來譬喻，很顯然的，生活這本「大書」
對人的薰陶和教育，優勝於「小書」。這樣的信念可以追溯到張承
志最早的文學作品，一首寫於 1978 年的蒙文詩〈做人民之子〉。
這首詩共六段，每段四行，他自譯成中文，以下引文分別為第四
和第六段：

　　　　在那寬廣草地的時候
　　　　性情就像小馬一樣
　　　　在貧苦牧民的情義裡
　　　　長成了勇敢的雄鷹
　　　　〔略〕
　　　　在冬天的白毛風裡
　　　　懂得了寶貝樣的道理
　　　　在這一生要把它記住
　　　　做人民的兒子[51]

這首詩是張承志自己認定的「作家生涯的第一頁鉛字」[52]，詩寫
得很白，撇開詩藝不論，這首於 2009 年「出土」的詩，可以見出
他對蒙古草原貧苦牧民的情感，到了新疆，對庶民百姓的關懷則
是轉移到貧苦農民。1975 年，張承志到青海考古，第一次接觸到
北京城之外的回族，而且，是在河灘上的鐵銬裡煮著討來的食物

---

[51] 張承志：〈阿爾丁夫牙牙學語〉，《你的微笑》（上海：上海文藝出版社，
2015），頁 38。

[52] 〈阿爾丁夫牙牙學語〉，頁 37。

的逃荒者。第二次，則是 1980 年在天山考察，夕陽下山後寒氣逼人，一個騎毛驢的回族農民把身上的棉褲給了他，讓他得以越過大坂，成為歷史學界越過這座山的第一人，也因此得以完成引起學界注意的論文〈宋代人王延德北庭——高昌路線考〉。在〈心火〉（1982）這篇散文所敘述的這兩件事，尤其是第二件，深深感動了張承志，他這麼表示：「我要尋找這表達和訴說的形式，我要為他們作一些真正有價值的事……」[53]。至於「真正最有價值的事」，莫過於《心靈史》的寫作。這部「非虛構」的紀實之作，不只在他心裡地位崇高，同時在穆斯林世界，也獲得熱烈的迴響[54]。他則是從「為人民」的寫作初衷來看待這部書：

---

[53] 《綠風十·錯開的花》，頁 189。

[54] 這部書在張承志的心裡地位崇高，真正實踐了「為人民」的信念，是他的「麥爾里（amal）」（功課），讓他和底層民眾結為一體的著作，因此他舉了意（即有宗教意味的決定），全美了它。他在〈代前言〉裡提到：「一想到這部書將有幾十萬人愛惜和保護，我的心裡便充滿了幸福。這才是最要初的、作家的幸福。」（《心靈史》，頁 9）。此書是關於回教的哲合忍耶（Jahariyah）教派的歷史敘事，敘述該教派七代聖徒和信仰者的興衰起落。哲合忍耶教派是一支隱沒在歷史長河的教派，原為伊斯蘭神秘主義「蘇菲派」納什班迪耶教團的分支，乾隆時期由古蘭經學家馬明心傳入中國，屢遭朝廷以邪教汙名加以迫害、鎮壓，他們為了信仰忍受生活和歷史的折難，身為虔誠的教徒以及對人道和自由的堅持，張承志認為自己有義務寫下他們如何保有「清潔的精神」的艱難歷程。《心靈史》出版後，對於它是小說、自傳、宗教或歷史學著作的爭議成了焦點，褒貶兩極。大體而言，小說同行如張煒、王安憶等對於它的小說藝術高度均予高度肯定。由於此書是關於回教的哲合忍耶（Jahariyah）教派的歷史敘事，敘述該教派七代聖徒和信仰者的興衰起落，

> 對於我在一九八九年童言無忌地喊出的口號——那備受
> 人嘲笑的「為人民」三個字，我已經能夠無愧地說：我全
> 美了它。這是對你們的一個約束；如今我踐約了，沒有失
> 信。[55]

「為人民」的寫作堅持，是伊斯蘭教之外的另一種「生命信仰」，
建立在對穆斯林族群的認同之上。《心靈史》所紀實的哲合耶忍教
派，屬伊斯蘭教蘇菲教派的一支。除了具有神秘主義的教理之外，
哲合耶忍也是窮人宗教。張承志出身貧寒，他有一個阿拉伯名叫
「賽義德」，他的母親和外祖母同樣是回族，幼時看著外祖母跪在
牆前祈禱的經驗成為火種，始終在他心裡不滅，成為指引他走入
新疆的火苗。為女兒而寫的〈對奏的夜曲〉（1987）一文中，他甚
至期許女兒有一天也能跟自己一樣，走到黃土高原，走入庶民的
家裡，體驗回族農民的日常：

> 在大西北的黃土高原，有個叫沙溝的村莊。你有一個和你
> 父親生死與共的馬志文叔叔，他會派出六個孩子山上溝裡

亦有宗教和西方哲學等相關領域的學者加入討論。這些不同領域的聲音說明
了一件事，這本書的「跨學科」、「跨領域」的特質可以引發不同領域的迴響。
對張承志而言，這是一本特立獨行的書，建立在他的宗教信仰和核心價值之
上，張承志並不稱《心靈史》為小說，而以「沙溝故事」或「心靈故事」稱
之。《心靈史》（1991）由花城出版社出版，修訂版《心靈史〔改定版〕》（2012）
則自印，他們印製了十萬冊本平裝免費贈閱。詳見鍾怡雯：〈《心靈史》之後
——張承志「非虛構」的寫作轉向〉，《文藝爭鳴》2018 年 12 期，頁 18-21。
[55] 張承志：《心靈史》（台北：風雲時代，1997），頁 12-13。

地保護著你。你的照片貼在他家的土牆上，你的精神應當
在那窮鄉僻壤降臨。當我把你領到那山村以後，你會懂得
你父親取來血脈的回族農民怎樣吃土豆，打漿水，扶犁吆
牛，少年怎樣在黃白的暮色中背回巨大的柴綑。我要在那
盤牛糞和樹葉燒熱的土炕上告訴你這個村莊的歷史，告訴
你在危難時怎樣徑直來到這間泥屋躲避。[56]

這篇散文雖然是寫給五歲的女兒，其實也概括了自己深入民間的
經驗和日常生活。吃土豆打漿水和耕田的畫面很寫實，少年揹柴
的速寫卻在寫實之餘透出浪漫，畫面感十足。熱土炕上說村莊的
歷史，則讓村莊一下有了文化的神采。這個叫沙溝的貧窮村莊，
應是《心靈史》沙溝故事的原型。沙溝位於寧夏西海固，對張承
志而言，這是心靈的故鄉，這個地方不止是客觀的地理，而是精
神和文化的歸屬之地。〈弟弟們〉（1998）寫六位沒有血緣關係而
同為穆斯林的幾個「弟弟」：有的是阿訇（即老師或學者），有的
是芭蕾舞演員，有的掌管清真寺，有人曾跟他一起考古，當然也
有非常日常的下湖網魚，上岸宰羊的美好情誼。

　　前面的論述，有助於我們進一步理解為何他的新疆書寫取徑
於「信仰」和「庶民」文化。正是「信仰」和「庶民」的雙重取
徑，使得張承志的新疆書寫跟其他非穆斯林漢語作家形成差異。
1995 年之後，「連續三年赴新疆，比較和學習維吾爾文明的知識。
此年赴塔什爾干，在帕米爾高原，決定逐步寫作系列的闡釋新疆

---

[56] 《綠風土‧錯開的花》，頁 151。

的論文與散文」[57]。從 1975 年起，他多次重回新疆，結合研究和
實地居住的經驗，使得他筆下的新疆既有獨特的視角，也有細緻
的分析，呈現出闡釋人類學家克利福德‧吉爾茲（Geertz Clifford，
1926-2006）在《地方性知識》所說的「深度描寫」（thick
description）：

> 真正的「深度描寫」要有 context。這種 context 就是特定
> 的文化和社會背景。這就要求真正的深度描寫要能做到以
> 大析小，以小見大，既能形而上地透析，又能形而下地認
> 知。[58]

在當代新疆散文中，最能抵達吉爾茲所謂「深度描寫」（簡稱深描）
境界的作者，非張承志莫屬。他懂哈薩克語和維吾爾語，又是穆
斯林，使得他跟回民之間沒有隔閡，甚至可以融入他們的家庭，
形成無血緣親人般的感情。不論是文化或社會，或者人情和風景，
乃至日常生活的小細節，都在張承志的散文獲得很好的發揮，真
正做到吉爾茲「以大析小，以小見大」，思考和觀察二者兼而得之。
吉爾茲又從 1950 年代在爪哇一個貧窮的小地方所做的田野調查，
觀察到當地人具有的特性：

> 使人震驚的智慧活力；一種真實的、大眾性的哲學熱情，
> 去探尋實在的生存權的謎箴。困窘的農民們會討論意志自

---

[57] 〈張承志創作大事記〉，收入上海文藝版十二冊後，引文出自《綠風土‧
錯開的花》，頁 305。

[58] 王海龍：〈導讀二：細說吉爾茲〉，收入克利福德‧吉爾茲著，王海龍、張
家瑄譯：《地方性知識》（北京：中央編譯出版社，2004），頁 53。

由問題，不識字的小商販也會討論上帝的財產問題，一般
的幹粗活的漢子也有其關於道理和激情，時序的天性、以
及意識的可靠性等之間的關係的理論見解。而且，或許重
要的是，關於自我的命題——關於它的本質、它的功能和
它的操作範式等——在這兒被極為深刻地探討著。事實上，
這種深度的折射幾乎只有在我們自己最精於推敲探討的圈
子中才能找到相類之處。[59]

這段吉爾茲來自爪哇小村莊的觀察，也可以挪用到張承志的新疆
書寫。巧合的是，吉爾茲的靈感得自穆斯林神秘主義的蘇菲教派，
張承志《心靈史》寫的同樣屬於蘇菲教派一支的哲合耶忍。他們
都認為那種剝落了層層知識的障礙，一種直覺的、來自真實生活
體驗所獲致的智慧，往往比學術訓練更能直擊生存的命題。身處
「幹粗活」的穆斯林當中，往往讓張承志更能思索「自我」的存
在，生命的意義。他雖然擁有學術背景專業，在氣質上，卻更接
近「作家」——作家喜歡生活，喜歡民間騰躍的活力，加上他認
為回族和伊斯蘭教在中國都始源於底層生活，因此，貧瘠土地上
的農民、小商販、一般幹粗活的漢子，往往成為張承志的散文題
材，引文中吉爾茲所說的「困窘的農民們所討論的意志自由問題，
不識字的小商販也會討論上帝的財產問題，一般的幹粗活的漢子
也有其關於道理和激情，時序的天性、以及意識的可靠性等之間
的關係的理論見解」，挪用於張承志一樣貼切。

---

[59] 《地方性知識》，頁 77。

〈喔，神聖的樹〉（2011）便是最好的例證。

這篇散文寫的是伊斯蘭文化傳播路線下的橄欖樹和無花果，結合了文化史的視野和思考，以及來自南疆農民的種樹經驗，從而得出為何從地中海來的果樹中，只有無花果和葡萄能夠在南疆生長。寒冬時，無花果樹可以任農民把枝幹壓低堆土，避開嚴冬。橄欖樹卻因為結實的主幹無法壓枝避寒，於是這種同時出現在《聖經》和《古蘭經》的聖樹，無法在新疆落地生根。這段來自農民的實戰經驗，令張承志大為詫異和欽佩。他到了農民的無花果園，在新疆二十年沒吃夠的無花果吃個痛快，不過，大啖之前先以維吾爾語唸以「真主的名義」和「以無花果起誓」[60]，因此而獲得了老人的認同和接待。他甚至跟著老人參加了當地住民的聚會：

> 吃飯之前，我們先去參加當地的主麻。那是一個南疆小村的聚禮，炎熱的驕陽在晴空照射，鄉間的土路在綠洲穿梭。由於無花果，老人與我多了一種默契。我隨著他，向人們一一致禮。簡陋的寺，誠摯的人。當儀式開始的時候，我聽見了〈無花果章〉。
>
> 維吾爾人隨口而出的旋律，沒有哪一種頌法能與之比擬。他們有天生的樂感。我似乎在珍惜著什麼，凝神一絲一分地欣賞。四週的農民都肅立著，我覺得大家都陷入了傾聽。

---

[60] 張承志：《相約來世》，頁 207。〈喔，神聖的樹〉完成於 2004 年，本文引用的是 2011 年修改版。

> 一個沙啞的嗓音如訴如歌：喔——提尼，喔——宰
>
> 墩……[61]

由於能以維語跟農民溝通，張承志得以進入他們的生活，因而解開無花果東傳的秘密；也因為同為穆斯林，他可以參與主麻，跟農民一起傾聽〈無花果章〉，聽他們頌讚無花果（提尼即無花果）；與此同時，他不忘提醒讀者，無花果之傳入新疆，不能忽視伊斯蘭的文化影響，因此即便是一棵果樹，也有它的神聖意義。根據邁克‧克朗的觀察：

> 如果，地方的意義超出了那些可見的東西，超出那些明顯的東西，深入心靈和情感的領域，那麼，文學、藝術就成了回答這個問題的答案，因為它們是人們表達這種情感意義的方式。[62]

很顯然的，對於張承志而言，村莊不只是村莊，村莊裡的無花果也不只是無花果，它們的存在具有形而上的、宗教和文化史的意義。當無花果在新疆開枝散葉，不能適應這塊土地的橄欖樹默默的退回了波斯，張承志的描述充滿了情感，以下是散文的結尾：

> 起風了，滿園的葉子一齊擺動起來。我站在颯颯的濃葉密枝中間，視野裡，沉沉垂掛的果子微擺著，彷彿無花果在呼喚它的姐妹。[63]

---

[61] 《相約來世》，頁 207。

[62] 《文化地理學（修訂版）》，頁 101。

[63] 《相約來世》，頁 215。

張承志把這兩種樹喻為姐妹樹，它們曾經攜手從地中海來，目睹
農民為它們唸著祝福的章句，然而只有無花果成功的存活，於是
這對姐妹樹因此分手了。從此南疆只見無花果，而無橄欖樹。張
承志的這篇散文感性與知性兼具，知識與情感融合無間。無論是
吉爾茲或邁克・克朗，他們都強調了「情感」對於人類的深刻影
響；從人類學或文化地理學的角度著手，情感的深度將改變人與
人，人與土地的聯結。這兩個觀點在張承志身上，獲得很好的印
證。

　　新疆是張承志情感皈依的所在，他在〈正午的喀什〉（1995/11-
1996/07）有這樣的感觸：「在喀什噶爾古城，在使人感到遙遠和神
秘的維吾爾世界，我感到了一種——柔和了、變成藝術的儀禮的
力量；我觸著了一種——變成了傳統、文化和氣質以後的信仰的
魅力」[64]。這段引文從文學的角度正面呼應了吉爾茲的人類學視
角，以及邁克・克朗的人文地理學觀點。

　　另一個例子是〈冰山之父〉（1995）。這篇散文分別寫了三座
山：祈連山、天山和冰山。寫得最動人的，是天山在尋常百姓家
借宿的一夜。天山的清冷孤寂在張承志筆下散發著遺世的美；比
天山的美更令人動容的，是男主人跟來客之間的互動。男主人是
沉默的，從頭到尾沒有說過一句話，他平靜而柔和的注視著張承
志，開口招待客人的是女主人。當張承志準備離開時，男人突然

---

[64] 張承志：〈正午的喀什〉，《牧人筆記・鞍與筆》（上海：上海文藝版社，
2015），頁 203-204。

低聲地、用好聽的調子唸起了兩節《古蘭經》，為遠來的客人祝福。
這突然而來的轉折，道盡人與人之間美好的情誼，張承志寫來不
落言詮、直見性命。或者，再引一段張承志自己的文字：「在新疆，
我完成了向美與清潔的皈依／我的文學，在新疆完成了人道與美
的基礎」[65]──張承志如此總結他的新疆經驗，正可成為本節的
結論。

結　論

　　新疆散文繪製了經由族群文化的融入，以及居住的經驗而產
生的土地情感。「族群文化」和「土地認同」其實是一個不斷交互
影響、不斷深化的過程。非土生的作家長年定居之後，會產生一種
有別於土生作家的在地視野，這使得他們作品的感覺結構，帶著至
少雙重，乃至多重視文化視域──以漢文化為底，加上至少一種其
他族群的文化──因此，多重比「多元」更能精確表達新疆散文的
寫作特色。新疆散文或以動物為主角，完成駱駝、驢子、獵鷹、牧
牛、放羊等的主題散文；或以專業的筆法寫當地風土作物和地理風
景，多元民族的生活與文化，乃至從宗教的角度深描新疆。新疆地
廣物博，徒步行走，未必能行盡全域；這些從土地、人文、宗教等
取徑的散文，卻能以文字抵達新疆的精神核心，或是另一種「美妙
的抵達」。[66]

---

[65] 《相約來世・序》，無頁碼。

[66] 這裡借用李娟的散文題目〈美妙的抵達〉，見李娟：《羊道：游牧春記事》，
頁 199。

參考書目：

中共國務院新聞辦公室編：《新疆生產建設兵團的歷史與發展》（北京：人民出版社，2014）。

木拉提・海那亞提：〈近代哈薩克族圖騰文化研究〉，《西北民族研究》，2001 年第 2 期 （總第 29 期），頁 58-64。

王　族：《狼》（台北：龍圖騰出版社，2013〔2011〕）。

王　族：《新疆密碼》（北京：當代中國出版社，2011）。

王　族：《駱駝》（台北：秀威出版社，2012〔2011〕）。

王　族：《鷹》（台北：龍圖騰出版社，2013〔2008〕）。

包雅鈞：《新疆生產建設兵團體制研究》（北京：中央編譯出版社，2010）。

余　斌：《中國西部文學縱觀》（西寧：青海人民出版社，1992）。

克利福德・吉爾茲（Geertz Clifford）著，王海龍、張家瑄譯：《地方性知識》（北京：中央編譯出版社，2004）。

孜給力・吐松江：〈新疆（維族）族際婚姻影響因素分析〉，《時代報告》2013 年 03 期，頁 467-468。

李　娟：《羊道：游牧初夏記事》（台北：時報出版社，2013）。

李　娟：《羊道：游牧春記事》（台北：時報出版社，2013）。

李　娟：《羊道：游牧盛夏記事》（台北：時報出版社，2013）。

李國香：《維吾爾文學史》（蘭州：蘭州大學出版社，1992）。

李詠吟：《形象敘事學》（杭州：浙江大學出版社，2012）。

李曉霞：《新疆民族混合家庭研究》（北京：社會科學文獻出版社，
　　　2011）。

汪　娟：〈論新疆改革開放三十年散文創作的基本現狀〉，《新疆大學
　　　學報》2009 年 01 期，頁 131-135。

拜學英：《回族習俗探源》（北京：民族出版社，2012）。

范培松：《中國散文史》（南京：江蘇教育出版社，2008）。

夏冠洲、艾光輝編：《新疆當代多民族文學史》（烏魯木齊：新疆人民
　　　出版社，2006）。

夏鑄九、王志弘編譯：《空間的文化形式與社會理論讀本》（台北：明
　　　文，1994）。

祝　謙編：《新疆文學作品大系 1949-2009‧文學評論卷》（烏魯木齊：
　　　新疆美術攝影出版社，2009）。

祝　謙編：《新疆文學作品大系 1949-2009‧散文卷》（烏魯木齊：新
　　　疆美術攝影出版社，2009）。

婁紫倩、吳曉棠著：〈淺談哈薩克文學中的動物情懷〉，《伊犁師範學
　　　院學報（社會科學版）》2013 年 03 期，頁 10-13。

張承志：《一冊山河‧誰是勝者》（上海：上海文藝版社，2015）。

張承志：《心靈史》（台北：風雲時代，1997）。

張承志：《以筆為旗》（上海：上海文藝版社，2015）。

張承志：《北方的河‧西省暗殺考》（上海：上海文藝版社，2015）。

張承志：《老橋‧奔馳的美神》（上海：上海文藝版社，2015）。

張承志：《你的微笑》（上海：上海文藝版社，2015）。

張承志：《牧人筆記‧鞍與筆》（上海：上海文藝版社，2015）。

張承志：《金牧場》（上海：上海文藝版社，2015）。

張承志：《相約來世：心的新疆》（北京：作家出版社，2013）。

張承志：《荒蕪英雄路‧清潔的精神》（上海：上海文藝版社，2015）。

張承志：《敬重與惜別——致日本》（上海：上海文藝版社，2015）。

張承志：《綠風土‧錯開的花》（上海：上海文藝版社，2015）（。）

張承志：《鮮花的廢墟——安達盧西亞紀行》（上海：上海文藝出版社，2015）。

張承志：《聾子的耳朵》（上海：上海文藝版社，2015）。

陳大為：〈田園詩的新疆模式——對當代「新邊塞詩」的重新命名〉，《江漢學術》2018 年 04 期，頁 40-51。

程光煒：〈張承志與魯迅和《史記》〉，《中國現代文學研究叢刊》2014 年 04 期，頁 1-10。

黃　毅：《地皮酒》（烏魯木齊：新疆人民出版社，2002））

黃　毅：《亞洲甜蜜之心》（烏魯木齊：新疆美術攝影出版社，2013）。

黃　毅：《骨頭的妙響》（烏魯木齊：新疆青少年出版社，2001）。

黃　毅：《新疆時間》（烏魯木齊：新疆美術攝影出版社，2013）。

新疆作家協會編：《新疆新世紀漢語散文精品選》（烏魯木齊：新疆人民出版社，2012）。

趙靜蓉：《文化記憶與身份認同》（北京：三聯書店，2015）。

蔡　麗：〈西部散文與九十年代人文精神——以張承志、周濤、劉亮程、馬麗華的散文創作為例〉，《甘肅社會科學》2006 年 02 期，頁 29-32。

蕭雲儒：《中國西部文學論》（西寧：青海人民出版社，1989）。

邁克・克朗（Mike Crang）著，楊淑華、宋慧敏譯：《文化地理學（修
　　　訂版）》（南京：南京大學出版社，2007）。

鍾怡雯：〈《心靈史》之後──張承志「非虛構」的寫作轉向〉，《文藝
　　　爭鳴》2018 年 12 期，頁 18-24。

鍾怡雯：〈一個人的虛土──論劉亮程的鄉村敘事〉，《后土繪測：當
　　　代散文論 II》（台北：聯經出版社，2016），頁 45-75。

薩克文・伯科維奇（Bercovitch, S.）主編，史志康譯：《劍橋美國文學
　　　史・第二卷》（北京：中央編譯出版社，2008），頁 129。

羅小雲：〈美國西進運動與西部文學〉，《廣西社會科學》2003 年 04
　　　期，頁 106-108。

［原載《中國現代文學半年刊》第 37 期，2020/06］

編後記

　　無論從地理學、歷史學、民族學、社會學，或文學研究的角度來看，新疆都是一個異常迷人的地區，一旦深入西域的文本世界，任何人都難以自拔，難怪人唐詩人會留下如此波瀾壯闊的邊塞詩。當代新疆漢語文學先後成為我們二人的科技部專題研究計畫，在喀什寒冷的沙礫中，我們體驗到更真實的新疆，這是一個絕對值得研究的好地方。很遺憾的是，近幾年來它漸漸成為學術研究上的雷池，探討新疆漢語文學的大陸學者越來越少，不然就是把文章寫得比較簡單，安全至上。一番蒐尋和研讀下來，只有少數幾位學者交出擲地有聲的大作，有三位學者擔心這本選集會對他們造成負面的影響，因而婉拒入選，最後收錄七篇論文。

　　汪樹東〈當代文學中的新疆體驗書寫〉是一篇跨文類的宏觀論述，故為開卷之作。耿占春〈自我的地理學〉針對詩人沈葦展開了非常精闢的分析，把沈葦讀透了；孫曉婭〈生命的回溯與詩意的探求——論楊方的故鄉書寫與藝術特質〉潛入詩人楊方內心世界的最深處，勾勒出她的故鄉印貌；陳大為〈田園詩的新疆模式——當代新邊塞詩的重新命名〉從古典邊塞詩的界定顛覆固有

的當代詩史視野，重新定位了周濤、楊牧、章德益三人的新邊塞詩；這三篇詩論，涵蓋了當新疆漢語詩歌的三代詩人。艾翔〈重述歷史、城市書寫與個性標識——周濤《西行記》的藝術與思想價值〉討論了詩人兼散文名家周濤的自傳體長篇小說，展現了大跨度的論述；鍾怡雯〈跨文類混紡的新疆敘事〉從散文和新詩雙軌並進，探討劉亮程的創作模式，另一篇〈多重文化視域下的新疆漢語散文〉則透過「族群文化」和「土地認同」兩大主題，討論了張承志、黃毅、王族、李娟等四人的散文。基本上，新疆漢語文學的代表性作家和重要主題都沒有錯過，這是一本在論述範疇上相當完備的書。

最後要說明的有兩點：（一）選集中大部分論文都是「未經刪節」的原貌，跟原載期刊的版本略有不同，是更具價值的版本。（二）為了兼顧此書在教學上的需求，我們統一了全部引文註釋裡的書目格式，並區分出大陸論文裡的篇名號和書名號。希望此書的出版，能夠擴大台灣學生和讀者的華文文學視野，對當代新疆漢語文學有更多的了解。

鍾怡雯、陳大為

2020/07/07